文春文庫

利休にたずねよ

山本兼一

文藝春秋

目次

利休にたずねよ

死を賜《たまわ》る

利休

天正十九年（一五九一）二月二十八日　朝
京　聚楽第　利休屋敷　一畳半

一

――かろかろとは、ゆかぬ。

利休《りきゅう》の腹の底で、どうしようもない怒りがたぎっている。

かろやかで、すがしい清寂のこころに立ちたかったが、そんな境地からは、ほど遠い。

寝間《ねま》で薄縁《うすべり》に横になっていても、口惜しさで、頭がはちきれそうである。

――猿めが。

あの男の顔を思い出すと、ただひたすら腹立たしい。

死なねばならぬ理由など、なにひとつありはしないのだ。すべては、あの小癪《こしゃく》な小男のせいである。

女と黄金にしか興味のない下司《げす》で高慢な男が、天下人となった。そんな時代に生まれあわせた我が身こそ不運である。

夜半から、はげしい雨が降り出した。屋根を叩く音が耳にさわってやかましい。

頭を振り、なんど追い払っても、すぐにまた禿げ鼠にも似た男の顔がうかんでくる。

そのたびに、怒りがこみあげた。釜の湯が大濤《だいとう》を鼓《う》って沸くように、こころに忿怒《ふんぬ》がたぎっている。

身じろぎもせず、利休はじっと寝間の闇をにらんだ。

雨音がひときわ高まり、黄色い閃光が障子をあかるく染めた。

すぐに雷鳴がとどろいた。

――わが怒りが、天に通じたか。

そう思えば、こころが、わずかにかるくなった。

褥《しとね》から起き上がり、障子をひらいた。また闇が光り、庭が黄色く染まった。

大粒の雨が苔《こけ》を叩いている。

「たいへんな嵐ですこと」

次の間に寝ていた妻の宗恩《そうおん》が、手燭《てしょく》を持ってあらわれた。やはり一睡もしていないらしい。

「春に嵐はつきものだ。灯りを消しなさい」

闇にふたつの光は無用である。雷の夜なら、稲光だけを感じていたい。

二人で広縁《ひろえん》にすわった。

ときおり閃光が露地《ろじ》を照らし、雷鳴がひびきわたった。これが、今日という日の、天地のもてなしであろう。

松や槇《まき》の枝が風にしなり、歯朶《しだ》や千両が雨に叩きつけられている。

稲妻と雷鳴が、しだいに強さを増して、聚楽第《じゅらくてい》に近づいてきた。

太い稲光が、すぐそばで闇を縦に切り裂いた。

間髪《かんはつ》をいれず、轟音《ごうおん》が天地をゆるがした。聚楽第のまんなかに建つ秀吉の三層の館のあたりだ。

怯《おび》えた宗恩が、身をすりよせてきた。

齢《よわい》をかさねても、この女は、不思議なほど枯れず、やわらかな肌をいつもあまく薫らせている。

「わしは、あやまらんぞ」

むろん、秀吉の話だ。

「はい」

「それでよいな」

なにごとにせよ、利休が念を押すのはめずらしい。

「そうなさるだろうと思っておりました」

「おまえや子どもたちにも、累《るい》がおよぶやもしれぬ」

ちかごろ、秀吉は激昂《げっこう》しやすい。利休の眷属《けんぞく》の端《はし》にいたるまで磔《はりつけ》にせよ、と、わめき出さぬともかぎらない。

「もとより承知でございます。関白様に命乞いなさるお姿を見るくらいならば、いっそ、わたくしも殺されたほうが、よほど気が休まります」

妻の気丈さがありがたい。口にはせず、深くうなずいた。宗恩は、わずかな首のかしげ方や目のうごかし方だけで、利休のこころの奥まで読みとってくれる。

「この期におよんで、頭を下げるくらいなら、とうの昔に茶頭《さどう》などやめて、どこぞに隠遁しておった。それをせなんだのは……」

あの禿げ鼠に、美というものの恐るべき深淵を見せつけてやりたかったからだ。

——下司男めが。

だが、あまたの男たちをかきわけて天下人にのぼりつめただけあって、秀吉にはさすがにあなどれないところがある。俗悪な派手好みだが、それも極《きわ》めれば、脱俗、超俗の境地に通じる。そんな凄みを見せられ、うなったこともあった。なまじいな男ではない。

惜しむらくは、天地悠久への懼《おそ》れを知らぬことだ。いや、知らなさすぎる。なんでも自分の権勢でうごかせると思いこんでいる。

とんでもない話だ。

——世界は、おまえの思い通りにはうごかせない。

それを思い知らせてやりたかった。

天下をうごかしているのは、武力と銭金《ぜにかね》だけではない。

美しいものにも、力がある。

天地を震撼させるほどの力がある。

高価な唐物《からもの》や名物道具だけが美しいのではない。

枯れ寂びた床《とこ》に息づく椿の蕾《つぼみ》の神々しさ。

松籟《しょうらい》を聞くがごとき釜の湯音《ゆおと》の縹渺《ひょうびょう》。

ほのかな明るさの小間《こま》で手にする黒楽《くろらく》茶碗の肌の幽玄《ゆうげん》。

なにげない美を見つけ出し、ひとつずつ積みかさねることで、一服《いっぷく》の茶に、静謐《せいひつ》にして力強い美があふれる。

――わが一生は……。

ただ一碗の茶を、清寂のうちに喫《きつ》することだけにこころを砕いてきた。この天地に生きてあることの至福が、一服の茶で味わえるようにと工夫をかさねてきた。

――わしが額《ぬか》ずくのは、ただ美しいものだけだ。

美の深淵を見せつけ、あの高慢な男の鼻をへし折ってやりたい――。

秀吉の茶頭となって、そう思い暮らすうちに、あっという間に九年がすぎた。

――そのあげくが……。

利休は首をふった。

愚痴はこぼすまい。あんな下司な男にかかずらったじぶんが愚かだったのだ。

雨はしとどに降りつづいているが、漆黒の闇に、かすかな藍色がにじんでいる。新しい日がはじまろうとしている。

「おたずねしてよろしいでしょうか」

宗恩の声が、いつにも増しておだやかだ。

たずねたいと言ったくせに、宗恩はことばをつづけなかった。

「なんだね」

「なんでも訊くがよい」

「はい……」

やはり、言いよどんでいる。

「どうした」

「女人というのは、どうしようもない煩悩を抱えた生き物だと存じます」

「みょうなことを言う」

「みょうでございますとも。それでも、わたくしは、あなたにおたずねしたくてなりません」

「なにを、かな?」

宗恩がくちびるを舐めた。よほど口にしにくいことらしい。

露地の練り塀《ねりべい》のむこうで馬が嘶《いなな》いた。

この屋敷は、二日前から秀吉の命令で三千人の兵が囲んでいる。利休を助け出すために、大名のだれかが軍勢をさし向けぬともかぎらない。それほどに、秀吉は、美の権威者としての利休をおそれている。

「嵐だというのに、ごくろうなことだ」

兵には、雨風をしのぐ軒もなかろう。

「あなた様には、ずっと想い女《びと》がございましたね」

雨音にまぎれて、よく聞き取れなかった。

「なんと言うた」

「恋しい女人がいらっしゃったのではないかと、おたずねいたしました」

「女人……。なにを言いだすかと思えば、女の話か」

「はい。あなたには、わたくしよりお好きな女人が、おいでだったのではございませんか」

利休は、宗恩を見つめた。すでに六十をすぎているが、品のある顔つきには、そこはかとない艶がある。その妻が、思いがけぬ嫉妬を口にしている。

宗恩と知り合ったのは、もう四十年もむかし、利休が三十歳のころだ。

色白な瓜実顔をひと目見て、おだやかで感じやすいこころをもった女だと惹きつけられた。こころ根のたおやかさが、顔にあらわれた女だ。

そのころ、利休には妻がいた。

宗恩には、能の小鼓師で囃子方を務める夫があった。

この夫はまもなく亡くなり、利休は宗恩の暮らし向きを世話するようになった。

そのまま月日がながれ、五十をいくつもすぎたころ、利休の先妻が亡くなった。喪の明けるのを待って、宗恩を正式な妻として迎えた。

三十代、四十代のころは、ほかにも世話をしている女がいたし、子も生ませた。それはむかしの話だ。

いまさら、好いた女がいたのではないかなどと言われても仕方がない。

今日、腹を切るのだ――。

「なにが言いたいのだ」

「わたくしは、あなたのおそばにおいていただいて幸せでございました」

「ならば、それでよいではないか」

「……でも、ときに、閨《ねや》であなたに抱かれていても、真冬の夜空に、ひとりで漂っているような寂しさに震えることがありました。あなたの腕はわたしを抱いているのに、こころは、まるでちがった女人を抱いているような気がして……」

「ばかな話だ。わしはおまえに誠を尽くした。知らぬはずがなかろう」

そのことばに嘘はない。七十のこの歳まで、何人もの女を抱いたが、宗恩がいちばんだと心底おもっている。ものに感じやすく、うるおいのある女だ。実際、宗恩よりこころにかなった女は、ひとりもいなかった。

「あなたがわたしを愛しんでくださったのは、よく存じております。それでも……」

「もうよい。顔を洗《いと》うぞ。新しい襦袢を出してくれ」

声に苛立ちがまじった。

「かしこまりました」

うなずいたが、宗恩はまだなにか言いたげだ。

利休は、じっと妻を見すえた。しばらくのあいだ、あらがうように見つめ返していた宗恩が、やがてくちびるを噛《か》みしめた。

「一期《いちご》の終わりにこころを乱し、妄言を口にしてしまいました。お許しください」

手をついて頭をさげた。

目だけでうなずいて利休が立ち上がったとき、突然、雨脚が強くなり、屋根の杮《こけら》がはげしい音をたてた。大粒の雨が、あたり一面を容赦なく叩いている。

——霰《あられ》か。

薄墨をながしたほどの明るさに目をこらすと、丸く大きな粒が、露地のそこここを飛び跳ねている。親指ほどもある大霰が降ってきたのだ。

その途端、思いあたることがあった。

——あの女のことか。

宗恩は、聡《さと》い女だ。肌をかさねるうちに、利休のこころを、奥の奥まで感じとったのであろう。

五十年もむかしの話だ。

口に出したことはない。だれに話したこともない。

それでも、その女の凜とした顔は、忘れたことがない。いつもこころのなかに棲《す》んでいる女。そこにいるのが当たり前すぎて、気にもとめていなかった。

——あの女。

十九のとき、利休が、殺した女である。

二

聚楽第の利休屋敷には、十八畳の大書院をはじめ、いくつもの茶室があるが、今日は一畳半をつかうことにした。

利休は、この一畳半の席が、これまでにつくった数多くの茶室のなかで、いちばん気に入っている。

狭い、といえば、狭い。

じゅうぶん、といえば、じゅうぶんな広さがある。

わずか一坪に満たない空間だが、利休ならば、そこに天地星辰《せいしん》の悠久も、人の命の儚さも、存分に表現できる。

——狭いからこそおもしろい。

利休はそう思っている。

一畳半とよぶが、正確には一畳台目《だいめ》、すなわち一畳と四分の三の広さがある。点前座《てまえざ》の正面の壁が、すこしこちらに出ているが、圧迫感はない。中柱《なかばしら》を立てて袖壁でぐっと囲ったので、むしろ広がりさえ感じられる。

下座《げざ》に室床《むろどこ》をつけた。柱も天井も壁土で塗り籠めたちいさな床だが、これがあればさらに空間に広がりがつく。

わきに押し入れ式の水屋《みずや》洞庫《どうこ》をしつらえたので、道具の出し入れに不自由はない。

利休は、手箒《てぼうき》で塵を掃き、乾いた布で、力強く畳を拭いた。

「わたくしがいたしますのに」

この屋敷での茶のことは、少巌《しょうごん》という男に手伝わせてきた。茶の湯の創意はとぼしいが、精出し者で気働きがある。

「かまわぬ。きょうは、わしがやる」

末期《まつご》の茶事《ちゃじ》である。気持ちよく、客を迎えたい。その客が、亭主の死をはこんでくるなら、なおさらだ。

炉《ろ》に火の熾《お》きた下火の炭を三本ならべ、太い胴炭《どうずみ》を置こうとして、手が止まった。堺への追放を言いわたされた日に、じぶんで挽いて、洗っておいた炭である。切り口がざくりと見苦しい。

落ち着いて無心に切ったつもりだったが、こころは乱れていた。しばらく眺めてから、そのまま使うことにした。それが最後にたどりついた境地なら、甘んじて受けいれよう。

懐《ふところ》から袋を取り出した。美しい韓紅花《からくれない》に染めた麻の上布《じょうふ》だが、すっかり色褪せてしまった。

なかに小さな壺が入っている。

掌にすっぽりおさまる緑釉《りょくゆう》の平たい壺で、胴《どう》がやや上目《うわめ》に張っている。香合《こうごう》につかっているが、すがたは瀟洒《しょうしゃ》で、口が小さい。もとは釈迦の骨をいれた舎利《しゃり》器《き》だったかもしれない。

全体にまんべんなくかかった緑釉に、深みと鮮やかさがある。

よく晴れた夏の朝、海辺に出て濃茶《こいちゃ》を練《ね》ったら、こんな色に見えるだろうか。気の遠くなる歳月をへて銀色に変じた緑釉の景色は、見ているだけで、顔もこころもほころんでくるほどやわらかい。緑釉の色味が、唐三彩《とうさんさい》の緑よりはるかに鮮烈である。おそらく、何百年もむかしの高《こう》麗《らい》の焼き物であろう。

あの女の形見である。

海をわたって来た女だった。無理につれて来られた女だった。

女は、高貴な生まれであった。きわだって凛々しく美しい顔だちをしていた。倭人を憎んでいたにちがいないが、つねに超然として威厳があった。目にしなやかな光があって、十九のじぶんなどは、まっすぐ見つめることさえできなかった。

——わしの茶は。

あの女を客として迎えようとしていたのか。

そんな風に意識したことはなかったが、いま、気がついた。この狭い茶室は——。

秀吉は、この一畳半の茶室を嫌っていた。最初に招いたとき、躙口《にじりぐち》をはいって、まずつぶやいた。

「牢のように狭くて陰気でいかん」

たしかに狭い。そして暗い。

老いとともに、利休は茶室を狭い小間に囲うようになった。それまでの紹鷗《じょうおう》好みの四畳半に飽きたらず、三畳、二畳と狭くした。そのほうが侘《わ》び数寄《すき》で落ち着くからだと人に話したし、じぶんでもそう思っていた。

――ちがう。あの女がいたからだ。

あの女とともにすごした狭く枯れ寂びた空間で、あの女をもてなしてやりたかったのだ。

雨は、やまない。

利休は、香合の蓋を開けた。

丸い練り香《こう》が入っている。小さな壺を傾けると、何粒かが掌に転がり出た。さらに傾け、練り香をすべて出した。

黒文字《くろもじ》で、小壺のなかをさぐり、畳んだ紙包みを取り出した。紙を開くと、小さなかけらが二つあった。

あの女の小指の骨と爪である。

小さな骨は、白く乾いてくすんでいる。

細長くかたちのよい爪は、奇跡のように桜色に艶めいている。

「今日は、あなたの葬式にしましょう」

声に出してつぶやき、骨と爪を赤い炭火にのせた。青い炎がちいさく立って、骨と爪を包んだ。

利休は、合掌して自作の偈《げ》を唱えた。経を唱える気にはならなかった。

人世七十　力囲《りきい》希《き》咄《とつ》　吾這《わがこの》宝剣　祖仏共殺《ともにころす》

提《ひっさ》ル我得《わがえ》具足《ぐそく》の一太刀《ひとつたち》　今此《この》時ぞ天に抛《なげうつ》

三日前、堺の屋敷でこの遺偈《ゆいげ》をしたためたときは、腑《はらわた》が爛《ただ》れるほど怒り狂っていた。「力囲希咄」にさしたる意味はなく、憤然たる咆吼《ほうこう》の謂《いい》である。天にむかって吼えねばいたたまれぬほど、秀吉に激怒していた。

いまは、すこしおだやかだ。

この天地のあわいには、揺《ゆ》るぎなく美しいものがある。それをあますところなく堪能《たんのう》する至福は、けっして秀吉ごとき愚物《ぐぶつ》には味わえない。

三

一畳半の席に、三人の客がはいった。秀吉からつかわされた切腹の見届け役である。

「よろしゅうございますのか？」

正客《しょうきゃく》となった蒔田淡路守《まいたあわじのかみ》が、こらえきれないようすで、濃茶を練る利休にたずねた。蒔田は、しばらく前から利休に茶の湯の手ほどきをうけている。それを知って、秀吉が検視役に選んだのであろう。

利休は点前の手を止めなかった。大きな右手に持った茶筅《ちゃせん》は、なんのわだかまりも、よどみもなく動いている。

「上様は、貴殿《きでん》からの助命嘆願をお待ちでござる。ただひとこと、お詫びなされませ。

それがし、いますぐ上様の御前にとって返し、そのこと、衷心《ちゅうしん》からお伝え申す。さすれば、なんのお咎《とが》めもございません」

利休は、濃茶の茶碗に、帛紗《ふくさ》をそえて出した。純白の帛紗である。それが答えだ。

「わたしが、なにを詫びねばならんのでしょうか」

問われて、蒔田は喉をつまらせた。

過日、秀吉の使者がつたえた賜死《しし》の理由は二つあった。大徳寺山門に安置された利休の木像が不敬であること。茶道具を法外な高値で売り、売僧《まいす》となりはてていること。

しかし、木像は、山門重層部寄進の礼として大徳寺側が置いたものだし、茶道具のことなど、言いがかりもはなはだしい。

利休としては、謝る筋合いなど、なにひとつなかった。

堺に追放され、閉門を命じられてから、世間では、勘気《かんき》の理由をかまびすしく取り沙汰しているらしい。

やれ、唐《から》への出陣に異を唱えたとか、切支丹《キリシタン》であるとか、娘を側室にさしださなかったからだとか。

利休にしてみれば、すべて的はずれな憶測である。

秀吉は、利休が気にくわないのだ。

美を思うがままにあやつり、美の頂点に君臨する利休が許せないのだ。

そんなことは、秀吉の顔を見ていれば、手にとるようにわかる。

「むろん、貴殿に詫びる筋がないのは、百も承知。されど、そこは濁世《じょくせ》をわたる方便ではござらぬか。恐れ入ってございます、と、頭を下げさえすれば、上様のご機嫌は斜めならず。閉門はとかれ、もとの茶頭にもどれまする」

「それは、上様のおことばか」

蒔田がうなずいた。

「内々に、申しつけられてまいった。嘘でもよい、ただ、頭を下げる真似だけせよ。さすれば、すべて許してつかわす、遺恨は残さぬ、との仰せでござった」

利休はうなずいた。そんな猿芝居に加担するつもりはない。

雲龍釜を、天井から釜鎖で釣っている。丸い筒形の釜に、湯のたぎるくぐもった音がここちよい。

利休は、首を横にふった。

「茶が冷めてしまいましたな」

「茶など、どうでもよろしゅうござる。それよりも、お命のこと」

「この利休めにとっては、命より、茶が大事でござる」

手つかずのまま置いてある茶碗をさげた。柄杓《ひしやく》で釜の湯をくみ、清め直した。

「頑固なお人だ」

「性分でしてな」

「しかし、性分で命を落とすこともありますまい……」

利休が、ふたたび濃茶の点前をはじめたので、蒔田が口をつぐんだ。釜の湯音が、いつになく寂寞《せきばく》と響いている。あの女の茶毘《だび》で沸かしているせいであろう。

新しい濃茶を出すと、蒔田がゆるりと飲んだ。飲み口を懐紙《かいし》でぬぐい、つぎの尼子《あまこ》三《さぶ》郎《ろう》左《ざ》衛《え》門《もん》にまわした。

蒔田が、床の間を見た。

軸も花もなく、白木の薄板に、緑釉の香合が置いてある。

その前に、すっと伸びた枝が一本。供えるように横たえてある。木槿《むくげ》の枝である。今年は閏《うるう》一月があったので、二月だが、もう若葉が芽吹いている。

あの女は、その花を見て、無窮花《ムグンファ》だと教えた。

「なぜ、花のない枝を……」

「木槿は高麗で、たいそう好まれるとか。花は冥土にて咲きましょう」

蒔田は首をかしげたが、それ以上たずねなかった。

「その香合は、唐のものでござろうか」

「高麗にてそうろう」

香合をじっと見つめていた蒔田が、二度三度まばたきした。

「そういえば、いつぞや上様が、怒っておいでだった。利休の持っている緑釉の香合は、稀《き》代《たい》の珍物《ちんぶつ》。ぜひにも欲しいが、あやつ、なんとしても譲ろうとせぬ、と。この香合のことでござろう」

ひと目でも見ればかならず欲しがるのはわかっていた。見せるつもりはなかったが、博多箱崎の松原で野掛けをしたときについ使ってしまった。袂《たもと》で隠していたが、秀吉は目ざとく気づき、手に取ってしかと見せよとねだった。

しょうことなしに見せると、すぐに所望《しょもう》した。

「わしに譲るがよい」

首をふった利休に、秀吉が食い下がった。黄金五十枚から値をつけ、ついには黄金一千枚出すとまで言った。

「お許しください。わたしに、茶のこころを教えてくれた恩義ある方の形見でございます」

手をついて平伏した。秀吉の目が、韓紅花の袋にとまった。じっと見つめていた。

「女人じゃな。女に茶をなろうたか」

「いえ……」

「隠すな。見通しじゃ。ならば、その女人の物語をせよ。どんなおなごであったか。おまえが惚れたなら、さぞや麗しい美形であろう」

秀吉が利休を見すえていた。利休にちかづいて低声《こごえ》でささやいた。

「閨では、どんな具合じゃ。話して聞かせれば、もはや望みはせぬ。さあ、さあ」

利休は口を閉ざした。侵《おか》すべからざる聖域に土足で踏みこまれた気分だった。

そんなことがあったのも、もうずいぶん昔のことに思える——。

「その香合を献上《けんじょう》なされば……」

蒔田のつぶやきに、利休は微笑みを返した。

「いや、詮無《せんな》いことを申し上げた」

献上するいわれはない。蒔田はそれをわかってくれた。

利休は、小袖《こそで》の上から腹を撫《な》でた。

「そろそろ、まいろうず」

茶道具を水屋にさげ、三方《さんぽう》を持ってきた。藤四郎吉光《とうしろうよしみつ》の短刀がのっている。

利休は、室床の框《かまち》に腰をおろし、小袖の前をはだけた。

三人の客が、席の端に立った。蒔田は刀を手にしている。

「この狭さでは、首が刎ねられぬ」

「ならばご覧《ろう》じろ。存分にさばいてお見せせん」

懐紙を巻いて短刀をにぎると、さすがに息が荒くなった。腹を撫でつつ、気息《きそく》をととのえた。

釜の湯音が、松籟のごとく響いている。

瞼を閉じると、闇のなかに凜々しい女の顔がくっきりとうかんだ。

あの日、女に茶を飲ませた。

あれからだ、利休の茶の道が、寂《じやく》とした異界に通じてしまったのは。

おごりをきわめ　秀吉

利休切腹の前日――
天正十九年（一五九一）二月二十七日　昼
京　聚楽第　摘星楼

一

三層の楼閣《ろうかく》からは、京の町と東山のつらなりが眺めわたせる。春の陽射しをあびて、三十六峰《ぼう》の若葉が、つい手をのばして触れたくなるほど柔らかげである。

――これで、清々する。

秀吉は、扇子でじぶんの首の根をひとつ叩いた。

ながいあいだ喉の奥に刺さって取れなかった小骨が、やっと取れる。天下人秀吉に、逆らう者は、もうただの一人もいなくなる。

九州の討伐を終え、小田原を陥とし、関東、奥州の仕置きは、ぬかりなくととのった。

百姓たちの刀を狩り集め、日の本のあらゆる僻地まで田畑《でんぱた》の検地がすすみつつある。いまや、三つの子でも関白秀吉の権勢を知らぬ者はない。

天下のすべてが、秀吉の掌にのっている。指一本うごかすだけで、あらゆるものが手に入る。人がひれ伏す。

秀吉の威光は、すでに海を越えて、天竺にまで達している。先月は、印度副王（総督）の使節が、馬、大砲、鉄炮、甲冑など、豪華な贈り物をはるばる運んできて、秀吉の偉業を褒め称えた。もはや、関白の権威を覆《くつがえ》せる者はいない。

それなのに――。あの男。天下にただ一人、あの男だけがわしを認めようとせぬ。

――許せるものか。

許してよいはずがない。

千利休《せんのりきゅう》のことである。

目を東山から眼下に落とすと、この聚楽第《じゅらくてい》のすぐそばに兵馬が群がり、利休の屋敷を囲んでいる。ときおり、馬の嘶《いなな》きが、風にのって聞こえる。

「図にのりおってからに」

思わず声にして吐《は》き捨てていた。舌にのせたことで、さらに腹立たしさがこみ上げてきた。

「……お許しくださいませ」

隅に控えていた小姓が、身を縮めてかしこまった。

「なんでもない。今日は、よい天気じゃ」

小姓の顔が、安堵にほぐれた。

「御意。今宵も星がたのしみでございます」

その名のとおり、この摘星楼《てきせいろう》からながめる星空は、いたって雅趣《がしゅ》に富んでいる。

秀吉の聚楽第には、広い敷地にいくつもの館があるが、池のほとりに建つこの館は三層で、いちばん上にのった摘星楼は、眺望のきく八畳の座敷である。

そこに、金箔貼りの床の間がある。

金色《こんじき》の壁に、淡い墨で、霞のなかに立つ富士の山が描いてある。

絵師は狩野永徳《かのうえいとく》。右側だけすそをひろげた大きな富士は、はっとするほど高く、おぼろに霞んでいながら、悠然とすわっている。まことに風韻《ふういん》がよく、品格がある。

座敷には三方に窓があり、外の光がよくはいるので、東雲《しののめ》か、あるいは黄昏《たそがれ》の薄明かりにながめると、金になんともぬらりとした趣《おもむき》があって富士が浮かびたつ。

ふり返って、窓外の低い空に、大きく輝く明星《みょうじょう》でも浮かんでいれば、まさに星を摘む気分である。天下広しといえども、坐して星を愛でる茶の席など、ほかにあるまい。

利休でさえ、この趣向には感服した。

四年前、ここをつくったとき、夜明けに来いと呼んでおいた。折りよく、東山の空が鴇色《ときいろ》に染まり、金の床がえもいわれぬ光沢を見せた。

「まこと、玄妙《げんみょう》とはこのこと。弥勒のまします席と存じまする」

「どうだ、これがわしの茶の席だ。幽玄であろう。恐れ入ったか」

「上様のご趣向の妙、恐れ入りましてございます」

あのときばかりは、傲慢な利休が、素直にひれ伏した。あれほど溜飲がさがったことはない。

しかし、あれきりだ。

――あの男は、あのときのほかは、冷ややかな眼でしか、わしを見たことがない。

だいたいあの男は、目つきが険呑《けんのん》で気に喰わぬ。首のかしげ方がさかしらで腹が立つ。黄金の茶室といい、赤楽《あからく》の茶碗といい、わしが、いささかでも派手なしつらえや道具を愛でると、あの男の眉が、かすかに動く。

そのときの顔つきの高慢なことといったら、わしは、生まれてきたことを後悔したほどだ。まこと、ぞっとするほど冷酷、冷徹な眼光で、このわしを見下しおる。

――下賤な好み。

口にはせぬが、眼がそう語っている。

ものごしは慇懃である。あの男、手をついて、頭だけは殊勝にさげておるゆえに、ことさら責めたてることもできぬ。されど、内心わしを侮蔑しておるのは明々白々。こころの根に秘めた驕慢《きょうまん》が許しがたい。

なぜ、あの男は、あんな嫌みな眼をする。

なぜ、あの男は、あそこまでおのれの審美眼に絶対の自負をもっているのか。

悔しいことに、あの男の眼力は、はずれたことがない。

だからこそ、歯噛みするほど口惜しい。ただの的はずれな茶坊主なら、叱りつけて追い出せばすむことだ。

そうではない。

悔しいが、ただ者でないことは認めねばなるまい。

あの男は、こと美しさに関することなら誤りを犯さない。それゆえによけい腹立たしい。

道具の目利きもさることながら、あの男のしつらえは、みごとというほかない。あっぱれ天下一の茶人である。

あの男が、水指《みずさし》や茶入《ちゃいれ》の置き場所を、畳の目ひとつ動かしただけで、点前の座に凜とした気韻がうまれる。席の空気が張りつめて、はなはだここちよい。

小憎らしいことに、それでいて、けっして張り詰め過ぎることはないし、窮屈ということもない。絶妙のかげん、あんばいを心得ておるのはまちがいない。ほかの茶頭《さどう》どもでは、ああはいかぬ——。

秀吉の背中で、くっくっと釜が鳴った。

湯が沸きはじめたのだ。

黄金の台子《だいす》に黄金の茶道具がしつらえてある。

今日の茶頭は、堺の宗薫《そうくん》にさせている。今井宗久《いまいそうきゅう》のせがれで、まだ四十ばかりだが、悪い茶頭ではない。

床には、かきつばたが活《い》けてある。

まばゆい金色の床は、飾る花がむずかしい。白い花では陰気になり、黄色い花ではどうしても栄《は》えない。

黒塗りの馬盥《うまだらい》に水を張り、隅に紫の花と蕾がさりげなく立ててある。花は金色の壁にみごとに和《なご》んでいる。

京では、あとひと月も待たなければ咲かぬ花だ。宗薫は暖かい紀州からでも、早馬で取り寄せたにちがいない。

床のわきにしつらえてある黄金の台子と茶道具は、禁中《きんちゅう》で天皇に茶を献じたとき、黄金の茶室とともにつくらせたものだ。

風炉《ふろ》だけでも無垢の黄金が五貫。釜や水指、建水《けんすい》などまで一式合わせれば、ぜんぶで十五貫（五十六・二五キロ）ほども目方がある。

天下の経綸《けいりん》を泰然《たいぜん》と語るには、狭苦しい小間《こま》より、こういう広間の茶がよい。広間なら、なんといっても、華やぎがいちばんだ。

侘び数寄《すき》も悪くはない。

侘びた風情は、こころがなごむ。

ことに利休がしつらえる草庵の茶室はおもしろい。山里の趣向は、鄙《ひな》でそだった子ども時分を思い出させ、こころの根がゆるりと蕩《とろ》けるほどくつろげる。

しかし、ちかごろあの男のつくる茶室は、どうにも狭すぎる。三畳ならまだしも、牢でもあるまいに、一畳半などというのはあまりに息苦しい。それに暗すぎる。

あの男は、なぜ、あのように狭くて暗い茶室ばかりつくりたがるのか。さっぱりわからぬ――。

「上杉様、石田様がおみえでございます」

小姓が、客の到来をつげた。

「上がってくるように言え」

扇子でまた首の根をひとつ叩くと、秀吉は金色の床にうかぶ霞のなかの富士を背にすわった。脇息《きょうそく》にもたれかかって瞼を閉じると、黄金の釜の湯音が、極楽に吹く風の音《ね》にきこえた。

二

「屋敷のようすはどうだ」

秀吉は、上杉景勝《かげかつ》にたずねた。

謙信《けんしん》の養子景勝が上洛《じょうらく》していたので、昨日から、弓、鉄炮四百挺《ちょう》と兵三千を出させ、利休屋敷を囲ませている。景勝は陣中のままの具足《ぐそく》姿でやってきた。

昨夏、小田原攻めのあと、秀吉は奥州全域の仕置きをすすめたが、しきりと一揆や反乱が起きた。情勢はなお不安定で、この時期、北ににらみをきかせる上杉景勝が、兵を率いて上洛したうえ、なお秀吉のために働くのは大いに意味があった。

「人などひとりもおらぬ気配にて、森閑《しんかん》としております」

三十半ばの景勝が平伏して顔をあげた。

「命乞いでもするかと思えば、まるでその気配がない」

「こしゃくな男でございますな」

「まこと、あのさかしら顔が気にくわぬ」

「それにいたしましても、利休めの屋敷は、この聚楽第のすぐ御足下《おんあしもと》。あそこを襲うとなれば、とりもなおさず、上様への謀叛《むほん》と心得まする。さような横紙破りをなす者が、いまの日本におりましょうか」

秀吉は鷹揚にうなずいた。

「それも一理だが、おぬし、茶の湯を知らぬな」

景勝がうなずいた。

「茶は身の養生に飲みまするが、数寄のなんのは存じませぬ。数寄者となると、謀叛がしとうなりますか」

武辺《ぶへん》好みの上杉の家風ならば、茶の湯をたしなんでも、淫することはあるまい。

「茶の湯には、人のこころを狂わす魔性が潜んでおる。おぬしは、それを知らぬのだ。いや、知らぬほうがよいがな」

秀吉の脳裏に、利休の弟子の細川忠興《ほそかわただおき》や古田織部《ふるたおりべ》の顔がうかんだ。あやつらなど、なにをしでかすかわからない――。

「魔性……、でございまするか」

「そうだ。茶の湯はな、人のこころを狂わせる魔性の遊芸よ。茶の湯に淫すると、人は我を忘れて、欲と見栄におぼれる」

「欲と見栄……」

「茶の湯の道具やしつらえに凝りだすと、底なし沼に足をすくわれるということだ」

「たしかに、そうらしゅうございますな」

「しかし、おもしろい使い方もできるぞ」

「さて、どのような」

景勝が、目をしばたたかせた。

「たとえばの話、おぬしに五人の郎党《ろうどう》がいるとせよ。五人のなかの二人だけ、狭い茶室に召して馳走《ちそう》し、上杉家伝来の名宝などを見せたとせよ――。召された二人は、どんな気持ちか? 召されなんだ三人は、なんと思う」

「召された二人はまことに誉れに感じ、召されなかった三人はそねみましょう。狭い茶室でなにを密談したかが気になりましょうな」

景勝の返答に、秀吉は満足した。

「さよう。人とは、そうしたものよ」

「それが茶の湯……」

「茶の湯にもいろんな効用があると心得ておけ。人をたらす手管《てくだ》につかうなら、こんな便利なものはない」

景勝が得心したらしい。

「なるほど、関白殿下にあっては、茶の湯も策のひとつでございますな」

「こころの機微のくすぐりどころじゃ」

「それにつけても、わかりませぬのは、さきほど仰せの茶の湯の名物道具」

秀吉はうなずいて、あとを続けさせた。

「歴世の名刀ならいざ知らず、茶入などは、ただの土器《かわらけ》ではございませぬか。ただの土くれに、なにゆえ銭三千貫もの高値《たかね》がつくのか、さっぱり合点がゆきませぬ」

首をかしげる景勝に、次客の席で相伴《しょうばん》していた石田三成《みつなり》が口をひらいた。

「それこそ利休めの罪状にございます」

年若だが、いたって聡明な男である。

「悪しき道具を佳しとし、いたずらに値をつり上げるとは、もってのほかの売僧《まいす》。あまりにも不届きゆえ、殿下はこたびの御処分《ごしょぶん》を決定なさいました」

その答えに、景勝は納得していない。さらに首をかしげている。

「やはり、合点がゆきませぬ。売る者がいかに値をつり上げたところで、買う者がおらねば売れぬのが道理。茶の湯の数寄者は、高値をいとわず、むしろ高いのを喜んで欲しがるのでござろう。無骨者のそれがしには、それが分かりませぬ。聞けば、三千貫の茶入でも、欲しがる数寄者が大勢おるそうではござらぬか。それが不思議でなりませぬ」

秀吉は、扇子でじぶんの膝を叩いた。

「そのとおりだ。そこがまた茶の湯の魔性たるゆえんでな、名物道具を手にした者は、驕りたかぶり、じぶんが偉くなったと勘違いしおる。それが名物の魔力よ」

話しながら、秀吉は口が酸っぱくなった。

高値を惜しまず、天下の名物道具をいちばん狩り集めているのは、ほかのだれでもない秀吉自身である。

金も銀も蔵にうなっている。兵や鉄炮、名刀、名馬、書画はもとより、美姫《びき》も官位も、みんな飽きるほど手にいれた。この聚楽第の壮麗さはいうまでもない。

――このうえ、なにを欲しがれというのだ。

二年前、あまりにも金が余って飽きはててしまったので、金五千枚、銀三万枚を積み上げて公家や侍に配った。その日は痛快だったが、翌朝目ざめたときは、砂を嚙むような寂寥《せきりょう》におそわれた。あんなことをするくらいなら、たとえ土くれでも、名物茶入を愛でていたほうが、よほどこころの養いになる。

「いうておくが、伝来の名物道具というのは、やはりよいものじゃ。手にした者が、こころを研《と》ぎ澄ますならば、茶入の釉《うわぐすり》にさえ、宇宙深奥《しんおう》の景色を読みとることができる。見る者に器量がなければ、ただの土くれよ。名物は持つ者を選ぶということだ」

口にしていて落ち着かないが、半分は本気でそう思っている。道具の鑑賞は利休に教えられた。利休の話を聞いていると、茶碗にも茶入にも、そこに宇宙を見るかのごとく広大無辺《こうだいむへん》な息吹《いぶき》の感じられるのが不思議だった。

景勝は、納得していないらしい。

――名物はなぜ名物なのか。

もしも、そうたずねられたら、秀吉は答えようがない。

茶頭の今井宗薫が挨拶にあらわれた。茶道口で低頭している。

「粗餐《そさん》をご用意いたしました。おはこびいたしましょうか」

「そうしてくれ」

秀吉は、すこし腹が減っていた。茶の湯の楽しみは、なによりも茶の前の料理である。

若い半東《はんとう》（補佐役）が、最初にはこんできた朱塗りの折敷《おしき》には、朱の椀がふたつと向付《むこうづけ》がのっていた。

汁椀《しるわん》の蓋を取ると、味噌のよい薫りがただよった。大きな鯉の切り身に、糸切りの生姜が散らしてある。

もうひとつの椀には、たっぷりの白粥。

向付の皿は、山鳥でもあろうか、鳥の身の焼き物だ。

「春とはいえ、ずっと外においでの上杉様は、からだがお冷えのことと存じます」

景勝に気をつかった献立であった。床のかきつばたのあしらいといい、今井宗薫は、なかなか気のきいた茶頭である。

白粥で胃の腑が熱くなった。杉の箸を置いて、秀吉は、宗薫にたずねた。

「このたびの利休めの沙汰のこと、堺の納屋《なや》衆は、あれこれ詮索しておろうな」

茶道具を高値で売りさばくのが罪となるなら、茶の湯数寄者のだれが処罰されてもおかしくない。

宗薫が首をふった。

「利休殿は、われらと同じ堺の商人でも、商いのしかたがまったく別ものゆえ、みな、いつかはこのような御譴責《ごけんせき》があるだろうと囁いておりました」

「別もの、とはどういう意味だ」

ちょっと考えてから、宗薫が口をひらいた。

「南蛮には、鉄や銅を、金に変える錬金術《アルチミイア》と申す秘術があるやに聞きます」

「まこと、そのような術があるのか」

秀吉は、身をのりだした。そんな術があったら、天下が思いのままに動かせる。

「いえ、本当の金はつくれませぬ。そう唱えて人をあざむき、分限者《ぶげんしゃ》の金を騙《かた》り盗るやからがおるのだそうでございます」

「ほほう。利口な奴だ」

秀吉は、うなった。なんとも人のこころを知り尽くした知恵者ではないか。

「われら堺商人は、汗をながして物を運び、わずかな利を懸命に積みかさねております。しかるに、利休殿の商いはまるで別のもの。ながいあいだ世に伝わった伝来の名物が高値なのは当然といたしましても、利休殿は、あたらしい茶碗でも竹筒でも、無理に名物といくるめ、同じ重さの金より、はるかに高い値をつけまする。あの御仁には、人を誑《たぶら》かす才覚がありますゆえ、だれも、おかしいと疑わずに金をわたしてしまいまする。まこと、幻術つかいのごとき商人にございます」

——商人……。

忘れておった。そうだ、あの男は、あんな取り澄ました顔をしておるが、もとよりただの魚屋《ととや》ではないか。

商人ならば、利を貪《むさぼ》るのはあたりまえ。ことに堺の商人は、親と子でさえ騙し合うほど強欲な者がそろっている。

——いや、しかし……。

秀吉は首をかしげた。

やはり、不思議でならない。利休は、たぐい稀な美的感覚をもっている。

たとえば、百個ならんだ竹筒のなかから、あの男が花入を、ひとつ選び出す——。その竹筒は、たしかにまちがいなく美しいのだ。節の具合にしても、わずかの反《そ》り具合にしても、えもいわれぬ気品があって、どうしてもその竹筒でなければならぬと思えてくる。

棗《なつめ》にしたってそうだ。同じ職人が作った黒塗りの棗を百個ならべておくと、あの男は、かならず一番美しい一個をまちがえずに選び出す。何度ならべ替えても、あやまたず同じ物を手にする。

——なぜだ。

なぜ、あんなふうに、いともあっさり、美しいものを見つけ出すことができるのか。

——あれは、幻術か、はたまた、ただの誑かしか……。

いや、ちがう。幻術とも誑かしとも思えない。そうは思えぬゆえ、ながいあいだ、あの男に茶の湯の仕切りをまかせてきたのだ。

秀吉は首をふった。景勝がけげんな顔をしている。

「それはそうと、奥州の話を聞かせてもらおう。どんな具合だ」

東北の情勢をあれこれ聞きながら、酒を何杯か舐め、二汁五菜の膳をゆるりと腹におさめた。

「曇ってまいりましたな」

景勝が外をながめた。よく晴れていた空に、いつの間にか灰色の雲が出ている。

「風が湿っておりますゆえ、今宵は雨になるやもしれませぬ」

石田三成がしずかにつぶやいた。

三

焼き栗を食べると、宗薫が黄金の天目《てんもく》茶碗に濃茶を練った。黄金の碗は、ここちよい持ち重りがするが、熱くなり過ぎないように、芯に木地が入っている。

練り慣れているので、宗薫の点前《てまえ》は、自然でいやみがない。

――だが……。

と、秀吉は首をかしげた。

なにかが足りない。

――なにが足りぬのか。

茶筅《ちゃせん》の手許をじっと見つめているうち、そうか、と、気づいた。

これ見よがしに気負いすぎず、自然で無理がないのは、利休の点前と同じだが、底にただよっている風韻がまるでちがうのだ。

利休の点前には、一座の会、一碗の茶をかけがえのないものとして慈しむ執着《しゅうじゃく》と気迫とがある。そんなこころを秘めながら、かろやかに点前して見せる。それこそ、あの男の身上だ――。

ひとたびそう思うと、宗薫の点前が、つまらない茶に見えた。せっかくの黄金の茶道具まで、光が褪せてしまう。

　茶を飲み終え、しばし談笑したのち、上杉景勝が平伏した。

「思いのほかゆるりと時を過ごしてしまいました。兵どもを見回ってまいります」

「大儀である。よしなに頼むぞ」

　景勝が摘星楼から去ると、秀吉は立ち上がって窓の外をながめた。

　都の空がどんより曇っている。

「橋立《はしだて》の壺はいかがした？」

　背後にいる石田三成にたずねた。

　橋立と銘《めい》のついた茶壺は、七斤《きん》（約四・二キロ）入れの唐物で、たっぷりとかかった褐釉《かつゆう》の景色もさることながら、ゆたかな胴《どう》の張り具合にえもいわれぬ豊饒がある。

　もとは足利将軍家の持ち物だったが、信長をへて、利休の手にわたった。

　以前から秀吉が所望しているにもかかわらず、利休はけっして譲ろうとしない。いずれ追放されると予想していたのか、二月になって大徳寺聚光院《じゅこういん》にあずけてしまった。

「それがし、今朝ほど寺に行ってまいりましたが、いかに関白様の御命令とあっても、お渡しできぬとの住持《じゅうじ》の返答。あまりにも憎体《にくてい》ゆえに、坊主を斬り捨てても考えましたが、せっかくの名物を血で穢すのもはばかられ、手は下しませんでした」

「かまわぬ。それでよい。坊主など斬っても寝覚めが悪いだけじゃ」

　大徳寺山門金毛閣にあった利休の木像は、一昨日引きずりおろさせ、利休屋敷すぐ前の一条戻り橋で磔にして、火で焼かせた。

秀吉はこの摘星楼から見物人の群れと煙を見ていたが、そんなことをしても、まるで気の晴れないのがよけいに腹立たしい。

「蒔田《まいた》を呼べ」

控えていた小姓が切れのよい返事をして階《きざはし》を下りた。

すぐに蒔田淡路守《あわじのかみ》がやってきた。北野大茶会の奉行をつとめた男で、利休の弟子のなかでは、もっとも秀吉の意をくむ侍である。

「そのほう、明日の朝、利休屋敷に行って、あやつに腹を切らせよ」

「かしこまってそうろう」

顔をこわばらせた蒔田が平伏した。

「謝るなら許してやるというてやれ。わしとて、殺すのは本意ではない」

「意を尽くして、申し伝えまする」

秀吉は、外をながめたまま、指先でしきりと扇子を開け閉めした。乾いた音がひびいている。

「あの男……」

「はっ」

「緑釉《りよくゆう》の香合《こうごう》を持っておる。そのほうは、見たことがないか」

「香合でございますか……」

蒔田が首をかしげた。

「そうだ。翡翠より美しい緑色でな、平たい壺の形をしておる。だれにたずねても、見たことがないという」

「はて。それがしも、存じませぬ」

「そうか。わしは一度だけ見た。譲れと命じたが断られた。あの男、あんなによい香合を持っておりながら、茶の席には飾ったことがない。なぜだ」

「さて……、判《はん》じかねます」

近しい弟子でも知らぬなら、よほど曰く因縁のある香合にちがいない。

「気取《けど》られるなよ。死の前じゃ。わしが欲しがっているなどと切り出せば、あの男、香合を砕いてしまうであろう」

数寄道具に強い執着をもつ利休である。まちがいなくそうするはずだ。

「腹を切らせたあとに、持ってくるがよい。あの男、明日はあの香合を飾るだろう。そんな気がしてならぬ」

蒔田はなんとも返答をしかねている。

「茶の湯とは、ただ茶を点《た》てて飲むばかり、と、あの男はいつもいうておる。家は漏らぬほど、食事は飢えぬほど……、ならば、道具に執着するなど、言語道断。茶の湯が仏法だと称するならば、なぜまず第一におのれの我執、妄執を消そうとせぬのか。本来無《む》一物《いちぶつ》こそ、禅坊主の道であろう」

言っているうちに、秀吉はさらに腹が立ってきた。指が扇子をしきりと開き、閉じてしまう。

「それこそ、あの男の最大の罪じゃ」

厚い灰色の雲から、雨が降りだした。おだやかな雨音が、こころに染みこんでくる。

——それにしても、利休は、なぜ一碗の茶に、あそこまで静謐な気韻をこめることができるのか。

腹立たしい男だが、その一点だけは認めないわけにいかない。

——どうしてあそこまで、茶の湯の道に執着するのか。

ついぞ、たずねたことはなかったが、一度、訊いてみればよかった。

——いまからでも、遅くはないか。

秀吉の胸中に、わずかに芽ばえた逡巡を、雨音が洗いながした。

つよさを増した雨が、淡く白い紗《うすぎぬ》で東山の峰を閉ざしてしまった。

知るも知らぬも

細川忠興

利休切腹の十五日前――

天正十九年（一五九一）二月十三日　夜

京　吉田　細川屋敷　長四畳

一

淀の舟着き場は、春の黄昏に暮れなずんでいる。山はおぼろな藍に霞み、川に吹く風がなまめかしい。

「おいでのようです」

細川忠興《ただおき》がつぶやくと、ならんで立っていた古田織部《おりべ》がちいさくうなずいた。むこうに、川沿いの街道をやってくる行列が見えている。

「咎人《とがにん》のあつかいか」

騎馬武者《きばむしゃ》をまじえた五十人ばかりの隊列が、粗末な駕籠を油断なく警固している。

舟着き場の川原に駕籠を置かせると、馬をおりた武者が菰《こも》をめくった。鼠色の道服《どうぶく》を着た男がおりてきた。

堺に下る利休である。

「おいたわしや……」

遠目にも、利休の憔悴は見てとれた。大柄な背をまるめ、首をすくめている。

視線を感じたのか、利休が顔をあげた。こちらに気づいて、眉をひらいた。

忠興と織部とが頭をさげると、利休が深々と辞儀《じぎ》をかえした。

わきに立つ侍に、なにか話している。黒い甲冑をつけた侍は、今日の追放を、忠興に知らせてくれた富田左近《とみたさこん》だ。左近も茶の湯の数寄者《すきしゃ》で、利休の弟子である。

——秀吉という男は……。

よくよく人のいやがる弱みを知っていると、忠興はあきれた。利休追放の行列を、ことさら茶の湯の弟子の左近に差配《さはい》させるという残酷な趣向は、常人には思いつくまい。

利休が、手招きをしている。

遠くで見送るつもりだったが、織部と忠興は、利休のそばに寄った。富田左近が、気をきかせて足軽たちを後ろにさがらせ、遠巻きにしてくれた。

足早にちかづくと、忠興は思わず利休の手をとった。大きくて、ふっくらした掌である。

「八方手を尽くしておりますので、いずれ上様のご勘気《かんき》もおさまりましょう」

「まこと、しばしのご辛抱でござる」

やはり利休の手をにぎった織部のことばに、力がこもっていた。

力なく首をふった利休は、目の下に大きな隈をつくっている。よほど悔しく、歯噛みしたにちがいない。

「ありがたいこと。されど、ようすは一段と悪しく、もはや無駄でございましょう」

秀吉の怒りをほぐすため、すでに利休自身がうごいていた。京に来ている会津城主蒲生氏郷《がもううじさと》や、摂津《せっつ》の芝山監物《しばやまけんもつ》など、弟子のなかでも秀吉にちかい者たちに助命工作を頼んだが、秀吉の怒りはいっこうおさまらず、ついに今日の追放となった。

「ちかごろの上様の驕《おご》り高ぶりは、目にあまりまする。天下人の寛容というものがまるでござらぬ」

口髭《ひげ》をふるわせる古田織部に、利休が首をふって見せた。

「あまり目立ったことをなさると、お二人にまで累がおよびます。お気をつけくださ い」

あまたいる利休の弟子のなかでも、織部は骨太な反骨者である。もしも秀吉が利休の命を奪おうとしたら、兵さえ動かしかねない。織部はこのあたりの山城西岡に三万五千石《ごく》の領地と兵をもっている。

「しかし、いかに上様といえども、あまりな仕打ち……」

織部の不満顔を、利休が目でおさえた。

「茶の湯をしていると……」

ことばがとぎれた。利休は、東の空を見上げている。赤く朧な十三夜の月が、山の端に顔を見せていた。

「人の驕りも卑屈も、手にとるように見えてきます。上様のおこころは、かねて察しておりましたが、さりとて、茶の湯の道を曲げる気にはなりません。その結果が、今日の御沙汰です。甘んじて受けましょう」

つぶやいた利休の目は、穏やかだ。煩悶のはてに、諦観にたっした顔つきである。

「お二人に、道具をおわけしようと思っておりました。ここにお出でとわかっていましたら、持ってきたのですが、すでに、お屋敷のほうに届けさせてあります」

「そのような……」

忠興は首をふった。それでは、まるで死を覚悟した形見わけではないか――。

「わたしは、果報者だと思っておりますよ。なにしろ、菅丞相《かんしょうじょう》になるのですから」

配流《はいる》はされるが、菅原道真《すがわらのみちざね》のように、いわれなき讒言《ざんげん》によるもので、じぶんはあくまでも無実潔白だといいたいのだろう。

「それでは、あまりに……」

織部の声がふるえた。

利休の目が、潤んでいる。月を見上げるふりをして、目をぬぐっている。

「赤い月もまた一興《いっきょう》。こんな宵なら、さて、どんな茶の湯の席をしつらえましょうか」

かろうじて笑顔を見せた利休が、織部と忠興にたずねた。

月を見上げて、しばらく考えていた古田織部が、ちいさく手を叩いた。

「花もなにもいりませぬ。窓をひらき、露地《ろじ》に香炉をしつらえて、宵の風を薫らせてはいかがでしょう。あるかなしかのほのかな香《か》を聞けば、釜の湯音もひときわ幽玄かと」

こんなまめかしい藍色の夕さり方《がた》である。どこからともなく甘い香《こう》が漂ってくれば、いやがうえにも異界を逍遥《しょうよう》しているここちになる。織部という男は、利休の教えからはみ出した大胆な美意識のもちぬしだ。

「それはおもしろい。露地に香を漂わせるなど、こんな春の宵でなければできぬ趣向でしょう。香は舞車《まいぐるま》がよい」

それは、能の曲からとった香銘《こうめい》である。

生き別れとなっていた男女が、祭の車のうえで舞っていて、偶然、再会する――。人の世の哀切と、めぐり逢いの僥倖《ぎょうこう》をしのばせるのに、これ以上の香はない。

「どんな香合が似合いましょうか。月が赤ですから、緑釉《りょくゆう》の香合《こうごう》など、いかにも玄妙かと……」

忠興がたずねると、利休は瞼を閉ざした。しばらくして、さりげなく首をふった。

「さて、そろそろ出立《しゅったつ》せねば富田殿にご迷惑。お二人が見送りに来てくださったこと、なによりもかたじけなし」

深々と頭をさげ、利休は背をむけて川舟に乗りこんだ。

三艘《そう》の舟に、足軽たちがわかれて乗ると、船頭が棹《さお》で岸を突いた。ゆるりとした淀川のながれにのって、舟がくだっていく。

舳先《へさき》に灯《とも》した松明《たいまつ》が、深い藍の帷《とばり》のむこうにすっかり消えてしまうまで、織部と忠興は、じっと見送っていた。

二

京にもどると、細川忠興は、一条の屋敷には寄らず、吉田山のふもとの別邸に入った。淀から先に人を送って、妻のガラシャに手紙をもってやらせた。利休から一条の屋敷に届いているはずの茶道具を、吉田の別邸に持ってくるように命じたのである。今夜は、聚楽第《じゅらくてい》に近づきたくない。秀吉の心魂が、やけに下司《げす》に感じられる。

屋敷に入り、中門をくぐって月明りの露地をあるくと、手水鉢《ちょうずばち》のむこうの石灯籠《いしどうろう》が、明るく灯っていた。

――明る過ぎる。

忠興は、腰の刀から笄《こうがい》を抜いて、灯籠の芯を短く直した。

月の夜は、いつもより明るく灯せ――と、この別邸の同朋衆《どうぼうしゅう》におしえたので、それを忠実に守っているのだろうが、今宵のように赤い月なら、灯籠の火は暗いほうがふさわしい。十三夜の月は中天《ちゅうてん》にかかってもなお、不気味に赤く朧なままである。

柄杓《ひしゃく》をつかい、手水鉢の水で、手を清めた。水が冴えて冷たい。ついさきほど、井戸から汲んだばかりであろう。

清めた手を手拭いでふくと、忠興はあらためて石灯籠をながめた。

その石灯籠は、いつだったか、利休からもらったものであった。利休が石の均衡がすばらしいと激賞していただけあって、凜としたすがたには、一点のゆるみもない。露地に置くには大きすぎるし、毅然としすぎているのだが、この灯籠だけは、つねに眺めていたい。丹後の城に下向《げこう》するときは、わざわざ人足に運ばせるほどの執着《しゅうじゃく》ぶりである。

「この灯籠、そちらで匿ってはくださるまいか」

利休にそういわれたとき、忠興はもちろん即座にうなずいた。

評判を聞いた秀吉が欲しがったので、利休は灯籠の笠をわざわざ打ち欠いたのだという。

「割れておりますゆえに、献上いたしかねます」

と、断りの口実にするためだったが、打ち欠いてみれば、さらに利休好みのすがたになっていた。完璧すぎる様式美より、不完全な美をいちだん崇高なものとして賞賛したがるのは、村田珠光《むらたじゅこう》以来、もの数奇《ずき》な侘び茶人の癖《へき》である。

――月も雲間のなきは、嫌にて候《そうろう》。

曇りなき満月を愛でるより、雲のかかった閑寂《かんじゃく》な月をいつくしむのが侘び茶である。

茶室の障子に、灯りが見える。

飛石《とびいし》をたどって、濡《ぬ》れ縁《えん》に上がった。吉田屋敷の長四畳《ながよじょう》の茶室は、躙口《にじりぐち》をつくらず、北向きの縁側に障子を立ててある。

障子に人影が映っている。ついいましがた手水鉢の水を汲んだ男だ。

「おいででございますか」

声をかけると、なかから父幽斎《ゆうさい》の声がした。

「はいるがよい」

障子をあけると、幽斎が端然とすわっていた。釜の湯音はおだやかだが、短檠が明るめに灯してある。

忠興の父幽斎は、古今伝授《こきんでんじゅ》はもとより、有職故実《ゆうそくこじつ》、能、音曲《おんぎょく》、料理など諸道《しょどう》に通じ、いずれも奥義《おうぎ》をきわめている。利休とも親交は深いが、幽斎は幽斎なりの茶の湯の道をあゆんでいる。

「帰ったか。利休がおまえになにをくれたのかと、思案しておった」

幽斎の前に、白絹《しらぎぬ》で包んだ四角い箱が、ほどかぬままに置いてある。

ひょっとすると、あの緑釉の香合か——と、忠興はこころが高鳴った。二重か、三重の厳重な箱に入っていれば、ちょうどそれくらいの大きさになる。

「さて、なんでございましょう」

「なにを寄こしたか、当ててみるがよい」

「もどかしゅうござる。見てたしかめればよろしかろう」

むろん父は、遠慮して見なかったのだろう。これは利休が忠興にくれたものだ。包みの外からとはいえ、勝手に眺めていられるだけで不愉快である。茶の湯の道具ばかりは、だれにも触られたくない。

「おもしろみのない男だ。それでは興があるまい。見えぬところを見てこその侘び数寄ではないか」

幽斎が苦く笑っている。

「いいえ、見るべき物を見てこその一期《いちご》でございます」

京を追放され、死さえ覚悟しているらしい利休が、いったいなにをくれたのか――。

それは、とりもなおさず、忠興への評価であるはずだ。

「開けますぞ」

はやるこころを抑えきれず、忠興は白絹の結び目をといた。出てきた桐箱の紐をとき、蓋を開けると、黄色い仕覆《しふく》があらわれた。仕覆は、まんなかが大きくくぼんでいる。

――茶碗か。

張りつめていた期待が、一瞬に消えはてた。

取り出して、畳に置いた。

仕覆をひらくと、長次郎が焼いた黒楽《くろらく》のふくよかな茶碗である。

よく見れば、箱蓋の裏に、鉢開《はちびらき》と書いてあった。茶碗のすがたが、ゆるやかにひろがっているところからの銘であろう。

肩を落としたせがれを見て、父がつぶやいた。

「がっかりしたな。緑釉の香合がほしかったのではないか」

図星を指された忠興は、父を見つめた。

「父上もあれをご覧になりましたか」

「飾ってあるのを見せてもらったことはない。炭をなおして、香をくべるとき、手の間からちらりと眺めたばかりだが、あれはよい香合だ。あの緑釉は、高麗の古い時代のものだ。数ある利休の道具のなかでも、まずは文句なしに第一等の品」

「わたしも同じです。拝見を所望するのさえはばかられるほど、そそくさとお仕舞《しま》いになってしまわれました」

「そうだな。じつは、わしも、ひょっとするとあれか、と、包みを眺めておったのだが、ちがうであろうと思い始めていた。おまえごときにわたす品ではあるまい」

「では……」

思いたくないが、古田織部のところか。それとも、蒲生氏郷か、あるいは高山右近《たかやまうこん》か――。利休にとくに可愛がられている弟子は七人いるが、忠興は、そのなかでも一目《いちもく》も二目も置かれていると自負していた。

いったい、あの緑釉の香合は、だれにわたすつもりであろうか。それとも、だれにもわたさないつもりなのか――。それを思えば、春の宵がいっそう悩ましい。

「せっかくだ。その黒楽茶碗で、薄茶《うすちゃ》を一服点《いっぷくた》ててくれ」

幽斎が、片膝を立ててくつろいですわった。長年、戦場を駆けまわってきた男だけに、老いてもなお、悠然とした気魄がある。剃髪《ていはつ》した頭のよく似合う顔に、なにものにも動じない意志の強さがにじんでいる。

忠興も、十五の歳の初陣で信長に感状《かんじょう》をもらって以来、二十九歳の今日まで、あちこちの戦場を駆けまわってきた。父になど、一歩もひけをとらぬ気概《きがい》で生きているが、乱世を長く生き抜いた剛毅さには、かなわぬところがある。

所望されて、忠興は点前座《てまえざ》にすわった。

炉にかかっている釜は、阿弥陀堂である。これも利休からもらった道具で、立ち上がった口と、ゆるやかな肩に雅趣がある。

　手を叩いて同朋衆を呼び、したくを命じた。

　この長四畳の茶室は、書院の雰囲気を残しつつ侘びた風情があじわえるようにと、忠興がしつらえた。炉のわきに、太めの松の皮をはつった中柱《なかばしら》を立てて袖壁を塗らせ、点前座をしきってある。葭《よし》の天井をわずかに高めにつくらせたので、夏でも涼しく気持ちがよい。

　忠興は、二畳台目の狭い茶室もつくったが、それは、ただじぶんひとりが茶を点てて飲み、考え事をするためにつかうばかりで、客を招くのはこの長四畳がおおい。

　じぶんの前に道具をそろえた忠興は、居ずまいをただした。

　帛紗《ふくさ》をさばいて棗《なつめ》を清め、茶杓《ちゃしゃく》をぬぐった。柄杓をかまえ、釜の底から湯を汲んで、茶碗にそそいだ。

　茶筅《ちゃせん》を湯に通し、両の掌でゆっくり茶碗をまわして温めた。

　――手によくなじむ茶碗だ。

　楽《らく》長次郎が焼いた茶碗は、いくつも使っているが、この鉢開は、とくべつ手に馴染みがよい。しっとりと吸いついてくる感触がたまらない。

　棗から茶杓で茶をすくい、茶碗に入れてかるく掃いた。湯をそそぎ、茶を点てた。

　茶碗を幽斎にさしだすと、黙って飲み干した。時間をかけて茶碗をながめてから、口を開いた。

「おまえは、利休からなにを学んだ」

いきなり喉もとに短刀を突きつけられた気がした。

「さて、面妖なおたずね。むろん、茶の湯のこころでございます」

とりあえず答えたが、そんな答えでよいはずがない。

「ちとは、ましなことを学んだかと思うたら、まこと、凡愚《ぼんぐ》なせがれであった。ちかごろは、知るも知らぬも茶の湯とて、侘び数寄のふりばかりしたがって、困った世の中よ」

立ち上がろうとする父を、忠興はにらみつけた。

「お待ちください。それがしが茶の湯を知らぬと仰せか」

「ならば、茶の湯のなにを知っておる」

逆に問われて、忠興は答えに窮した。蓋をはずしたままの茶釜が、湯音をたてている。

「おまえのは、ただの真似ごとだ。利休にそういわれたことはなかったか」

忠興は喉をつまらせた。たしかに、利休にそう指摘されたことがあった——。

「忠興殿の茶は、わたしの茶そのままですから、のちの世には伝わりますまい。数寄とは、人と違うことをすること。古田殿などは、わたしの茶とずいぶん違いますから、のちの世に残るでしょう」

はるか年長の先達《せんだつ》とはいえ、古田織部とならべてそう断言されてしまうと、忠興は無能の烙印を押されたようで悔しかった。

それ以来、新しい創意工夫ができないなら、せめて正統な継承者であろうと、忠興は懸命に利休の茶の湯を模倣してきた。

「どんな道でも、上手のなすことを真似るのは、大事と存ずる」

幽斎が首をふった。

「ちがうな。おまえは利休に目をくらまされておる。あの男は、たしかにたいした男だが、だからといって、おまえが創意を怠ってよいはずがない」

利休にも、常識にもとらわれない奔放な茶の湯を愉《たの》しむ父幽斎だからこそのことばであった。

「よい茶を飲ませてもらった。こんな朧月の宵にふさわしい茶であったな」

立ち上がった父を、忠興はもうひきとめなかった。

三

閨《ねや》の障子が、月光で赤い。

白い乳房をもみしだくと、ガラシャは甘い吐息をもらしてあえいだ。すがりついた爪が、忠興の肩にくいこんだ。

ふたりのはげしい呼吸がおさまって、夜の底に沈んでいると、ガラシャがたずねた。

「いかがなさいました」

忠興は闇を凝視していた。

妻のからだに夢中になっているときは忘れていた父のことばが、いま、体内をかけめぐっている。

――知るも知らぬも茶の湯とて……。

妻に語ってどうなる話でもない。

「なんでもない」

「はい」

素直にひびいた妻の声に、忠興はつい口を開いていた。

「茶の湯のこと……」

じぶんの声が、闇に消え入りそうだった。

「ほんにお好きですこと」

「いや、たかが茶の湯、好きも嫌いもあるものか」

本気でそうつぶやいた。

忠興は、あくまでも武人である。血腥《ちなまぐさ》い戦場の興奮を鎮めるためにこそ、茶の湯をたしなんでいる。けっして、いまどきの風潮におどらされ、浮《うわ》ついた気持ちでやっているのではない。

実際、忠興は、勇猛な男であった。

妻のガラシャが明智光秀《あけちみつひで》の娘なので、細川親子は、本能寺の変のあと、光秀方と目されていた。くり返し潔白を証して、ようやく秀吉から丹後の旧領を安堵された。

その丹後で対立していた武将を酒宴に招き、ばっさり斬り捨てたのは、忠興がまだ二十歳のときである。

――おれは、生来、血が熱い。

じぶんでもそう感じている。熱い血は、茶で鎮めるのがいちばんよい。

利休との出会いは、そのころだった。

武将を斬った二尺八寸半（約八十六センチ）の大太刀《おおだち》を、知り合ったばかりの利休に見せると、利休が目を輝かせた。

「たいへんすばらしい業物《わざもの》でございます。わたしも同じような太刀を持っております」

遣いをやって、持ってこさせると、利休の太刀は、姿といい、重ねの厚さといい、忠興のものとたいへんよく似ていた。互いに、互いの鑑識眼を認め合ったのが、そもそもの出会いであった。

忠興が室町風の式包丁で鶴をさばいたことがある。包丁と真魚箸《まなばし》だけをつかい、鶴には指一本ふれずに、貴人に献じる一皿を調理したのである。

見ていた利休が、首をかしげてつぶやいた。

「まな板が低く見えたのはなぜだろう」

忠興は台所方《だいどころかた》にたずねた。

「定法《じょうほう》のまな板が古くなりましたので、一分《いちぶ》ばかり削りました」

そう答えたので、忠興は利休の目の確かさに感じ入った。

鞘《さや》のこともあった。忠興は、好みがうるさく、じぶんでも意匠《いしょう》をつくして職人にこしらえさせていたが、利休の持っていた古い鞘のほうがはるかに美しかったので、以後はそれと同じにつくらせた鞘を愛用している。

そんな利休との思い出が、いくらでもあふれてくる。美に対して利休ほど信頼できる目を持っている男はほかにいるまい。

「利休殿のこと、おまえはなんと思う」

ガラシャは、利休をよくは知らない。それでも、対面して挨拶をしたことはあるし、ちかごろの譴責《けんせき》の話はしてある。女の直感が聞きたい。

「あのお方は……」

とつぶやいて、ガラシャは口を閉ざした。

「どうした」

「……はい」

「つづけよ」

「……正直にもうしあげて、よろしゅうございますか」

「ああ。感じているままをいうがよい」

しばらく、ためらってから、口を開いた。

「わたしには、あのお方が、なにかにおびえておいでのように見えます」

「利休殿が、おびえている？」

「わたしは、親しくお話ししたことはございません。ご挨拶をかわすばかり。それでも、お顔はまぢかでよく拝見しております」

「それは、ちかごろの話だな」

おびえていると見えたのは、利休の周辺に暗雲がたれこめてからのことだろう。

「いえ、初めてお目にかかったときから、そう感じました」

忠興は、あごをなでた。

――この女には、どうして利休殿が、おびえているように見えるのか。

それが不思議である。

ガラシャはガラシャで、とてつもなく芯の強いところがある。いつだったか、庭師がガラシャの居室《きょしつ》をのぞいたので、忠興が一刀のもとに首を刎《は》ねた。血のたぎった忠興が、その首をガラシャの膝に投げると、この女は顔色ひとつ変えずに受けとめた。

そんな女である。人の心底《しんてい》を見抜く直感力は、忠興も信頼している。

「なにに、おびえておいでなのだろう」

「さぁ……」

ガラシャの白い指が忠興の指にからまった。

「うまくもうせませんが、たとえば、美しいものとか……」

「美しいもの……」

忠興はうなった。

――利休殿は、美を支配していたのではないのか。

支配していたのではなく、美におびえていた――。

「そう見えたか？」

「はい。わたくしには……」

いわれてみれば、うなずける。

利休の傲岸不遜《ごうがんふそん》のかげには、美の崇高さへのおびえがあったのか。

——利休殿は、美しいものを怖れていた。

そう考えれば、さまざまなことに納得がいく。あそこまで繊細に、執拗に美にこだわりつづけてきたのは、自負や驕慢《きょうまん》からではなく、ひたすらおびえていたからか——。

——なぜ。

という疑問が、当然わいてくる。

「なぜだろう」

「さぁ……」

ガラシャの指が、忠興の胸であそんでいる。

「あんがい、つまらぬ理由かもしれません」

「どのような」

「好きなおなごに嫌われたくないとか……」

ふふっ、と、男のこころを知り尽くしているように、ガラシャが微笑んだ。

——まさか……。

打ち消してみたが、その考えは、忠興のこころのなかで、しだいに大きくふくらんでいくばかりであった。

大徳寺破却

古溪宗陳

利休切腹の十六日前、そして堺に追放の前日——
天正十九年（一五九一）二月十二日　昼
京　紫野　大徳寺　方丈

一

京の都から北へ一里の山あいに、市原という里がある。あたりは鬱蒼とした杉の森だが、都に近いだけあって、百姓家《ひやくしようや》にさえ雅《みやび》な風情がただよっている。

禅僧の古溪宗陳《こけいそうちん》は、この谷に一寺をひらいて隠棲《いんせい》していた。

朝の粥座《かゆざ》を終えたとき、玄関で訪《おとな》いの声がきこえた。出ていった小僧が、すぐに廊下を駆けもどってきた。

「利休様のお遣いでございます」

山里にいても、利休のことは、つねに気にかかっていた。あの男はいま、針の莚《むしろ》にすわっている。

「すぐに行く」

大徳寺山門の一件で、なにか動きがあったのかもしれない――。

利休の寄進で山門を修築し、重層部に金毛閣ができたのは、一昨年の師走であった。寺側が寄進を謝して、閣内に利休の木像を安置したのは去年のことだと聞いている。

それを今になって秀吉が怒っている。

先日、聚楽第《じゅらくてい》で秀吉に会ったとき、宗陳は秀吉に怒鳴りつけられた。

「わしは、しょっちゅうあの門を通る。利休の股の下をくぐれというのか」

臨済禅《りんざいぜん》の本山紫野《むらさきの》大徳寺には、織田信長の位牌所《いはいじょ》があり、また、秀吉が母大政所《おおまんどころ》のためにひらいた大きな祈願所天瑞寺《てんずいじ》もある。秀吉は、たしかに大徳寺をしばしば訪れている。

古溪宗陳は、かつて大徳寺の住持《じゅうじ》であった。いまも、長老として深い関わりがある。

三年前、宗陳は秀吉の怒りにふれ、九州に配流《はいる》された。

秀吉をなだめすかし、赦免《しゃめん》をとりつけてくれたのは利休であった。

去年の夏、ゆるされて京にもどってくると、山門に堂々たる楼閣ができあがり、なかに、等身大の利休の木像が安置されていた。それが、いまの騒動の火種になっている――。

玄関に出ると、利休屋敷で見覚えのある男が、悲壮な顔つきで立っている。たしか、少巌《しょうごん》という名であった。

「どうした。関白殿から、なにかいうてきたのか」

「いえ。いまのところはまだ……。ただ、お師匠様は、ちかいうちに、御処分があるだろうと……」

「木像のこと、利休殿には、なんの咎《とが》もない。まるで言いがかりだ。いまいちど、関白殿にお願いしてみよう」

この問題で、宗陳はなんども秀吉に頭を下げてきた。しかし、いっこうに勘気《かんき》がゆるむ気配はない。

少巌が手紙をさしだした。落涙している。

「御遺言にございます」

「馬鹿な……」

「お師匠様は、もう覚悟を定めておいでのごようす。あとのことは、和尚様にお願いしたいと、昨夜、それをしたためられました」

細長く折りたたんだ手紙を、いそいで開いた。なんの前置きも挨拶《あいさつ》もなく、こう書いてあった。

問《とい》のこと、和泉国《いずみのくに》にあるほどの分《ぶん》、
同じく、佐野の問、塩魚座《しおうおざ》賃銀《ちんぎん》百両也《りようなり》。

問とは、千家《せんけ》本業の納屋（倉庫業）にかかわる利権のことである。堺とはべつに、佐野にもその利権があり、塩魚座に納屋を貸す賃料がそれだけ入るのだ。銀一両は、四匁《もんめ》三分《ぶ》（約十六グラム）で、百両なら、米にしてざっと三十石《こく》から四十石の賃料が入ることになる。

そのあとに何か所もの田畑、屋敷地、財産の目録が何行にもわたってつづき、それらを相続させる子どもたちの名が書いてある。先代から受け継いだ分と、利休が手に入れた分を合わせると、千家にはかなりの資産がある。

「この相続を、わしに見届けよとおっしゃったのか」

「はい。和尚様をおいて、ほかにおまかせできる方はおらぬとの仰せでした」

利休は、古溪宗陳の禅の弟子であるが、その一方、宗陳を支援する大檀越《おおだんおつ》でもある。二十年前、大徳寺の住持となるのに必要な五十貫文《かんもん》の銭を、宗陳に奉加《ほうが》してくれたのは利休であった。あのときは、利休一人で百貫文、千家一族あわせて二百貫文もの奉加をとりまとめてくれた。以降も、おりにふれて過分な金品を布施してくれている。そんな世俗的なつながりが深ければこそ、財産相続の見届けを宗陳にたのんできたのであろう。

宗陳は、つぎの一文《いちぶん》に目を吸いよせられた。

宗易今ノ家。但《ただし》、我《われ》、死《し》テ後十二ヶ月ノ間ハ子持《こもち》アケまじき事候《そうろう》。

今ノ家とは、堺今市町《いまいちちょう》の屋敷のことだ。死のあと、閉門せよと子のいる妻の宗恩に命じている。秀吉への面当てであろう。

——そこまで秀吉を嫌っておるか。

秀吉の前にいるとき、利休は茶頭《さどう》として、いたって慇懃である。しかし、野育ちで野卑な秀吉を内心軽蔑していることは、態度のはしばしにあらわれていた。いつかそれが秀吉の逆鱗にふれはしまいか、と、宗陳は以前から危惧《きぐ》していた。

利休との付き合いは、宗陳が堺の南宗寺《なんしゅうじ》にいたときからだから、もう三十年になる。禅の公案をあたえ、茶に招かれ、おたがいにこころは知り尽くしている。

あれほど一徹な男もめずらしい。

美にかかわることならば、毫《ごう》もじぶんを曲げない。だれにも阿《おもね》らない。相手が秀吉であろうが、地獄の閻魔であろうが、一歩も譲るまい。ことし還暦の宗陳より十歳上だが、まるで枯れる気配がなく、つねに、新しい美しさを求め、気魄に満ち満ちている。

仮に、死を賜ったとて、ただ従容《しょうよう》と受け入れはすまい。

「お気は、しっかりしていらっしゃるのだな？」

「はい。いつものように、わたくしは叱られてばかり。いたってご闊達《かったつ》でございます」

「そうか……」

そうであらねばならぬ男である。

また手紙に目を落とし、宗陳は末尾《まつび》ちかくに、じぶんの名を見つけた。

ようきひ（楊貴妃）金屏風　一双
古渓和尚様進上候也

先日、聚楽第の利休屋敷で、みごとな絵を見た。金箔貼りの屏風に、色白の美女が描いてあった。生きてそこにすわり、おだやかに微笑んでいるかのようだった。

宗陳はつい見とれてしまった。

「和尚様にも、まだ、女人への煩悩が残っておいでですか」

利休が嬉しそうに笑って、薄茶の碗をさしだした。広間とはいえ、利休があんな艶っぽい屏風の前で茶を点《た》てるのを宗陳は初めて見た。

「どんな美人も、なれの果ては髑髏《しゃれこうべ》。つねづねそう念じてはおりますが、いや、やはり美しい女人の力にはかなわん。こんな女性《にょしょう》がほんとうにおるなら、わしとて、法も寺も捨てて出奔《しゅっぽん》しかねませぬ」

「それはまた正直なご述懐《じゅっかい》でございますな」

茶を喫《きっ》してから、宗陳は、利休にたずねた。

「して、この女人はどなたであろうか。天女とは見えぬ。物語のなかの女でもなさそうだ。まこと、この世にいる生きた女人に見えますな」

利休の顔がわずかに曇った。

「楊貴妃でございます」

「いや……」

つぶやきかけて、宗陳は口を閉ざした。

楊貴妃の絵なら知っている。国を傾けた唐《から》の女だ。腰をしならせ、妖艶な流し目で、誘うようにこちらを見ているのがお定まりの図柄である。添えてある花は、華麗な牡丹ときまっている。

金屏風の女には、いささかも媚びたところがない。

天女の羽衣のごとき韓紅花《からくれない》の衣をまとい、膝をくずして斜めにすわっている。凜とした端整な顔だちで、潤んだ瞳が前に置いた緑釉《りよくゆう》の香合《こうごう》を見つめている。おだやかに微笑みながらも、どこかさみしげであった。

そばに、木槿《むくげ》の木が描いてある。まっすぐ伸びた枝々にいくつも白い花が咲いている。白い花のまんなかに、ちいさく紫がにじんでいる。

ただそれだけの図柄なのだが、女には、男ならどうしてもほうっておけぬ色香があふれていた。見ていると、そばに寄って細い腰を抱きしめたくなる。世俗を捨てた宗陳でさえ、煩悩が勃然《ぼつぜん》と頭をもたげる。

女が目線をおとしている緑釉の香合は、以前、利休に見せてもらったことがある——。

「これは、高麗《こうらい》の女人ではござらぬのか」

たずねたが、利休は首をふった。

「楊貴妃に見えぬとは、下手な絵師でございますよ」

そうは思えなかった。女のすがたには、あふれるばかりの命がほとばしっている——。

つい何日か前のそんなやりとりを思いだして、宗陳は遺言状めいた書き付けから顔をあげた。

「この譲り状は、役に立たぬほうがよい。どれ、聚楽第に参り、いまいちど関白殿に、頭を下げよう。なんとしても、許していただくようにお願いしてみよう」

「ありがとうございます」

立ち上がりながら、さて、秀吉をなんと説き伏せたものかと思案をめぐらせたとき、網代笠《あじろがさ》をかぶり、墨染めの衣を着た雲水《うんすい》が、小さな門から駆け込んできた。大徳寺の修行僧である。

「た、たいへんでございます」

「なにごとか？」

「大徳寺を、破却すべしと、いま、か、関白様の、お使者が……」

雲水のことばが終わらないうちに、宗陳は草鞋《わらじ》の紐をきつくしばって走り出していた。

二

大徳寺本坊《ほんぼう》の広い方丈《ほうじょう》に駆け込むと、座敷の床を背にして、四人の侍が居ならんでいた。

徳川家康、前田利家、前田玄以《げんい》、細川忠興《ただおき》の四人である。九年前、この寺で信長の葬儀をして以来、みな顔は見知っている。

「……されど、破却ばかりは、なにとぞご勘弁いただきたく……」

四人の使者を前にして、いまの住持がくいさがり、懇願していた。

宗陳は、四人の前で平伏した。

「天下の名刹《めいさつ》大徳寺を破却なさるとは、いかな罪状でございましょうか。納得のゆくご説明を願いたい」

目玉を大きく剝いてたずねると、前田玄以が口をひらいた。

「いまも住持に話したとおり、利休めの木像が不敬であるゆえ、破却と決まった。像を彫らせたのは、寺だというではないか。けしからんと、関白殿下は、いたくお怒りじゃ」

前田玄以は、もともと尾張の僧だったが、信長につかえ、いまは、秀吉五奉行の一人として、僧形《そうぎょう》のまま、京の貴族、寺社、町人たちのことを取り仕切っている。京では公《く》事《じ》訴訟が多く、玄以の威勢はことのほか大きい。

「寄進者顕彰《けんしょう》のための木像でござる。さようなものが咎になるなど前代未聞。言いがかりもはなはだしい」

「よいか。われらは、議論をしにまいったのではない。この寺を破却すべしという関白殿下のご処断を伝えにきたまで」

「しかし、破却とはただごとではござらぬ。法灯《ほうとう》を守る伽藍《がらん》は、侍にとっての城と同じ。壊すといわれ、諾々《だくだく》とうなずけるわけがない」

「関白殿下のご裁定である。すでに決まったこと。もはやどうしようもない」

玄以のことばのあとを、徳川家康がつづけた。

「御坊《ごぼう》。じつはな、これでも、われら、ずいぶん骨を折った。関白殿下は、最初、坊主どもを磔《はりつけ》にせよと、すさまじいご剣幕であった。あまりのことゆえ、ご説得もうしたが、お怒りはとけず、大政所様にお取りなしをお願いして、ようやく磔だけは許してもろうた。わかってくれ」

宗陳のこめかみが激しくひきつった。

「しかし、この大徳寺には信長公の御位牌所総見院《そうけんいん》がござる。大政所様の天瑞寺もござる。それまで破却なさるおつもりか」

「それは、ほかに移す。われらにしても、もはや、とりなす術《すべ》がないのだ」

家康が眉をひそめた。秀吉が重臣を四人も送り込んできたのは、それだけ厳重な処断だとの意思表明であろう。

宗陳は、懐から短刀を抜いた。市原の寺を飛び出すとき、帯にたばさんできたのだ。鞘を払い、白刃《はくじん》を畳に置いた。

「貧道《ひんどう》、死してなお法灯を守る所存。あくまで破却なさると仰せならば、まずはこの身を突き殺されるがよい。破却はそれからにしていただこう」

あごを引いて、四人《こ》の侍を睨《ね》めつけた。

もとより、詫《わ》びを請うつもりはない。破却もさせない——。しばらく睨《にら》み合った。

どこかで鶯《うぐいす》が啼《な》いた。

方丈の庭は、白砂《しらすな》をしいて波を描き、石を配置した枯山水《かれさんすい》だが、土塀のむこうに広がる境内《けいだい》には、松の木が多い。風がそよげば、はるか天空にさわぐ松籟《しょうらい》がここちよい。

「では、生害《しょうがい》なさるがよい。われら、それを見届けて帰り、関白殿下にご報告いたす。さすれば、破却はお許しになるやもしれぬ」

前田玄以が、真顔で宗陳を見つめている。

「承知。貧道が志気、しかと見届けられよ」

宗陳は、衣の前をくつろげて両手で短刀をにぎり、腹に向けてかまえた。一息に、突き刺すつもりである。

腕に力を込めた刹那、大きな声がさえぎった。

「待たれよ。しばし待たれよ」

細川忠興だった。

三人の侍が、忠興を見た。

「なにか、よい思案でもあるかな」

前田利家がたずねた。

「思案など、ござりませぬ。ただ死して抗弁せんとする老師の決意、ひとまず関白殿下にお伝えしてはいかがかと思うたばかり。じつのところ、これだけ大きな寺を壊すとなれば、かなりやっかいでござろう。内裏《だいり》との結びつきも深い。信長公の御位牌所を移すというても、どこを選ぶかで、また大騒ぎせねばならん」

細川忠興が、もうこりごりだといわんばかりの顔になった。

秀吉の気まぐれには、みなが振りまわされ、辟易《へきえき》している。

いまから七年前、秀吉が信長の菩提寺《ぼだいじ》を創建すると言い出したことがあった。

開山に指名されたのは、ほかならぬ宗陳である。

大徳寺のすぐ南にある船岡山の広大な土地を寄進され、建築用の材木も、難波津《なにわづ》に運ばれてきた。天正寺と名づけ、寺号《じごう》を揮毫《きごう》した正親町《おおぎまち》天皇の勅額《ちょくがく》まで用意してあった。

すべては順調であった。

宗陳とともに船岡山に登ったとき、秀吉は東山を指さした。

「あそこに霊地がある。南都の東大寺に勝る盧舎那《るしゃな》大仏を建立《こんりゅう》するつもりじゃ。和尚には、この天正寺と、かの寺と二大寺の開祖になってもらいたい」

それほど秀吉から厚い信頼を受けていた宗陳だったが、間もなく、天正寺建立は中止され、東山方広寺《ほうこうじ》の開山には、天台宗の僧が起用された。どちらも、秀吉の気まぐれとしか言いようがない。

そして、九州への追放。

天正寺造営奉行だった石田三成が、秀吉に讒言《ざんげん》したことはわかっていたが、なにを抗弁する気にもならなかった。

こんどの木像事件も、三成の影が見え隠れしている。

――またしても、あの男。

そうは思っても、どうにもならない。耳元でささやいたのが誰であれ、決めたのは天下人の関白秀吉である。

秀吉のほんの気まぐれで、大勢の人間がうごき、無駄な銭を費消《ひしょう》させられる。つきしたがう家臣にとっては、たまったものではない。

「まことまこと。細川殿のおっしゃるとおりだ。寺を潰《つぶ》してまた造るなど、銭がかかっていかん。実際は、関白殿も、破却がご本意ではなかろうと存ずる」

家康が鷹揚な口調で説いた。

「されば、なにがご本意でござろうか」

前田玄以がたずねた。

「恭順《きょうじゅん》でござるよ。関白殿下に対し奉り、なんの異心もないことをお見せすれば、ご勘気はおさまるであろう。わしは、そんな気がしてきた。のう、そうではござらぬか」

家康が、前田利家に目をむけた。

「たしかに、ちかごろの関白殿は、ちと気まぐれが過ぎるようだ。あまりにたびたびくり返せば、やがて人心の離反も招きかねぬ。君《くん》、君たらざれば、諫めるのは臣《しん》の役割。ああ、わしから話そう。若いころからの朋輩《ほうばい》じゃ。すこしは聞く耳がござろう。それでよろしいな、御一同」

利家のことばに、三人の侍がうなずいた。

「関白殿には、御坊が恐懼《きょうく》して詫びを請うたと伝えておく。よいな」

宗陳は重いものを呑み込んだ。それは仕方あるまい。

「では、一件落着じゃ。喉がかわいた。御坊、茶を一服《いっぷく》ふるもうてはくれぬか」

「かしこまりました」

宗陳は、深々と頭をさげて、典座《てんぞ》にしたくを命じた。

三

方丈の庭に、春の光があふれている。白砂のきらめきと植え込みの緑が、ここちよい緊張をもたらしている。

四人の武将は、ならんで庭を向き、脇息にもたれている。

「禅家《ぜんけ》のこととて、菓子の用意はございませぬ」

宗陳がことわった。

前田玄以が、出された白磁の壺のふたを取り、さかさにした。小さな口から兎糞《とふん》のごとき黒い塊が転がりだした。懐紙に受け、三つばかり口に放り込んで、頬をすぼめた。塩味で独特の風味が強い納豆である。粘り気はまったくない。

四人の僧が、天目台《てんもくだい》にのせた茶碗を捧げてあらわれた。使者それぞれに、拝跪《はいき》してさしだした。

ゆっくり飲み干し、家康が口を開いた。

「この天目茶碗は、どこの窯かな。建盞《けんさん》ではないようだ」

中国福建《ふっけん》の建窯《けんよう》で焼いた茶碗を建盞と呼ぶ。黒い飴色の釉薬に特徴があり、曜変《ようへん》、油滴《ゆてき》など華やいだ趣の茶碗がよく知られている。天目山に留学した禅僧が持ち帰ったので、わが国では天目茶碗と呼ぶ。

「いえ、やはり福建の窯でございますが、灰被《はいかつぎ》ともうし、釉薬が落ち着いております」

家康が飲んだ茶碗は、黒釉《こくゆう》にかさねて淡い黄色の釉薬がかけてあった。天目ながら、しっとりして、えもいわれぬ侘びた風情がある。

「利休の好みか……」

茶碗をながめながら、家康がつぶやいた。

「御慧眼《ごけいがん》にございます」

宗陳が答えると、家康は、膝のうえで茶碗をゆっくり回して見つめた。

「あの男……」

一同が、家康のことばのつづきを待った。

「惜しい目利きだ。のう、細川殿。殺すには惜しい男ではござらぬか」

「まこと、なんとかお助けしたいもの……」

細川忠興が苦い顔でうなずいた。

「ぜひともお助けくださいませ。お願いいたします。なんとかなりますまいか」

宗陳は、床に頭をすりつけた。

「本人がひとこと詫びればよいのだ。詫びさえすれば、関白殿下はお許しになる。あの男、なぜ、詫びぬのか」

前田玄以が、冷ややかにつぶやいた。

「詫びる理由がございますまい。木像は、寺がしたこと。利休居士《こじ》が責めを負うべき罪《ざい》科《か》ではございませぬ」

大きく首をふりながら宗陳が説いた。

「木像の件が、ただの口実に過ぎぬことくらい、御坊も見抜いておろう。問題は、利休めの頑《かたく》なさだ。あの男、どうしてああまで、茶の湯のありようにこだわる。どうして、ああまでおのが目利きを、人に押しつける。関白殿下は、その驕慢《きょうまん》ぶりを詫びさせたいのだ」

玄以の眉根に深いしわが寄った。

「利休居士は、けっして押しつけなどなさっておられませぬ。関白様は、赤楽茶碗がお好みゆえ、黒楽はつかわぬと聞いております」

宗陳が抗弁した。

「いや、赤楽、黒楽ばかりの問題ではない。あの男の茶の湯は鼻についていかん。取り澄まして、さも自分だけが天上天下《てんじようてんげ》でただ一人、美しいものを知っておるといわんばかりの顔。わしもあの男の茶の湯は好かぬ。飲んでいると、無性に腹が立ってくる」

玄以の声が、荒くなった。

おだやかに声をかけたのは、四人の使者のなかで一人だけ年若《としわか》の細川忠興である。

「ただ茶を喫《きつ》するばかりのことでござります。さようにこだわり、ご立腹なさらずとも、よろしゅうございましょうに」

「なんの、こだわっておるのは、わしではない。利休じゃ。細川殿は、お弟子ゆえ、あの男の点前《てまえ》がお好みじゃな」

「いや、好きも嫌いも……」

議論などしたくないという顔で、忠興は、懐紙に残っていた大徳寺納豆を口にいれ、明るい庭を見やった。天上に風があるのか、かすかな松籟がきこえる。

「腹を割った話、宗陳殿は、利休という男を、どうご覧になる。わしの見たところ、あの御仁ほどいくつも顔をもっている男はおらぬ。慇懃《いんぎん》かと思えば傲慢《ごうまん》。繊細かと思えば、婆娑羅《ばさら》よりなお無頼。まことに変幻自在だが、どの顔の目線をたどっても、かならず美しいものにつきあたる。それが面妖でならんのだ」

心底不思議そうに家康がたずねた。

「さようでございます。たしかに利休居士ほど摩訶不思議な茶人はおりませぬ。わたしの見ますところ、あのお方は……」

四人が注目している。宗陳は、いつも感じているままを舌にのせた。

「天にゆるりと睡《ねむ》り、清風に吹かれているような方と存じます」

「ふん。禅坊主の問答か。わけのわからぬことをいう」

前田玄以が、首を小刻みに横にふった。

「いえ、われら雲水と称して修行いたしますが、すべてを捨てたつもりでも、人はなかなか雲にも水にもなれませぬ。利休居士は、さらりと天に遊び、まことに美しいものだけを見つめておられる。さような境涯《きょうがい》に立つお方と存じます」

「しかし、あの男は意固地《いこじ》だぞ。天上に睡るなら、もっと淡泊であってよかろう」

前田利家が大きな声であごをしゃくった。

「天にはきびしい摂理《せつり》がござる。摂理にかなうものだけが美しいまことの命を得る。そうではござらぬか。利休居士は、その摂理に命がけでしたがっておられるばかり」

宗陳のことばに、玄以が鼻を鳴らした。

「たいそうなこと。そこまでして茶を飲まねばならぬか。たかが茶ではないか」

みなが黙った。玄以の述懐が重かった。

「さて、馳走になった。われらには、まだ大仕事がある。寺を壊さぬよう、帰って、関白殿下をなんとか説き伏せねばならぬ」

利家の声に立ち上がりかけた家康が、天目茶碗に目を落とした。

「この茶碗、所望したいがよいか」

「どうぞお持ちくださいませ」

家康にとっては、それが利休の形見になるかもしれぬ——。

宗陳は、不吉にもそう思った。平伏しながら、じぶんに残された金屛風を思い浮かべた。

——あの女。

絵師が筆先で生んだ女ではあるまい。たしかにこの世に生きている女人だ。その女を、利休が絵師に描かせたにちがいない。

そう思えば、宗陳でさえ、煩悩に胸が熱く高鳴った。

方丈の庭の砂が、陽光をあびて、あくまでも白く輝いている。

ひょうげもの也《なり》

古田織部

利休切腹の二十四日前――
天正十九年（一五九一）二月四日　夜
京　古田織部屋敷　燕庵

一

古田織部《おりべ》の京屋敷は、下京《しもぎょう》の蛸薬師《たこやくし》油小路《あぶらのこうじ》、空也堂《くうやどう》のとなりにある。

夜明けとともに目ざめた織部は、井戸水をくんで顔を洗い、釜に清水を満たした。

座敷にはいると、すべての障子窓をひらき、朝の清浄《せいじょう》な気を招きいれた。つい先日、新しく建てたばかりの茶室である。

暗かった露地《ろじ》が、淡い藍色の光に明け初《そ》めている。春の曙はすがすがしいが、織部には気がかりがある。

――なんとかせねばならん。

師の利休が、秀吉の勘気《かんき》をこうむっている。悪くすれば死を賜ることになるだろう。秀吉の怒りはそれほど激しい。

そのことで、織部はきのうも聚楽第《じゅらくてい》に行った。利休本人が弁明すればいいのだが、そんな気はさらさらないらしい。弟子たちのほうが気をつかい、秀吉の機嫌を取り結ぼうとしている。

織部は秀吉に頭をさげた。

「なにとぞ利休居士《こじ》にご寛恕《かんじょ》をたまわりたく……」

尾張の鷹狩から帰ったばかりの秀吉は、付け髭《ひげ》をなでて、首を大きく横にふった。

「あやつの話など聞きとうない」

目がさめるほどの緋色に金襴《きんらん》の縫い取りをした羽織袴がこれほど似合う男もめずらしかろう。去年の小田原の戦勝以来、秀吉には天下人の風格がそなわってきた。

いま、秀吉は、京の地割りを整備して新しい通りをつくらせ、町全体を土居で囲む大規模な工事を手がけている。去年から進んでいる内裏の造営も、いよいよ棟上《むねあ》げの段取りとなった。

各地の大名たちが上洛しているので、京の町は活気づいて浮きたっている。秀吉は、利休のことなど、かまっている暇がなさそうだ。

「あの男の茶は、しょせん、商人の茶だ。どうにもせせこましく、いじましゅうて、いかん。武家には、武家のおおらかな茶の湯があってよい。おぬし、新しい茶の湯を勘考《かんこう》せよ。天下を見わたしても、それができるのは、おぬししかおるまい」

あっさり話をそらされてしまった。

茶の湯のくふうなら、織部はいつもこころを尽くしている。利休にまなびつつも一線を画し、大胆で雄渾《ゆうこん》な茶をこころがけてきた。

美濃《みの》で生まれた織部は、信長に仕え、秀吉に仕えた。山崎の明智討ちで戦功をあげ、天王山のふもと西岡城主となった。信長の使番《つかいばん》だったかつての日々を思えば、京、大坂をむすぶ要衝《ようしょう》の三万五千石は大きな栄達である。

織部は食いさがらなかった。

あまり執拗に懇願しては、秀吉がかえってへそを曲げてしまいそうだった。

退出の挨拶をしようとすると、秀吉が朱塗りの扇子で織部を招いた。

「近《ちこ》う寄れ」

膝でにじり寄ると、さらにもっと近寄れと命じられた。上段の間に上がると、扇子でじぶんのすぐ前の畳を叩いている。そこまで寄ると、秀吉は身を乗りだし、小声《こごえ》でささやいた。

「おまえ、利休の香合《こうごう》を見たことがあるか」

香合なら、いくつも見ている。利休はよい香合をたくさん持っている。

「緑釉《りょくゆう》の香合だ。わしは、どうしてもあれがほしい。橋立《はしだて》の茶壺も欲しいが、あの香合は別格だ。碧玉《へきぎょく》のごとく美しい小壺だ」

名物橋立の茶壺を、かねて秀吉が所望していることは、織部も聞いていた。

「名物などなくてもかなうのが侘び数寄《すき》の茶だと申すくせに、名物道具に執着《しゅうじゃく》するとはなにごとかと責めてやったのだ」

唐物名物をむやみとありがたがるのが、足利将軍時代の書院の茶の悪弊《あくへい》である。あたらしい侘び茶は、書院の茶の派手な道具自慢に辟易《へきえき》したところから出発している。利休も折に触れてそれを口にしていた。

「あやつ、橋立の壺は、大徳寺にあずけおった。そちらのほうはなんとかなるだろう。それより香合じゃ。おまえは利休に気に入られている。緑釉の平たい小壺、見たことがあるであろう」

その香合は知っている。利休が肌身離さず持っている愛玩品だ。あれは、殺されても手放すまい。

口にするのはためらわれた。知っているなどと言えば、秀吉がどんな無理難題を命じることか。

「さような香合は存じませぬ」

秀吉が扇子で織部の首の根を叩いた。

「わしは、あの香合の来歴だけでも知りたい。古い高麗の焼き物らしい。あれだけの香合だ。世に知られておってもよいはずだが、誰も知らぬ。どこの家の伝来品か。聞き出せば、おまえの手柄だ」

織部は平伏した。

「かしこまりました」

顔を上げてたずねた。

「ひとつお訊ねしてよろしゅうございましょうか」

秀吉が、あごをしゃくって続きをうながした。

「なにゆえ上様は、その香合についてお知りになりたいのでございましょう」

あの香合の来歴は、かねて織部もたずねたいと思っていた。それだけに、秀吉の目敏《めざと》さに驚いていた。

「利休という男、一見、おだやかで柔和な顔をしておるが、じつは、あやつほど頑なな男もめずらしい。一服《いっぷく》の茶を満足に喫《きっ》するためなら、死をも厭《いと》わぬしぶとさがある。その性根の太さは認めてやろう」

秀吉は人の心底を見透かす鋭い直感力をもっている。利休にはたしかにそんな一徹さがある。

「たかが茶ではないか。なぜだ？　なぜ、そこまで一服の茶にこだわる」

織部は首をかしげた。織部もまた、それを知りたいと思っていた。

「わしは、その秘密が、あの緑釉の香合にある気がしてならぬ。あの香合には、きっとなにか秘め事がある。それを聞き出してくるがよい」

織部は、秀吉の慧眼に感じ入った。

たしかに織部も、ずっとおなじことを思っていたのである――。

昨日の秀吉とのやりとりを反芻していると、庭がすっかり明るくなった。

座敷にも、朝の陽光が射し込んでいる。

織部は料紙《りょうし》を手に筆をはしらせた。

よろしければ、本日、こちらにおいで願えまいか——と、したため、聚楽第の利休屋敷に届けるよう若党を走らせた。

しばらくして帰ってきた若党は、細長く折りたたんだ文をさしだした。

「古織公《ふるおりこう》　まいる　利」と、折れ釘《くぎ》のような字で表書きがしてある。

伊達政宗公上洛の間、白河迠《まで》、今、参り候《そうろう》。頓《やが》て帰り、参るべく候。皆々、御隙入《おんひまい》り候《そうら》えば、夜に入りもっともに候。

かしく

伊達公の招聘《しょうへい》は、江戸大納言《だいなごん》徳川家康の肝煎《きもいり》である。

利休に好意的な家康は、利休がいかに役立つ男か、秀吉に示すために、火中の栗を拾うつもりで出迎え役につかったのであろう。

無事に大役をはたし、秀吉の勘気がすこしでもやわらぐことを、織部は願った。

二

利休が織部屋敷にやってきたのは、月が西山の峰にかかる時分だった。

露地の潜門《くぐりもん》を通って、腰掛けまで迎付《むかえつ》けに出ると、利休は立ったまま細い月をながめていた。

伊達政宗の出迎えで疲労困憊しているはずなのに、道服《どうぶく》を着た背筋がすっきり伸びていて、疲れている風には見えない。いつもながらの飄然《ひょうぜん》とした利休がそこにいた。

「市中にいながら、山居《さんきょ》の風情。樅《もみ》の木がよい具合にそだちましたな」

織部の茶庭《ちゃにわ》は、利休の庭とまるでちがっている。

樅の木が何本か枝をひろげているので、西の愛宕《あたご》山は、木立《こだち》のあいだに見えるだけだ。そこにかかった月が冴えて、えもいわれぬ野趣がある。

京に来てすぐのころ、織部は鞍馬寺に行って樅の大木を見た。古びてなお雄々しい姿に魅せられ、屋敷にも植えた。

「今日の日和で、たんぽぽがよく咲きました」

織部は気取らない野山の風情をとりこみたくて、陽当たりのよい場所に、黄色いたんぽぽを植えている。閑雅《かんが》を好む利休には考えられない作庭《さくてい》であろう。

いくつか置いた露地行灯《あんどん》が、打ち水に濡れた飛石をつややかに照らしている。

露地には、細長い切石《きりいし》や赤い石を組み合わせ、大胆な奇抜さをねらってみた。人の意表を突く躍動的な美が織部の好みである。

利休なら、自然な丸石だけをならべて、見た目より歩きやすさに配慮するところだ。

利休には、さりげない素朴さのなかに、深遠な調和の美を見いだす天賦の才がある。

織部は、師とじぶんの美意識の違いを、つねに意識しながら茶の湯に精進《しょうじん》している。

人とおなじことをするくらいなら、茶の湯などせぬほうがましだ。

利休が、背の高い蹲踞《つくばい》で手水《ちょうず》をつかい、口をすすいだ。かがまずに水がつかえるようにしたのは織部のくふうだ。

織部はさきに茶室にはいり、いまいちど席をあらためて水屋《みずや》にひかえた。

躙口《にじりぐち》から利休が席にはいる気配があった。

ころあいをはかって、織部は茶道口《さどうぐち》を開いた。

「本日はお疲れのところ、ようこそおいでくださいました」

利休は、まだ客座《きゃくざ》につかず、躙口のところにすわったまま、茶室のなかを見ていた。

大柄な利休だが、茶の席で膝をそろえてすわると、いつもひとまわり小さく見える。

「織部殿が新しい座敷をつくったと聞いて、うかがわないわけにまいりません。理にかなった席ですね」

利休のことばに、織部はうなずいた。

三畳の客座をはさんで、台目《だいめ》の点前座《てまえざ》と一畳の相伴席《しょうばんせき》をこしらえた。大名を客に呼ぶときは、警固のために供《とも》の者もいっしょに席に入りたがる。そのための相伴席で、襖を立てて仕切れば武者《むしゃ》隠しになる。

床《とこ》わきの壁に、下地の木舞《こまい》を見せた窓をあけたのも新しい。

「窓をたくさん作りましたな」

利休がつぶやいた。

「ぜんぶで十一こしらえました。朝の茶事《ちゃじ》にはまことに気持ちがよろしゅうござる」

利休のつくる草庵の座敷は、うす暗い。

織部は、草庵ながらも明るい席をつくりたかった。たくさんの窓があってなお、落ち着いた風情を醸《かも》すのに腐心した。

「そちらの窓からは愛宕山が見えます」

織部は、相伴席の天井を手でしめした。そこは屋根が勾配《こうばい》のつよい葺《ふ》きおろしになっている。低い蒲《がま》天井に突き上げ窓を切らせたのは、そこに立てば、愛宕の峰の入り日や月が見えるからだ。あかね色の夕焼けに染まる障子の風情はすてがたい。

「居心地のよい席です。よく意を尽くされた」

利休の目が床にとまった。立ち上がって床の前にすすむと、扇子を置いて一礼した。いつもながら利休の立ち居振る舞いは、なんの衒《てら》いも無駄もない。

軸は西行《さいぎょう》。紺地《こんじ》の裂《きれ》で表装《ひょうそう》してある。

　　梢うつ雨にしをれて散る花の
　　　惜しき心を何にたとへむ

利休はしばらくじっと見つめていたが、なにも口にせず、一礼して席についた。

織部は、炉の下火《したび》をなおし、新しく炭をついだ。丸い眼紋《がんもん》のうつくしい青鸞《せいらん》の羽箒《はほうき》で炉のまわりを掃き、香を炷《た》いた。

「香合を拝見してよろしいかな」

所望されて、織部は香合を炉の右向こうに置いた。

いびつに丸い香合である。

白地の土に銅緑釉をかけ、茶色い鉄絵の縞をつけた。

織部は、ここ数年、新しい焼き物を生み出そうと腐心している。紙で切型を作り、下絵を描き、美濃の窯に注文して焼かせる。窯に行き、じぶんで土をひねることもある。

白、緑、茶、三色の取り合わせが多いが、ときに黒を主体とすることもあれば、赤を強調することもある。丸や四角、三角などのもようをつけたりもする。

利休がじっと香合を見つめている。

「これはじぶんで土をひねりましたか」

平たい蓋のまんなかをすこし窪め、葉の形をした摘みを、わざとゆがめてつけた。土をこねているうちに、そのほうが味わいが深くなる気がしたのであった。

「焼き物はまだまだくふうが足りません」

「いや、これはおもしろい。ひょうげものだけに、見ていて味がある」

織部は深々と頭をさげた。剽軽《ひょうきん》だというのは、利休にしてみれば最大級の讃辞であろう。

「おそれいります。膳をお持ちいたしましょう」

水屋にもどると、料理人がしたくを調《とと》えていた。

織部は、杉の足打膳《あしうちぜん》をはこんだ。

向付《むこうづけ》の鮑《あわび》の貝焼き。塗りの椀に菜と蛤《はまぐり》の汁。飯。

箸をとって汁を吸った利休が、ゆっくりと長い息を吐《は》いた。

「さっきまで気が張っていて疲れも感じませなんだが、熱い汁を飲ませてもろうたら、いっきに気持ちがゆるみました。くつろがせていただいてよろしいか」

「もとよりそのつもりでお招きいたしました。どうぞゆるりとお過ごしください」

志野焼の徳利で、酒をすすめた。

「伊達様は、たいそうな行列でござった。若いがなかなかのご器量。大三日月の前立《まえだて》が、いかにもお似合いでありました」

利休は、伊達政宗の行列がどれほどきらびやかであったか語った。千人を超えるみちのく武者の行列は、さぞや壮観であっただろう。

去年の小田原の陣に遅参したとき、政宗は、前田利家を通じて利休に入門を請うた。政宗に懇願された利休は、遅参を怒る秀吉を取りなし、やっと拝謁《はいえつ》させたのだった。

「お宿はどちらでござろう」

「妙覚寺《みょうかくじ》でしてな、茶の席をしつらえてまいりました」

ならば、聚楽第《じゅらくてい》のすぐそばである。いずれ秀吉から政宗に茶道具の下賜《かし》があるだろう。

「では、しばらくお忙しゅうございますな。今宵のお招きなど、かえってご迷惑」

利休が首をふった。

「なんの、ご接待役は、富田左近《さこん》殿。わたしなど、もはや用はござらぬ」

富田左近は、伊勢《いせ》安濃《あのう》五万石の領主で、利休の弟子である。

「それは……」

すこし前まで、こういう役は利休が召されるに決まっていた。あからさまに利休をはずした秀吉の勘気を思い、織部は嘆息しないわけにいかなかった。

三

四方山《よもやま》の話をしながら、織部は、料理と酒をすすめた。

「これはかくべつな豆腐。どうやって煮付けられましたか」

丸い豆腐を口にして、利休がうなった。疲れている師匠に食べてもらおうと丹精《たんせい》しただけに、織部は素直にうれしかった。

「豆腐の角を丸く切り、鍋で転がして焼きました。それを出汁《だし》でことこと半日ばかりも煮含めましたゆえ、味がよくしみておりましょう」

「そこまでされれば豆腐も冥加《みようが》なこと」

利休の笑いを、どこか虚ろに感じたのは、気のせいか――。

「お師匠様には、これまで茶の湯の道についてたくさん教えていただきました」

つい、むかしを懐かしむ口調になっていた。

実際、この十年ばかりのあいだに、織部は、じつにさまざまなことを利休から学んだ。

知り合ったばかりのころ、昼の茶の席で、利休が瀬田の唐橋の擬宝珠《ぎぼし》について語り出したことがあった。

「あの橋に、二つだけかたちの見事な擬宝珠があります」

そのころの織部は、利休のことを、まだ全面的に信じてはいなかった。茶人としての評判があまりに高いので、かえって、まやかしではないかと疑っていた。そのまま席を抜け出し、瀬田まで馬を駆けさせた。

橋の欄干《らんかん》についた銅の擬宝珠をひとつずつ検分した。

おなじ鋳物《いもの》職人がつくったらしいが、なるほど微妙に出来具合の差があった。三度見直して、出来のよいのが、たしかに二つだけあることに気づいた。

京にもどって、東西のそれとこれだとつげると、利休は、いかにもそのとおりだと手を打ってよろこんだ。

それ以来、織部は利休の審美眼に全幅《ぜんぷく》の信頼を置いている。

利休が言い出して、織田有楽《うらく》や細川忠興《ただおき》とともに、手水の柄杓《ひしやく》をつくったことがあった。みな、それなりのものを削ってきたが、利休の柄杓は凛としてゆるぎない完璧なかたちをしていた。だれもが、師の卓抜《たくばつ》した美意識と器用な手先に畏怖を感じた。

それでいて、かならずしも完全な美しさを喜ばない偏屈さは、利休も織部もおなじだった。

織部は、高麗の井戸茶碗を「ゆるきもの」だと打ち割ったことがある。緊張感のなさが気に喰わなかったのだ。

ちょうど十文字に割れたので、継ぎ直してつかっていたのを、利休に褒められた。利休も、花入や灯籠《とうろう》を欠いたことがあると聞いて、織部はおどろいた。

厳しい師であったが、利休は弟子たちに対して、高慢でも横柄でもなかった。ただひたすら美に対して謙虚であった。

織部が薄板を敷かず、籠《かご》の花入をそのまま床に置いたのを見て、利休が感心したことがあった。

「これについてはあなたのお弟子になりましょう」

それからは、利休も、薄板を敷かず、籠の花入を置くようになった。

いつだったか、利休が高弟たちに苦言を呈したことがある。

口切りの茶事に利休が古い丸釜をつかったので、弟子たちが、おなじ釜を探して奔走していると聞いたからであった。

「あなたがたは、まだ本当の数寄者《すきしや》とは呼べません。わたしが丸い釜をつかったなら、四角い釜をつかってこそ茶人。人の真似などおもしろくもない」

もっともだ、と、織部は感じ入った。

それ以来、織部は、強く意識して、利休とはちがう道を選んだ。

利休は、日常の起き伏しのなかに、さりげない美しさを見つける天才である。ただ、調和を重んじるので、どうしても躍動感に乏しい。

織部は武家らしく大胆で動きのある茶をこころがけた。それが、ちかごろようやく形になりはじめている。

利休にいったん中立《なかだち》してもらい、織部は、掛け軸を巻いた。

床わきの窓に、鶴首の花入をかけ、黄色い花のついた連翹《れんぎよう》をひと枝さした。

巻いた軸をしまおうとして、思い直した。

軸は、歌のところを見せて床に置いた。

わきに、さきほどの香合をならべた。

見直して、あざとすぎるかと感じたが、あえてそのままにしておいた。このままでは、利休の命にもかかわることだ。

ざっくりとした古伊賀《こいが》の水指《みずさし》をすえ、肩衝《かたつき》の茶入を置いた。

鎖でさげた釜は、平たい姥口《うばぐち》である。なだらかな肩から胴にかけて十二本の筋が同心円を描いている。湯がよいぐあいに沸いている。

南蛮の銅鑼《どら》を鳴らし、水屋でしたくしていると、利休が席入りする気配があった。

間合をはかり、織部は茶道口を開けた。ていねいに頭をさげて茶碗と建水《けんすい》を持ち出し、黙って濃茶を練った。

織部は、大ぶりの茶碗を好む。

黒釉薬をたっぷりかけた茶碗は、呑み口がぽってり厚い。存在感があって、頼もしいかぎりだ。

利休はだまって茶を喫した。

釜の湯音が、夜のしじまに吸い込まれていく。

濃茶を飲み終えた利休が、膝のうえで茶碗を見た。

織部は手燭《てしょく》をそばにさしだした。

「おもしろい茶碗です」

「こういう大胆な焼き物は、美濃の陶工たちのこころをくすぐるのか、むこうでもいろいろ意をつくしてくれます。そうなると、いっそう楽しくなってまいりました」

「茶の湯は、こころを解き放つのがなにより。存分になさるがよろしかろう」

意を決して織部が口を開こうとすると、利休がさえぎるようにつづけた。

「高麗には、沓形《くつがた》の茶碗があるそうな」

「沓形でございますか」

「さよう……」

茶碗を置いた利休が、両手で三角をつくって見せた。

「すこし細長い形らしい。いずれ、船を出して買い付けたいと思っておった。高麗にはいちど行ってみたかった」

秀吉は、数年前から明国《みんこく》への討ち入りを宣言している。まもなく実行するだろう。そうなれば道すがら、高麗を踏みにじることになる。落ちついて交易などできるかどうか。

利休が、高麗になにか強い思いを抱いているらしいことは、織部も前から感じていた。

「お師匠様……」

織部は手をついて、頭をさげた。

「どうか、お命を粗末になさいませぬよう。このままでは、上様の怒りは増すばかり。いずれ、厳しい御処断がくだされましょう」

利休が首をかしげた。

「なんの悪いことをした覚えもないゆえ、わたしから申し上げることはなにもない」

「上様があの……」

織部のことばを、利休が手でさえぎった。

「聞きとうない。聞かさずにいてくれ」

織部はくちびるを嚙んだ。

「ただ、あなたには、教えて進ぜよう。この香合は古い時代の新羅《しらぎ》のもの。わたしの想い女《びと》の形見です」

懐から出した利休の手が、色褪せた袋をにぎっていた。なかから緑釉の香合を取り出すと、利休はそれを畳に置いた。

燭台の光を浴びて、緑釉が銀色にきらめいた。壺の形が、瀟洒《しようしや》で洗練されている。

「誰が欲しがろうとわたすつもりはありません。手放すくらいなら、いっそ粉々に砕いてしまいたい」

香合をにぎった利休の手が高く上がった。そのまま釜に叩きつけんばかりの、けわしい顔つきである。

やがて、目を細めて手を下ろした。膝のうえで香合をなでている。

「なんの。そんなことができるなら、とうにしておったわ」

織部は、利休が手にしている香合を、じっと見つめた。二人のいる茶室が、遠い遠い夜のはてまで彷徨《さまよ》ってゆきそうだった。

木守《きまもり》

徳川家康

利休切腹のひと月前——

天正十九年（一五九一）閏一月二十四日　朝

京　聚楽第　利休屋敷　四畳半

一

——わしを殺すつもりか。

徳川家康は、利休屋敷の大門を見て、じぶんの喉を撫でた。二層の門は、上にすっきりした虫籠窓《こまど》があり、瓦屋根のむくり具合が洒落ている。京でもこれほど瀟洒《しょうしゃ》な門はめずらしかろう。風雅ながら、どこか意志の強さを秘めた門である。

——茶人などというものは。

見かけのしおらしさを拵《こしら》えるのは、得意中の得意にちがいない。まったく、みょうなものが、世に流行《はや》る。

家康は、利休から朝の茶に招かれている。

京の宿にした豪商茶屋《ちゃや》四郎次郎の家を出るとき、殺されるのではないか、と、ひき止められた。

「茶に毒を盛られるやもしれませぬ。病と称して行かれぬのが賢明でございましょう」

四郎次郎が言うように、たしかに、身の危険は感じている。伊達政宗に謀叛《むほん》の嫌疑がかかっているいま、政宗を取りなした家康も同心《どうしん》と見られているかもしれない。

政宗に先だち、家康が関東から上洛したのは、つい一昨日のことだ。秀吉は尾張に鷹狩に出かけているとかで、まだ拝謁《はいえつ》していない。もどってきたら、いったい、どんな扱いを受けるのか――。秀吉の天下取りの仕上げとして、家康の命の意味は大きかろう。

「さような無茶もいたすまい」

茶の湯に招かれて死んだとあっては、利休が毒を盛ったのはあきらかで、言い逃れのしようがない。

「南蛮には、じわじわと体の痺れる毒があるそうにございます。飲んで何日もたったのちに絶命するといいますゆえ、利休も関白殿下も、知らぬ存ぜぬで通しましょう」

四郎次郎のことばが、耳にへばりついている。口のなかがみょうに渇いて粘りつく。

大門で、屋敷の若い者が出迎えた。

庭に、別棟の袴付《はかまつけ》(待合《まちあい》)があった。宝形造《ほうぎょうづくり》の屋根が、やはり絶妙な角度にむくっている。この屋敷の主《あるじ》は、あらゆるものに、おのれの美意識を浸透させなければ気がすまないらしい。案内する半東《はんとう》の袴の衣《きぬ》ずれまで、きびきびと耳に心地よく響くのは気のせいか。

今日の客は、家康ひとりである。供としてついて来た本多平八郎《へいはちろう》ら六人の家来と茶屋四郎次郎は、のちほど、同じしつらえの跡見《あとみ》の席に入る。

袴付の床《とこ》に、ただ一文字、隷書《れいしょ》で「閑《かん》」としたためた墨蹟《ぼくせき》がかけてある。家康は首をかしげた。

——こころ閑《しず》かであれということか。

閑を、戒めととると厭《いや》らしく煩わしい。あらまほしい静寂の境地と読めばうなずけぬでもない。さて、利休めは、どんなつもりでこの軸をかけたのか——。

半東が、汲み出し茶碗に白湯《さゆ》をもってきた。口にふくむと、えも言われぬやわらかさが広がった。よい井戸の水を、よい釜でゆっくり沸かしたのであろう。

「ただの白湯が、これほど美味いか」

声に出してつぶやいていた。

「まこと。へんてつもない白湯なのに、馥郁《ふくいく》としておりますな」

本多平八郎が感心している。茶屋四郎次郎は、白湯を見つめたまま飲もうとしない。

障子のむこうに朝の光があふれ、鳥がさえずっている。こんな好日《こうじつ》に殺されるなら、それが天命かもしれない。

「したくが調《ととの》いましたので、どうぞお出ましくださいませ」

半東の迎えに、家康は立ち上がった。茶羽織の襟を直し、雪駄《せった》を履いた。庭に降り立ち、敷石を踏んで、はね上げた竹の簀戸《すど》を通った。そこからが露地《ろじ》、茶の湯の世界である。ついて来た本多平八郎と若侍は、簀戸をくぐらず、家康を見送った。

露地の苔と飛石は打ち水に濡れ、春の木漏れ日にきらめいている。

腰掛けでわずかに待つと、むこうで水の音が聞こえた。桶から蹲踞《つくばい》に、わざと大きな音を立てて流し込んだらしい。

ややあって、利休があらわれた。

信長の安土の城で初めて会ってから、家康は、折あるごとにこの男の点《た》てた茶を飲んでいる。大柄な男で、殊勝な茶頭《さどう》だとの印象だ。ただ、なにを考えているのか心底《しんてい》の見透かせぬ不気味さがある――。

茶色い道服《どうぶく》を着た利休が、家康の前に無言でかがんだ。

慇懃な礼ののち踵《きびす》を返し、先に飛石を歩いて行く。背中に、格別な気配はない。客を殺そうとしている亭主の殺気くらい読みとれずに、この乱世は生き抜けぬ。

また、門があった。編み笠のような茅葺《かやぶ》き屋根に、両開きの簀戸がついている。

ここの露地は、いくえにも結界《けっかい》が結ばれているのか、奥に踏みこむほど、異界に誘われて行く気がする。

むこうに土の壁が見えた。低いところに四角い窓が開いている。先を行く利休が、頭をさげ、腰をかがめ、そこを通った。窓ではなく潜《くぐ》り口であった。

つづいてくぐった家康は、腰を伸ばして、はっと胸を突かれた。

目の前の露地の一木一草《いちぼくいっそう》までもが利休の手で磨かれたように清らかで、木漏れ日に光る歯朶《しだ》でさえ、利休に命じられて、風にそよいでいる気がした。

この露地は、まさに閑かさの桃源郷であろう。柿を葺《こけら》いた茶室の落ち着いた風情が、警戒にこわばっていた家康のこころを、ゆるゆるとほぐしはじめた。

蹲踞で手を洗い、口を漱《すす》いだ。

清浄な水があまりに気持ちよいので、柄杓《ひしやく》の水で顔を洗った。

――生きることの一大事は、日々すがすがしい朝を迎えることか。

冷たい水が、心機を凜とひきしめた。

「閑」の一字は、戒めでも憧れの境地でもなく、閑かさを手に入れんとする強い決意なのかもしれない――。

そんなことを思いながら、手拭いをつかった。

二

軒下の刀掛けに、腰の大小を掛けた。

小さな潜りの戸が、ほんのわずかに開いている。手をかけると、板戸は思いのほか軽くすべった。両の拳をつき、ぐっと躙《にじ》って入った。

なかはおだやかに明るい四畳半の席である。ふたつの障子窓が、やわらかい光をつくっている。朝の光があまりに清浄で、ただそこにいるだけで、からだの芯まで清まりそうだ。

正面に床がかまえてある。

軸は、五言《ごごん》の四行《ぎょう》。

虚空忽生白　　虚空《こくう》忽《たちま》ち白《しろ》を生《しょう》ず

古今誰覆蔵　　古今《ここん》誰《たれ》が覆蔵《ふくぞう》す

壺中天地別　　壺中《こちゅう》天地を別《へだ》て

日月発霊光　　日月《じつげつ》霊光《れいこう》を発す

どうやら、禅坊主の偈頌《げじゅ》らしい。見れば、紫野宗陳《むらさきのそうちん》と名が書いてある。信長の葬儀を仕切った大徳寺の長老だ。

「虚空たちまち白を生ず……」

家康は、口中でつぶやいた。白とはなにか、よく分からない。

目を落とすと、炉に釜がかかっている。蓋は切ってあるが、湯音はしない。釜は、手で撫でさすりたいほどふっくらした丸みをもっている。

床を背負ってすわると、大きな溜息がもれた。張りつめていたものが、いっきにほぐれ、溶け出した気がする。生きていることと死ぬことに、いったいどんな違いがあるのか――。そんなことまで思わせるほど、清浄で落ち着いた茶の席である。

茶道口《さどうぐち》の白い襖が開いた。

利休が平伏している。

「関東からの長旅、お疲れでございました。ようやく春めいてまいりまして、なによりの好日。関白様より、存分におもてなしせよと言いつけられております。ごゆっくり、お寛《くつろ》ぎいただけましたら、幸いでございます」

家康は、一昨日、京に到着したばかりである。まだ秀吉には拝謁していない。

「関白様は、なにか仰せであったかな」

「はい。長旅でお疲れゆえ、ゆっくり寛いでいただくように、と、おそばの者から言づかっております」

おそばの者とは、石田三成でもあろうか。あやつは利口な男だ。わしを殺したら、坂東の情勢がどれほど混乱するか、重々《じゆうじゆう》承知しておろう——。

「それだけか」

「そればかりでございます」

家康はあごを撫でた。秀吉からなにか言伝《ことづて》でもあるかと期待していた。肩すかしをくらった気分である。

今日の招きは、秀吉直々《じきじき》のものである。秀吉本人はすがたを見せないにせよ、大勢上洛している大名連のなかで、じぶん一人が招かれたことに、なにか、格別な意味があるのかと勘ぐっていた。

秀吉と家康の確執《かくしつ》は、根が深い。

殺されるにせよ、歓待されるにせよ、なんの挨拶もないのは不気味である。

いま一度、利休が頭を低くした。

「それでは、ゆるりとお寛ぎくださいませ」

利休が奥に引き取ると、家康の腹の底から、また吐息がもれた。どうやら、殺されることはあるまい。

首をまわして、ゆっくりと室内をながめた。

この四畳半の席は不思議だ。ひたすら閑雅《かんが》をきわめ、障子に射す朝の光さえ凜として神々《こうごう》しいのに、こころの根をゆるりと蕩《とろ》かす心地よさがある。ずっと背負ってきた重い荷物を、ここで一度おろしてもいいような気にさせてくれる。

ほかの茶頭ではこうはいかない。

茶の席には飽きるほど入ったが、茶頭によって、どこかこれ見よがしだったり、なにかが鼻についたり、田舎臭かったりする。特別な趣向はなにもないのに、ここまで洗練されて落ち着く席は初めてである。

この席のたたずまいこそ、利休の本領であろう。家康は、素直にそう感じた。

茶道口が開き、利休が瓢《ふくべ》の炭斗《すみとり》を手にあらわれた。釜をわきへ置いて、湿《しめ》した灰を撒き、炉の炭をつぎはじめた。手の動き、動作の一つひとつに、なんの衒《てら》いもない。炭が、おさまるべきところに、おさまっていく。羽箒《はぼうき》で炉の縁《ふち》を掃く所作さえすがすがしい。

香合《こうごう》を手に取り、なかの丸い練り香を火箸でつまんで炭のそばにひとつ、すこし離してひとつ置いた。

「香合を見せてくれ」

家康がたのむと、利休が掌中《しょうちゅう》のものを、炉のわきに置いた。

すこし大ぶりの、丸く平たい香合である。黒漆《くろうるし》に蒔いた青貝《あおがい》に、目が吸い寄せられる。手にとってしげしげと眺めた。

波のうえに立つ妖獣《ようじゅう》は、麒麟《きりん》であろう。螺鈿《らでん》の細工が精妙で、活き活きした躍動感がある。

「高麗の螺鈿か」

「いえ、明国の細工と存じます」

「よいものだ」

「まことに」

螺鈿は、澄みきった朝の光を虹色にはじき、いや増して清らかに見える。

「ひとつ、たずねたい」

「なんなりと」

「あの軸にある、虚空たちまち白を生ず、とは、いかなる謂《いい》か」

利休は、釜を炉にもどし、また羽箒をつかった。

「白は光と存じます。夜の虚空から生じる朝の光は、だれも覆い隠すことはできません。壺中《こちゅう》の天地はまた格別で、日も月も、つねに霊光を発している。わたしは、そう読ませていただいております」

「なるほど」

うなずきながら、家康は利休の顔を見すえた。老いのせいか、なにか気がかりでもあるのか、いささか窶《やつ》れて見える。

そういえば、茶屋四郎次郎が、利休と石田三成のあいだで、なにやら確執があるらしいと言っていた。秀吉が留守となれば、内向きの用をつとめる側近たちのあいだで、もめ事も起こるのだろう。

「水屋《みずや》をみつくろいまして、粗餐《そさん》をご用意させていただきます」

家康は、鷹揚にうなずいた。

「そのほうの馳走は、こころが尽くしてあって楽しみだ」

「ありがとう存じます」

深々と頭をさげた利休が、静かに襖を閉めた。

ひとり残った家康は、いささか気分が軽くなった。家康にとって、豊臣家の弱体化こそなによりの愉悦《ゆえつ》である。

これまで、秀吉にはどれだけ忍従を強いられてきたか。去年の関八州《かんはっしゅう》への転封《てんぽう》など、屈辱も甚だしいが、家康は甘んじて受け入れた。いまの秀吉は巨大で頑健《がんけん》で、とても逆らえない。

ひと月ばかり前、秀吉の弟秀長が病で死んだ。

あれから、豊臣家は、すこし変わったはずだ。要《かなめ》を失った家臣たちのあいだで、罅《ひび》が生じているに違いない。その罅はいずれ——と思えば、ついこころも軽くなる。

茶道口が開いて、利休が膳を捧げてきた。黒塗りの椀がふたつ。飯と汁だ。もうひとつの赤椀は向付《むこうづけ》で、鮑《あわび》の煮付けが何切れかはいっている。

違い蓋の燗瓶《かんびん》で、利休が酒を勧めた。

「御一献《ごいっこん》、いかがでございましょうか」

家康は、朱塗りの杯《さかずき》を取った。

つがれた酒を飲み干した。すっきりしたよい酒であった。

椀の蓋を取り、味噌汁をすすった。具は大きく切った豆腐と千切り大根で、味噌の味わいがかろやかだ。

「これは、どういう味噌だ」

「あたりまえの味噌でございますが、青竹に塗って焼きましたゆえ、麴の臭みが消えておりましょう」

たしかに美味い汁である。一口飲んで、洗練された味に感服した。二口目に、すこし悔しくなった。味の濃い三河の味噌に親しんだじぶんの舌を、田舎臭く感じたからである。

飯を食べた。

炊き上がったばかりで、まだ蒸らしていないべっとりとした飯だ。家康の席入《せきいり》を見込んで竈《かまど》に火を入れ、たった今炊き上がったというしるしだろう。

向付の鮑は、串に刺して風乾《すぼし》してあったのを戻し、やわらかく含め煮にしたものだ。よく摺《す》った山椒《さんしょう》味噌がかけてある。添えてある小芋は味がよくしみている。

鮑の旨さも絶品だが、家康は、しだいにべつのことを考えはじめていた。

以前、安土や堺、あるいは小田原の陣で馳走になったときには、どこまでも洗練されたもてなしに深く感じ入ったものだった。茶頭として、利休ほど気のきいた男はいるまい。

だが、と思うのである。

――聡《さと》すぎはしまいか。

聡い男は重宝《ちょうほう》されても、聡すぎる男は、嫌われる。ちょっとくらい隙《すき》を見せたほうが、人には好かれるものだ。

利休という居士号《こじごう》をかんがえついた碩学《せきがく》は、人間観察にも優れていた。よくぞ利休の人となりを見抜いていたものだ。利は、鋭いという意味であろう。鋭すぎる男は、人にはじかれる。商人であっても、茶頭であっても、よしんば侍であったとて、和がたもちにくい。ときには鋭利なこころを休めたほうがよいのだ――。

そんなことを思いながら、ひとりで杯をかたむけた。

利休がつぎの皿をはこんできた。いま一献、と、酒をついだ。

黄瀬戸《きせと》の皿に、青菜の和えものが丸く盛りつけてある。箸でつまんで舌にのせると、春らしい芹《せり》の苦みが口中にひろがったが、なおよく噛めば、小鳥の肉、するめ、いりこ、木くらげなど、いろいろな味と食感がからみあっている。酒の肴にちょうどよい。

つぎの皿は、鯉のかき和えであった。鯉と干し瓜、たで、ゆず、きんかんを、合わせ酢で和えてある。鰹節や梅干しの風味がするのは、そんな下味がつけてあるのか。

ゆっくり食べていると酒がすすんだ。

「一献、どうかな」

勧めると、利休は杯を受けた。

「お相伴させていただきます」

ゆっくり杯をかたむけた。

飲み干した杯を、懐紙で拭《ぬぐ》う仕草《しぐさ》に見とれてしまった。利休の手は美しくうごく。なにをさせても、所作がさまになっている。

秀吉や聚楽第《じゅらくてい》のようすをたずねるつもりだったが、そんな気もなくなった。宗陳の偈《げ》や、秀吉から拝領した釜についてたずねた。利休は間合よく水屋に引き返し、飯の櫃《ひつ》や、八寸《はっすん》をもってあらわれる。その呼吸が絶妙で、飽きることがない。

家康は、ちかごろ、ひとりでいる時間がほとんどない。

酒を飲むのは、いつも側近たちといっしょだ。朝からひとりでゆっくりと酒を飲むなど、それだけで贅沢で、こころの根が、とろりと蕩けた。閑かにながれていく時間に、長旅の疲れ、いや、五十年の人生の疲れが癒された。

釜の湯が沸いた。こぉぉという音が、蕩けたからだの芯に、あたらしい命と活力を吹きこんでくれる。

香《こう》の物と飯を何膳か食べると、腹がくちく、酔いが陶然とまわっていた。

焼いた麩《ふ》菓子と、栗、昆布を食べた。喉が渇き、茶が飲みたくなった。

三

中立《なかだち》して外に出た。日はまださして高くない。厠《かわや》で小便をして手水《ちょうず》をつかい、腰掛けにすわっていると、ふと、利休にしてやられた気がした。

いくつもの結界をくぐり、仙境《せんきょう》か桃源郷にでもいる気分に浸っていたが、ほかのどこでもない。ここは、洛中《らくちゅう》、聚楽第のすぐそば、葭屋町《よしやまち》通りの利休屋敷である。梢の向こうに秀吉の三層の館が見えている。

俗塵《ぞくじん》のただ中にあってなお、このような仕掛けのつくれる利休という男が、家康には痛快でもあり、いささか不気味でもあった。

――ああいう茶頭は……。

あつかうのが難しかろう。いや、そもそも、人になど使われる男ではあるまい。ただおのが茶の湯の世界を無心に追い求めている。あの男にとっては、客さえも、じつは、茶の湯の席の点景《てんけい》でしかなかろう。

席にもどった。

床の軸が巻かれ、古い伊賀の花入に、赤い椿と、枝ものが挿してある。

釜の湯がここちよく鳴っている。

定座《じょうざ》に置かれた水指《みずさし》は、芋頭《いもがしら》のように尻の膨れたかたちをしている。その前に、茶入《ちゃいれ》のはいった仕覆《しふく》が飾ってある。

同じ席なのに、しつらえが変わり、初座《しょざ》とはまるでちがった艶《あで》やかな空気がながれている。

利休が、赤い茶碗をもってあらわれた。水指の前に置くと、また水屋にもどり、建水《けんすい》をもってきた。

炉の前にすわり、建水から蓋置を取り出し、炉のわきに置いた。柄杓を置いて、一礼ののち、点前《てまえ》がはじまった。

仕覆から茶入を出し、帛紗《ふくさ》をさばく。茶入と茶杓《ちゃしゃく》を清め、釜の蓋を取る。湯を茶碗にそそぎ、茶筅《ちゃせん》を通す。茶巾《ちゃきん》で茶碗をぬぐい、茶入の茶を入れる。どの所作にも、よどみも無駄もない。

湯をそそいで、濃茶を練った。湯をそそぎ足し、ころあいに練り上げた。

炉のわきに置いた茶碗を、しずかにあらわれた半東が家康の前にはこんだ。

赤い今焼きの茶碗を手に取り、なかを見つめた。美しい緑色の茶がとろりと練ってある。

毒が入っているとは思えない。

口にふくむと、極上の濃茶であった。

「お服加減《ふくかげん》はいかがでございましょう」

利休がたずねた。

「けっこうだ。甘露《かんろ》である」

茶の深い滋味《じみ》が、酔いに火照ったからだにゆきわたる。

膝のまえで、茶碗をながめた。赤い肌に、おぼろな黒釉が刷いたようにかかっている。

「銘《めい》はなんというのかな」

「木守《きまもり》でございます」

秋に柿の実を取るとき、来年もまた豊かに実るよう、ひとつだけ取り残す実が、木守である。赤い茶碗のなにがその名につながるのか。

「はて、銘の由来はなんであろう」

利休にたずねた。

「他愛《たわい》もないことでございます。長次郎の焼きました茶碗をいくつも並べ、弟子たちに好きなものを選ばせたところ、これひとつが残りました」

なるほど、と、家康はみょうに合点がいった。

——この男は、稀代《きたい》の騙りである。

いまの答えで、利休こそ天下一の茶人と称されている理由が納得できた。あまたの大名、侍たちから師と仰がれている理由が、はっきりした。

目利きの弟子たちが、ただひとつ残した茶碗なら、出来が悪いにきまっている。

それを、木守などと言いくるめ、名物にしたてるのは、あっぱれな詭弁《きべん》ではないか。

こんな男、茶人になどしてはおけぬ——。

「世に伯楽はおらぬもの。そのほう、茶人にしておくのはもったいない。聚楽第の居心地が悪ければ、いつでも江戸に来るがよい。知恵袋として万石《ごく》でも取らせてつかわすぞ」

酔いがまわり、家康は、利休の茶の湯にすっかり感心していた。これだけ精妙な頭脳のもち主を策士にしたら、さぞや愉快であろう。

「ありがとう存じます。お言葉だけ頂戴《ちょうだい》いたします」

利休は笑っている。

「炭を直させていただきます」

気がつけば、湯音がおだやかだ。利休が釜をはずして、炭をついだ。

家康は、立ち上がって障子窓を開けた。このごろ腹や背中に肉がつき、汗をかきやすい。襟元をくつろげると、露地からの風が、気持ちよかった。

「薄茶を召し上がりますか」

背中に利休の声がかかった。

「ああ、頼もう」

露地の木漏れ日をながめながら答えた。

茶筅の音が小気味よく聞こえた。

席にもどり、薄茶の碗を手に取った。淡い緑の泡がこまかく立ち、泡のない茶のおもてが、碗の内の曲線にそって、弓なりに四日の月ほどのかたちに見えている。

ふっと眼を上げると、利休が懐を手でおさえた。なにかを隠したらしい。

「それはなんだ」

家康は、茶碗を置いて立ち上がった。油断をしすぎた――。

立ったまま、利休の懐に手を入れた。指先にふれたのは、布袋につつまれた小さな壺らしい。

つかんで取り出した。色あざやかな布袋をはずすと、真っ赤なギヤマンの壺が出てきた。

――毒壺だ。

利休を睨みつけた。まったく油断のならぬ男である。

「香合でございます」

「言いのがれはさせぬぞ。毒であろう」

金細工の蓋を開けると、丸い練り香が出てきた。

——そんなはずがあるものか。

練り香をすべて取り出したが、ほかにはなにもない。

畳にころがった練り香をひとつ摘《つま》むと、利休は指先で潰して見せた。ふっと、甘い香りがただよった。

粉になった香を、利休は口に含んで低頭した。

家康は、美しいギヤマンの小壺から目を離すことができなかった。

狂言の袴

石田三成

利休切腹のひと月と少し前——
天正十九年（一五九一）閏一月二十日　昼
京　聚楽第　池畔の四畳半

一

大徳寺山門楼上《ろうじょう》への急な梯子段《はしごだん》を登ると、京の町の展望がひらけた。松の緑のむこうに、上京《かみぎょう》の家並みと東山が見える。朝の陽射しは暖かいが、風が冷たい。

「あれが船岡山でございます」

先に立って案内する古渓宗陳《こけいそうちん》のことばに、石田三成はうなずいた。

いつだったたか、あの船岡山に、大寺院を建立《こんりゅう》すると、秀吉が言い出したことがあった。わが主《あるじ》ながら、よくぞ次から次へと大がかりな普請《ふしん》や作事《さくじ》を思いつくものだと驚かされた。いま、京では、秀吉のさしずどおりに大路《おおじ》小路《こうじ》を広げ、土居《どい》と堀で都全体を囲っている。世の中は秀吉の思うがままに動いている。

「聚楽第《じゅらくてい》が見えております」

遠くに三層の館が小さく見えている。そこの主は、いま、尾張に鷹狩に出かけている。三成には、帰ってくるまでに片づけておけと命じられた仕事がある。

「そんなことより、中を見せてもらおう」

若い雲水が丹《に》で塗った扉を開けた。檜《ひのき》が強く薫り、なにもないがらんとした空間がひろがった。応仁の乱で焼けたあと、一層部分しか再建されなかった山門の上に、利休が楼閣を寄進して増築した。それがこの金毛閣である。

天井に大きな竜の絵が描いてある。

大胆にして雄渾な線は、長谷川等伯《はせがわとうはく》の筆だ。梁《はり》に白い波が逆巻《さか》き、柱に赤い仁王が踏ん張っている。天井の四隅には、金色の可憐な天女の彫像がかざられ、色とりどりの珠《たま》をつらねた瓔珞《ようらく》が垂《た》れている。

——これはまた。

念の入ったしつらえだと感心した。利休という男は、なにごとにも周到に気がつき、粗漏《そろう》がない。嫌みなほどみごとに気くばりが行き届いている。

広い空間の正面に、一体の立像《りつぞう》が安置してある。

仏像ではない。大柄な利休をそのまま生写《しょううつ》しにした彩色の木像である。黒い衣を着て袈裟をかけ、頭巾をかぶっている。杖を手に、どこかに旅立つすがたでもあろうか。

三成は、利休の像を見すえた。

半眼のまなこが、粘り着いて気味が悪い。本人にじつによく似ている。

この像を彫った匠《たくみ》は、利休の粘着質の心底《しんてい》まで見抜いていたのかと、苦笑がこみあげた。

――まこと、面倒な男だ。

たかが茶頭《さどう》のくせに、扱いにくいことこの上ない。

表立ってあれこれと政に口をはさむならば押さえつけようもあるのだが、あの男は、けっして差し出がましい口をきかない。憎いほど人のこころの機微をわきまえて、そつなく振る舞っている。

そのくせ、あの男は、じぶんが天地の中心にいるかのごとく、傲岸不遜《ごうがんふそん》な顔をしている。秘めているつもりかもしれぬが、ときおり、そんな表情がかいま見える。

たしかに天下一の茶頭だ。

ただ道具を選び、部屋をしつらえ、茶を点《た》てているだけなのに、あの男が手をそめると、そこが星辰《せいしん》の生まれ出づる泉でもあるかのような豊饒にいろどられる。口惜しいながらその審美眼は、神韻縹渺《しんいんひょうびょう》の域に達している。

――しかし、気に喰わぬ。

あの男、人を見下している。

じぶん以外はみな愚物《ぐぶつ》と思っているにちがいない。木像のとろりとした眼差しを見ていると、三成の腹に、また利休への怒りがこみあげてきた。秀吉に命じられる前から、三成も利休のことは腹にすえかねていた。

「なにか、差し障りでもございましょうか」

宗陳が不審げにたずねた。

「さよう。大いに障りがござる」

三成は、ふり返って宗陳を見すえた。墨染めの衣を着た老僧の顔がくもった。

「なにがお気に召しませぬ」

「なにがどころではない。なぜ、このような木像をここに置いたのか。この寺では釈迦牟尼《むに》のかわりに利休をありがたい本尊として崇《あが》めておるのか」

宗陳が首をふった。

「これは異なことをうけたまわる。この金毛閣は、千家《せんけ》一族をあげての大寄進。ただ銀をいただいたばかりではござらぬ。材木を集め、大工を雇《やと》い、作事を奉行し、絵師を差配し、すべて利休殿が、当山《とうざん》のために奔走《ほんそう》してくださった。その功を顕彰《けんしょう》する木像でござれば、なんの障りがありましょう。関白様には、像の安置もあらかじめお届けしてあります」

「聞いておらぬ」

三成は大きく首をふった。

「秀長様に、お届けいたしました」

「亡くなった御仁のことを言われても、いまさら確かめようがない」

秀吉の弟秀長は、この正月、病に斃《たお》れた。秀長は、利休に全幅の信頼を寄せていたらしく、茶を習うばかりでなく、なにかにつけ意見を求めていた。

そのため、秀長と利休がそろって秀吉の前で話をしていると、年若の三成などは入り込む隙がなかった。表向きの政は秀長、内向きの仕切りは利休という流れがしぜんにできていた。

秀長の死で、風向きがかわった。

それ以前から、じつは、秀吉は、利休を重用《ちょうよう》しながらも、内心、こころよく感じていなかったようである。

「寄進者の顕彰は、どこの寺でもやること。それが不都合とはいかがなわけでございましょうか」

強い眼差しで宗陳が三成をにらんだ。老僧ながら不敵な面構えである。

「帝も関白殿下もお通りになる山門でござる。その上に茶頭風情が草履をはいて立ち、股の下をくぐらせるとは、不敬もはなはだしい。寄進の功を讃えるなら棟札《むなふだ》ですむこと。木像をかざるなら、なぜ控えて隅に置かぬ」

「それは……」

「申し開きがあるのか」

にらみ返すと、宗陳が喉を詰まらせた。ことばは出てこない。

三成は踵《きびす》を返して廻縁《まわりえん》に出た。

よく晴れた青空に浅い春の風がこころよい。

――よいものを置いてくれた。

こんな都合のよい口実があれば、いくらでも利休を糾弾できる。

三成はひとり深くうなずいた。

二

聚楽第にもどると、三成は池に面した四畳半の茶室にはいった。炉に炭をつぎ、五徳《ごとく》に古い大釜をかけた。

三成は茶の湯好きである。じぶんが亭主となり、客を招くこともある。日々の煩瑣《はんさ》な政務のあいまに、茶室にすわり、ひとりで釜の湯音を聴くのを、ことのほか好んでいる。湯のたぎる音を聴いていると、それだけで仙境《せんきょう》に遊んでいる気がする。炉にかけた大釜は、形は無骨ながらも、なめらかな鉄の肌合いがよい。炭のかげんによって、変幻自在に湯音を奏《かな》でてくれる。いまはまだ肌を濡らしてかけたばかりで、雫が炭火に落ちて音を立てている。

――あの男、どうしてくれようか……。

端坐《たんざ》して、腕をくんだ。

午《ひる》になり、池の水にはじけた光が、白い障子に眩《まばゆ》くゆらいでいる。池をそのまま眺めるより、白い紙に七彩《しちさい》にきらめく光を見ているほうが、はるかに幽玄で美しい。

茶の座敷はあかるく心地よいのがなによりだ、と三成は思っている。

将たる者の茶の湯は、嵐をそのまま手づかみにするほど剛胆で、幽《かす》かな風のそよぎも見逃さぬほど繊細でありたい。

そんなつもりで、床《とこ》には、大ぶりの茶壺を焦げ茶色の網にいれて飾っている。南蛮船がはこんできた壺で、万里《ばんり》の波濤《はとう》を航海する船を彷彿とさせる。壮大な気宇《きう》がやしなえ、こころの根がひろびろと豊かになる。

——あの男の茶の湯ときたら……。

同じ茶壺を飾るにしても、利休はいじましく姑息《こそく》である。あれこれと曰く因縁の手垢でひねくりまわし、それこそが値打ちだと言い立てている。そんな愚説《ぐせつ》を、ありがたがる門人たちも底が知れている。世には、ものごとの本質の見えぬ輩《やから》が多い。

くっくっと、こらえるような音がして、湯が沸きはじめた。

そのまま湯音を聴いていた。

湯の沸く音に身をゆだねていると、こころが清浄に洗われる。この現世に、生きてあることの歓びが湧いてくる。

——聡明でありたい。

三成は、強く願った。

関白殿下の治世は、まだ緒《ちょ》についたばかりだ。各地の大名たちは、恭順《きょうじゅん》の意を示しているものの、謀叛の火種はあちこちにある。検地を進め、刀狩りをしていくうちに、どんな軋轢《あつれき》が生じないともかぎらない。ようやく誕生した政権を、安定させていくのが、これからの大仕事だ。

秀長が亡くなったいま、秀吉子飼いの家臣たちのなかで、大事業を取り仕切れるのは、じぶんしかいない。加藤清正や福島正則など、荒武者は多いが、もはや武力だけで抑える時代ではない。いかに人心を収攬《しゅうらん》していくか。ときにはあざとい謀《はかりごと》も必要となろう。なすべきことは、山のようにある。

関白殿下は、朝鮮から唐への出兵を考えている。動員すべき将兵、兵糧《ひょうろう》、軍船は気が遠くなるほどの数だ。それを算段できるのは、やはりじぶんしかいない。そんな自負がある。

天下のこれからに思いをめぐらせていると、湯が大きな音を立てて沸いた。力のこもった響きは、四畳半の茶室に滝のごとき大波が打ち寄せるようである。

三成は、棚に置いた柄杓《ひしゃく》に手をのばした。

袋に入れぬ肩衝《かたつき》の茶入《ちゃいれ》と、青竹をただそのまま引き切りにした蓋置がかざってある。

水こぼしには、赤杉を曲げた面桶《めんつう》を出した。

道具立てをあらためて眺めて、三成は首をひねった。

――この茶は、あの男の創意か。

古いやり方の書院の茶の湯で、粗野な面桶をつかうなどは、考えられないことだ。足利家の将軍たちは唐ものをありがたがり、華やいだ飾りつけを好んだ。

いまは、簡素な茶室で、鄙《ひな》めいた道具をつかう侘び茶がもてはやされる。三成の茶も、大きく考えればそのなかにある。

じぶんは、利休の風下《かざしも》に立っているのではないか――。そんな不快感が頭をよぎった。

――いや、ちがう。

三成はすぐに首をふった。

侘び茶は、利休がはじめたわけではない。その前に、堺の武野紹鷗《たけのじょうおう》ら、何人もの茶人がいたと聞いている。

——あの男は、なにをしたのだ。

利休という男は、まるで自分が茶の湯のすべてを創始したような顔をしているが、そもそもいったいなにを新しくあみ出したというのだ。

しばらく考えて、うなずいた。

——あの男、茶の座敷を狭く暗くしおった。

最初に四畳半の茶の席をつくったのは、武野紹鷗だったという。四畳半ならじゅうぶんな広さがある。

利休がつくる席ときたら、三畳、二畳、一畳半。なぜそんな狭い座敷をつくるのか、まこと理解に苦しむ。利休を真似して、ちかごろは、やたら狭い茶の席が流行っている。

——広い。

と、利休の門人たちは賞賛する。

天井を斜めにして網代を張り、床の柱を塗り籠めにして奥行きを出す。そんな工夫をいくつもかさねたせいで、たった一畳半の部屋が広く感じられるという。そんな茶の席にこそ、乾坤《けんこん》に対峙《たいじ》するほどの玄妙《げんみょう》があるという。

まったくふざけた話だ。

狭い部屋はせまいに決まっている。それを広いと感じるのは、誤魔化され誑《たぶら》かされているに過ぎない。

なぜ、だれも、あの茶室を狭いと言わないのか。むしろ、そのほうが不思議である。利休には妖術の才があるのかもしれない。

あんなひねくれた茶の湯は、武家には無用である。

暗く狭い茶室にこもっていては、考えがいじましく萎縮し、陰湿になっていけない。将たる者、器を広くかまえるべきだ。

——それにしても。

ふと首をかしげた。

あの男は、なぜ、あんな変わった座敷をつくるのか。

たしかに、暗い北向きの席にはそれなりのよさもある。

幽かな明るみは、ときに、人として生きる孤独と寂寥に、はっと気づかせてくれる。うす暗い黄昏時など、しだいに移ろいゆく淡い光のなかに身を置いていると、おのが身のはかなさを切々と感じる。人はときに、おのれの卑小さを実感すべきである。

しかし、そんな茶室を、あえてしつらえることはあるまい。

あれでは、まるで——。

三成は首をひねった。

大釜が、大濤《だいとう》をうって滾《たぎ》っている。

そう、あれではまるで牢獄そのものだ。あの男は、若いころ、狭い牢に閉じこめられていた恐怖でも、じっとかかえているのか。

そんなことまで、三成は考えた。

茶碗に湯をそそいで温めた。

筒のかたちをした高麗雲鶴手《うんかくで》の茶碗である。

青磁だが灰色にちかい肌をしていて、同じ種類の茶碗に鶴や雲のもようが多いことからそう呼ばれているが、手にしているのは胴《どう》の上と下にかろやかな白い線でもようが刻まれ、四方には、丸のなかに小菊にも似た意匠《いしょう》がある。それが狂言師の袴の紋に見えるため、狂言袴と呼ばれている。

銘はべつに、挽木鞘《ひきぎのさや》とついている。胴が深く鞘に似ているからであろう。

じつは、利休の茶碗である。

秀吉が利休にあたえたものだ。

ぽってりとした大井戸茶碗などより、よほど洒脱《しゃだつ》なので、利休に持ってこさせて使っている。

深い茶碗に濃茶をたっぷり入れ、三成は茶筅《ちゃせん》でていねいに練った。よい具合にとろりと練り上がった。

——茶を飲むと、頭が冴える。

三成はそう信じている。

ゆっくり茶碗をかたむけ、馥郁《ふくいく》たる味わいを堪能した。口にふくんだ濃茶が、爽快な風となってこころを吹きすぎる。

よいことを思いついた。

狂言の袴を、あの男に穿かせてやろう。

いったいどんな顔で、地に這いつくばるか。それを思えば、つい微笑がこみあげた。

三

清涼な酔いにも似た濃茶のあと味に陶然としていると、茶道口《さどうぐち》のむこうから小姓が声をかけた。

「前田玄以《げんい》様、久阿弥《きゅうあみ》様がお見えです」

「お通しせよ」

玄以は秀吉の京奉行。久阿弥は、秀吉の同朋衆《どうぼうしゅう》で、いつもそばに仕えている。

立ったまま入れる貴人口《きにんぐち》の障子が開き、無髪《むはつ》の二人があらわれた。客座に腰をおろすと、と、玄以が口をひらいた。

「法衣《ほうえ》は袂が長いでな、あの躙口《にじりぐち》というのは、面倒でならぬ。よくもあんな忌々しい仕掛けを考えつくものだ」

潜《くぐ》りとも呼ばれる小さな出入り口が、初めて茶の座敷につくられたのは、天王山《てんのうざん》に利休が建てた待庵《たいあん》だといわれている。その待庵の潜りは、高さ二尺六寸（約七十九センチ）。ちかごろ利休がつくる席では、さらに小さくなって二尺二寸の高さしかない。

「貴賤《きせん》のへだてなく、頭を下げ、謙虚な気持ちで茶を喫《きっ》されますように。それがなにより の茶のこころでございます」

久阿弥が利休を真似て、苦笑いをうかべた。からかっているのだ。

「まったくもって、なにに頭を下げて茶を飲めというのだ。あの男の罪科《ざいか》の筆頭は、躙口をこしらえたことにあるのう」

蘇芳《すおう》で染めた法衣のすそをととのえ、玄以がつぶやいた。

「まこと、横柄《おうへい》にして傲慢。茶というもの、もっとゆるりとした気持ちで味わってこそ、五臓《ごぞう》を和合させ、人の寿命をのばしまする。茶の苦みは、五臓のうちでも、ことのほか心の臓によろしい。心は五臓の王。茶は王にこそふさわしい飲み物でござりますぞ。それじゃというのに、あの男は、下賤な道具をもてはやし、苦行のように茶を飲ませおる。愚劣な茶でございますよ」

よほど腹にすえかねていたのか、久阿弥がいっきに憤懣《ふんまん》を吐き出した。豪華な書院の茶の湯を守る久阿弥にしてみれば、侘び茶などは邪道。なかでも、利休はまぎれもなく極北の異端児であろう。

二人の初老の客に、三成は鷹揚にうなずいた。

「侘び茶には侘び茶なりの華があるべきですが、あの男は極端にすぎる。鬱陶《うっとう》しく、とてもゆるりとした気持ちになどなれはしませぬ。関白殿下は、ちかごろはなはだ御不興にて、あの男のこと、なんとか始末をつけよと言い残されてのお出かけでござった」

三成は、染め付けの食籠《じきろう》を玄以の前に置いた。丸い蓋に、竜が雄々《おお》しく舞っている。

「さもあろう」

玄以が蓋をとって、横に置いた。

なかに入っているのは、四角く切った焼き菓子である。小麦の粉と白味噌をこねて延ばし、上に赤味噌を塗って焼いたもので、芥子粒《けしつぶ》が散らしてある。麦の飴で、ほのかな甘みがついている。嚙みしめると、きしきしした食感がうれしい。

三成が、狂言袴の茶碗を湯で温めると、玄以が菓子を黒文字《くろもじ》で刺して懐紙にとり、手でつまんで食べ始めた。

「今朝ほど大徳寺に行き、山門に上がってまいりました」

「いかがであった」

「やはり、あの像が罪科の筆頭によろしかろうと存じまする」

懐紙で指をぬぐいながら、玄以がうなずいた。大きな鼻に細い眼をした男で、いかにも精力的だ。

三成は濃茶を練って、さしだした。

茶碗をかるく捧げ、玄以が口をつけた。ゆるりと飲んで畳に置くと、懐紙で縁をぬぐい、久阿弥の前に置いた。

久阿弥は、茶碗を高く捧げ、深々と頭を下げた。正面を左にはずしてから、肘《ひじ》を張って几帳面に飲んだ。

「譴責《けんせき》するなら、やはり茶道具のことがよかろう。あの男の儲け方は、目に余る。腹を立てている者は多いはずだ」

玄以がつぶやいた。

「住吉屋と万代屋《もずや》が、しびれを切らしております。あの二人は役立ちます」

茶碗を置いた久阿弥がつぶやいた。

住吉屋宗無《そうむ》も万代屋宗安《そうあん》も、堺の茶人だ。

秀吉には、堺から呼び寄せた茶の湯者が八人いた。

利休、今井宗久《そうきゅう》、津田宗及《つだそうぎゅう》、山上宗二《やまのうえそうじ》、重宗甫《じゅうそうほ》、それにいま名のあがった宗無、宗安、そして利休の子道安《どうあん》である。

八人衆はそれぞれに茶の湯の興《きょう》の深さをきそったが、利休のしつらえと点前《てまえ》は、たしかにだれが見ても異彩をはなっている。万代屋宗安などは、利休のむすめを嫁にもらったにもかかわらず、岳父《がくふ》に敵愾心《てきがいしん》を燃やしているらしい。

「利を休めとの勅号《ちょくごう》をいただいておるくせに、道具を高直《こうじき》に商う咎《とが》はたしかに重うござる」

三成はつぶやいた。利休という法号は、秀吉が禁中で茶会を開いたとき、とくべつに正親町《おおぎまち》天皇からくだされたものである。そんな男だけに、あつかいははなはだやっかいだ。

茶頭一人を放逐《ほうちく》するだけだが、なにしろ大名たちに弟子が多い。周到に準備を進め、罪状をあげつらって逃げ道を塞いでおかなければ、世間が納得しない。

「木像の件は、はずせぬものか。わしの責《せき》まで問われかねぬゆえにな」

玄以がくちびるを舐めた。寺社を奉行する者としての監督責任を問われかねないと言った。

「大きなお咎めはありますまい。せいぜいお叱りだけのこと」

三成のことばに、玄以がうなずいた。

「さきまわりして、木像を磔《はりつけ》に、という趣向はいかがでございましょう」

久阿弥が、手に持った茶碗をしげしげと見つめたままささやいた。

三成の眉がしぜんと開いた。それはおもしろい——。

「おまえ、悪人じゃな」

あきれ顔で玄以がつぶやいた。

「なんの。茶の湯の本道を曲げた罪でございます。利休めをいちばん嫌っておられるのが上様であることを考えれば、それくらいの座興があってもよろしかろうと存じます」

「さても驚いた。あの男、同朋衆からさほどに嫌われておるか」

「天敵でございます」

久阿弥の眉根に深々と皺が寄った。

「して、石田殿の役どころは？」

「あの男に狂言の袴をはかせましょう」

三成のことばに久阿弥が首をかしげた。それはいま手にしている茶碗のことだ。

「どのような趣向でございますか」

「その狂言袴の茶碗は大名物《おおめいぶつ》。上様が惜しむうえにも惜しんで下賜《かし》なされたもの。その返礼をせよと詰め寄りましょう」

玄以が膝を叩いた。

「橋立《はしだて》の茶壺を取り上げるのだな」

いかに秀吉が所望しても、利休は、橋立の茶壺をけっして手放さない。秀吉がそのことに腹を立てているのは、聚楽第で知らぬ者はなかった。

「それもございます。いまひとつ……」

「なんだ」

「利休めに、たずねなければならぬ儀がござる」

「はて……」

「あの男、すばらしい香合を秘蔵しているが、けっして人に見せぬとか」

玄以と久阿弥が首をかしげた。その話は知らぬようだ。

「それはもう、正倉院の御物《ぎょぶつ》にもない品で、国の宝ともなるほどの香合らしゅうござる」

「そんな名品を秘匿《ひとく》しておるのか」

前田玄以が膝をのりだした。

「九州御出陣のおり、箱崎の浜の野点《のだて》にて、上様がご覧になり、ひと目でご執心あそばされたとか。千金を積むとの仰せにも、利休め、首を横にふるばかりであったそうな」

「まこと高慢な男。しかし、どんな香合か、いちど見たいもの」

「それがしも見たことはございません。瑠璃《るり》の玉より鮮やかな色をしておるらしゅうござる」

「玉を削った香合か」

「いえ、焼き物とのことでござる。よい品なら茶の席に飾ればよかろうに、客にも弟子にも見せたことがないらしい」

「茶の道具などというもの、人に自慢して見せるために高値をいとわず購《あがな》うものと思うておった。あの男に、そんな秘めたこころがあるか」

玄以が、鼻をなでた。

「なにやら艶めいた因縁があるらしゅうございます」

「なんだ、女か、つまらぬ」

「もとの話は下世話でも、狂言まわしには、なによりの種と存じます。ただいまからでも、それがし、この狂言袴を利休に返し、代わりにその香合、なんとしても聚楽第の宝物《ほうもつ》となしましょう」

瞼を閉じた三成は、まだ見たことのない美しい香合を思い浮かべようとした。

浮かんだのは、金毛閣の利休像であった。

道行きの姿である。

旅立ちたいなら、そのまま十万億土《おくど》にでも行くがよい。驕り高ぶった茶頭の行く先は、そこがふさわしかろう——。

池水《ちすい》に風がそよぎ、白い障子の光が大きく乱れた。

大釜の湯が、力強い音を立てて滾っている。

鳥籠の水入れ

ヴァリニャーノ

利休切腹のひと月と二十日前——
天正十九年(一五九一)閏一月八日　昼
京　聚楽第　三畳

一

「いいかね、日本人の風俗や習慣は、世界のなかでは、かなり珍妙な部類に属するのだ。君たちには辛いだろうが、そのことは、はっきり認識してもらわなければならない」

聚楽第《じゅらくてい》で関白秀吉に謁見《えっけん》するにさきだって、イエズス会東インド巡察師アレシャンドゥロ・ヴァリニャーノは、四人の若者を前に話しはじめた。四人は金モールの縁飾《ふちかざ》りがついた黒いビロードの長袍《オバス》を着ている。

関白殿下からあてがわれた都《ミヤコ》の宿舎である。かつては彼の屋敷だったというだけあって、建築は精妙だし、庭は瀟洒《しょうしゃ》で美しい。こういうことにかけてなら、日本人ははなはだ優秀で、特異な才能を発揮する。

伊東マンショ、千々石《ちぢわ》ミゲル、中浦《なかうら》ジュリアン、原マルティノの四人がうなずいた。十三歳で日本を出発した彼らも、帰国したいまは、もう二十歳《はたち》を過ぎた青年である。長い旅の果てに、スペイン国王とローマ法王に謁見した四人は、ヨウロッパ各地で熱烈な歓迎を受けた。地球の裏側から連れて行っただけの成果はじゅうぶんに上がった。インド以東でのイエズス会の布教活動は、ヴァチカンの枢機卿《すうききよう》たちに広く認知され、高く評価された。

八年たってもどってみると、日本の政治情勢が大きく変わっていた。

暴君信長は殺され、あとをついだ秀吉が、伴天連《バテレン》追放令を出していた。宣教師たちは都を追われ、九州で息をひそめている。

ヴァリニャーノの入国が許されたのは、クリスチャンの司祭としてではなく、ポルトガルのインド副王（総督）の使節としてである。四人の青年は、副王使節随行員のあつかいだ。

実際、ヴァリニャーノは国書と豪華な贈り物をたずさえてきた。それをこれから贈呈する。その前に、四人の若者にひとこと言って聞かせておきたい。

「君たちの責務は重大だ。この国でヨウロッパを実際に見たのは、君たち四人しかいないことを考えてみたまえ。関白殿下から質問されたら、ヨウロッパがいかに素晴らしいところか、ローマがどれだけ幸福な街であるか、島国日本の人間が、どれほど世界を知らぬか、御機嫌を損ねぬよう、ことばを選んで語りたまえ。この地球の広さを教えてさしあげるがよい。そうすれば、頑《かたく》なな殿下とて、クリスチャンに寛容になるだろう」

口調につい力がこもった。

じつのところ、ヴァリニャーノは、かなり苛立っていた。

昨年の七月、長崎に帰りついたので、さっそく秀吉にうかがいを立てた。

上洛せよとの命令がとどいたのは、十月になってからだ。

すぐさま都に向けて出発したにもかかわらず、途中、播州室津《ばんしゅうむろつ》で足止めされ、三ヶ月もそこで過ごさねばならなかったのだ。

ようやく許可が下り、大坂から都に来てみれば、かつて築いた教会や修院《カーサ》がすべて撤去されていた。秀吉の気まぐれな命令ひとつで、イエズス会が営々と築き上げた施設が、いともあっさり破却されていたのである。ジュスト（高山）右近などは、信仰を守るために、領地も財産もすべて手放していた。

歓喜と賞賛をもって迎えられると期待していた一行にとっては、はなはだ辛い出迎えであった。

「ひとつおたずねしてよろしいでしょうか？」

伊東マンショが口を開いた。

「なんだね」

「わたしたちは、ヨウロッパで、たいへん素晴らしい聖堂や壁画を見てきました。ヴァチカン宮殿の荘厳さは、世界のなにものにも比しがたいと思います」

「まさに神の栄光を伝えるものだ」

ヴァリニャーノの目に、システィーナ礼拝堂に描かれたミケランジェロの壮大な壁画が浮かんだ。あれこそ、人類にとっての美の極致であるらしい。

伊東マンショには、なにか言いたいことがあるらしい。

「わたしは、子どものころ貧しい暮らしをしていましたので、この国では立派な御殿など見たこともありませんでした。都に来る途中、大坂で、関白殿の城を見て、正直なところ大きさに驚きました。あれならばヨウロッパの建築にひけをとりません。それに、この屋敷にしても、清潔なことはどうでしょう。ヨウロッパの壮大さにかなうはずはありませんが、この島国には、優劣をこえた、まったく別の美学があるのではないでしょうか」

ヴァリニャーノは、くちびるを舐めた。

この青年は、いまさらなにを言い出すのだ。八年かけてヨウロッパの優越性を教えてやったというのに、故郷に帰ったとたんこの様《ざま》だ。まったく日本人は油断がならない。

「君の言うことが分からないわけではない。大きさからいえば、たしかに関白殿の大坂の城は立派な建築だ。ただ、堅牢さはどうだろう。木の柱に土を塗っただけの城では、あまりに貧相ではないかね。これはもしもの話だが、大砲でも撃ち込まれたらたちまち崩れてしまうだろう」

「それは、たしかに……」

「建築や芸術において、日本のものでヨウロッパに勝《まさ》るものはなにひとつとしてないのだよ。君たちは、じぶんの目で、はっきりとそれを確かめてきたのではないかね」

ヴァリニャーノのことばに、伊東マンショがうなずいた。だが、納得しきってはいないようだ。なにか、もっと分かりやすい例で教えてやらなければなるまい。

そうだ。あの話がいい。

「日本人は、なにごとにも度が過ぎているが、わたしがいちばん不思議に思うのは、茶の湯においてだ。日本人の奇怪さ、珍妙さは茶の湯にもっともよくあらわれている」

「茶の湯に、ですか」

「そうだ。なぜ日本人は、あんな狭苦しい部屋に集まり、ただもそもそと不味い飲み物を飲むのかね。がらくたに過ぎない土くれの焼き物を飽きもせず眺め、おたがいに白々しく褒め合うのかね。あんな馬鹿馬鹿しい習慣が、世界のどこを見まわしてもないことは、君たちもすでによく理解していることと思う」

貧乏な生まれの四人の青年が、少年時代に茶を飲んだことはないはずだが、帰国してから、九州の大名たちに招かれ、茶の湯を体験している。

「茶の湯は、理解不能です。わたしは、茶の湯に熱狂する日本人は、頭がおかしいのではないかとさえ思います」

千々石ミゲルのつぶやきに、ヴァリニャーノは溜飲《りゅういん》をさげた。

「そのとおりだ。日本人の美意識は、あきらかに世界の基準からみて正反対にゆがんでいる。あの貧相な道具に、いったいどんな価値をみとめて大金を投じるのか、理解できる人間は世界のどこにもいない」

「はい……」

マンショが、沈鬱《ちんうつ》な声で返事をした。

「セニョール輝元《てるもと》が自慢していた容器があったね。茶の葉を保存する壺だ。彼があの容器に、いくらの値段を払ったか、憶《おぼ》えているだろうね」

やはり上洛途中の毛利輝元とは、たまたま室津で出会い、彼の宿舎に招かれた。彼は、新年のあいさつとして関白殿下に献上する壺を、特別の好意をもって披露してくれた。

「忘れるはずがありません。四千ドゥカードです」

答えたのは、中浦ジュリアンである。それは日本の銀貨にして二千五百枚になる。

「よろしい。では、あの壺が、もともとは何につかうもので、いくらの価値があるかも知っているね」

「丁字《ちょうじ》や胡椒などの香辛料の容器で、船《ナウ》には何千個も積んでありました。マカオの市場なら一ドゥカードだせば、百個でも二百個でも買えるでしょう」

ヴァリニャーノは、ゆっくりうなずいた。そんな雑器《ざつき》に大金を払うなど、日本人の美意識と価値観は、どのようにしても理解不能である。

「そのことだけを考えても、日本がいかに文明から隔絶された辺境の地であるかがわかる。この島の人々の蒙《もう》をひらくことこそ、君たちの重大な使命なのだ。いいね」

そう言いきかせて、ヴァリニャーノは、畳から立ち上がった。まったく、椅子のない暮らしは腰が痛くなってかなわない。

「では、そろそろ出発しよう」

立ち上がった四人の青年たちの凜々しい姿をながめ、ヴァリニャーノは大いに満足した。

二

関白殿の新しい城館《じょうかん》は、みすぼらしく猥雑な首都のなかに自然の森を再現したもので、池があり、木立が深い。いずれも、人工的に造り上げたものだと聞いて、ヴァリニャーノは溜息をついた。

——自然が味わいたいのなら、山に行けばいいのだ。

ヴァリニャーノには、やはり日本人の感性が理解できない。

敷地の中央にある三層の木造の建物は、清潔さという点では、ヨウロッパのどの建築より優れている。

ただし、様式としては変化に乏しく単調で、構造的には脆弱、あからさまに言えば貧相である。関白殿下は、この宮殿を〝悦楽と歓喜の集まり〟との意味で聚楽第《ジュラクテイ》と名付けたが、それはここが彼の個人的な娼館であるという意味にほかならない。

インド副王使節の威儀《いぎ》をととのえるために、ヴァリニャーノは、長崎にいたポルトガル人を十人余り雇って従者に仕立てている。日本人はそういう外面的な要素に左右されやすい民族であるからだ。

宮殿のなかでいちばん広い広間《カマラ》に一同が入ると、先に届けておいたインド副王からの贈り物がならべてあった。

ミラノ製の甲冑が二領《りょう》。

銀と金の飾りがついた衝剣《エスケートス》一振り。

鋼鉄の回転輪と燧石《ひうちいし》で点火される鉄炮《エスピンガルダ》二挺《ちょう》。これはまだ日本にはない最新式の銃である。

色彩豊かな染色をほどこした掛け布四枚。

それらの品々が、見映よく飾り付けてある。

ほかに、日本の駄馬《だば》とは比べものにならぬほど立派なアラブ種の馬と、たいへん美しい野戦用天幕をインドからはこんできた。華麗な馬具をつけた馬は、玄関前につないである。

もういちど広間をながめて、ヴァリニャーノはうなった。

甲冑の左右に、衝剣と鉄炮が立ててならべてあるのだが、その前に、ひと枝の椿が活けてある。

竹を切った筒にさした枝には、赤く丸い小さな蕾がひとつ。それに何枚かの葉がついている。

ただそれだけの飾り付けなのだが、その姿は驚くほど力強く、鋼鉄の武具たちに毅然と対峙している。

――これは、ひとつの芸当だ。

ヴァリニャーノは、以前に信長の安土の城を訪問したことがあるので、そういう飾り付けをするのは、同朋衆《どうぼうしゅう》という坊主《ボンズ》たちの仕事であることを知っている。宮廷のなかを巧みに泳ぎ回る連中だが、ことと、室内を清浄にたもつことと、小さな調度品や飾りを絶妙な場所に配置することにかけては、世界でいちばん洗練された職掌《しょくしょう》の者であることを認めないわけにはいかない。

冷ややかな甲冑の前に立つ椿の小枝は、ただの装飾であるより、ひとつの強靭な意志であると思えた。

もし、ほんのすこしでも置いてある位置が違っていれば、ただ贈り物を引き立たせる役目しか、はたさないだろう。

いま置いてある位置は、明確にして強烈な意志をもって、武具を圧しているように見える。

――関白は、副王の贈り物など、欲しがっていないのだ。

ひと枝の椿の意味を、ヴァリニャーノはそう読みとった。

そもそもが日本への帰国許可にしても、ヴァリニャーノと四人の若者は、マカオで一年十ヶ月も待たされたのだ。そのあいだに日本からの便船は何度も通ってきていたのだから、許可を出すつもりなら、もっと早く届いたはずだ。

今日は、できるだけやわらかな言葉を選んで、関白に伴天連の滞在許可をもとめるつもりだったが、ヴァリニャーノは、気持ちが変わった。彼はどんな嘆願も受けつけないだろう。一輪の椿が、はっきりと拒絶を表明している。

待つほどに、関白秀吉があらわれた。

とんでもないほど余分に布を裁断した紺色の装束は、この国の礼服である。副王使節へ敬意を表してくれているのだ。

ヴァリニャーノは、日本の礼法にしたがって拝礼した。足をそろえて床《ゆか》にすわり、その上に尻をのせる姿勢ははなはだ窮屈だが、これをせねば日本の貴人は機嫌が悪い。

通訳はロドリゲス修道士がつとめた。

拝謁できることの慶びを丁重に述べ、インド副王ドン・ドゥアルテ・デ・メネーゼスからの国書を奉呈した。

随員たちが華麗な箱を開けて取り出したのは、蔓草《つるくさ》の模様で縁取られた大きな羊皮紙《ようひし》で、金色の紐がついている。秀吉の全国統一がインドまでつたわっていることをたたえ、日本での宣教師たちの滞在に便宜をはかってもらいたいとの旨が書かれている。ロドリゲスが日本語の訳文を読み上げた。

関白から下された杯《さかずき》を、ヴァリニャーノが飲みほすと、銀百枚と小袖が下賜《かし》された。

「余は、今後いっそうインド副王との交際を望んでいる」

取り次ぎの者が伝えた言葉を、ロドリゲスが訳した。ヴァリニャーノは、かたちどおりに謝辞を述べた。

関白がいちど奥に引き込み、一同に食事が供された。

食べ終わったころあいに、関白が、こんどは、赤と金の派手な普段着に着替えてあらわれた。四人の若者たちは、ヨウロッパから持ち帰った鍵盤楽器《クラヴォ》やアルパ（ハープ）を奏でて歌をうたった。

それから、関白は、四人におびただしい質問をあびせた。長い時間をかけて話が一段落すると、関白が立ち上がった。

「屋敷のなかを案内しよう」

関白は上機嫌で、歩きながら饒舌に話しつづけたので、ロドリゲスの通訳が間に合わないほどである。

「じつは、わしは貴公に都を見せるのをためらっておったのだ。すでに見たであろうが、都の市街は戦乱によって悲惨なありさまだ。いま都の改造を手がけておるが、こういうことは一朝一夕では仕上がらぬ」

ヴァリニャーノは、もっともなことですと返事をしながら、あとについて歩いた。

「どうだ、この座敷は」

関白が案内した部屋は、板戸や天井いっぱいに、樹木や草花、あるいは鳥たちの精密な絵が描かれていた。ヨウロッパの絵画のような大胆さはないが、非常に繊細な美意識をもって描かれている。

ヴァリニャーノは素直に感心した。

「美しゅうございます」

「マンショに聞いたところでは、そのほうらの本山は、わが大坂の城より壮大であるというではないか」

ヴァリニャーノは、どのように答えたらよいか迷った。一輪の椿の蕾に押さえ込まれ、自由に話せない気がしていた。

「たしかに大きさは勝っております。ただ、精巧さからいえば、この国の職人たちは世界でももっとも器用でしょう」

本心だけを述べた。細工の精密さにおいて、日本人はじつに秀逸な能力を発揮する。

「さようか」

関白は、つぎからつぎへと邸宅の内部を案内した。ある部屋はいちめんに黄金が張られているかと思えば、ただ白い紙の戸をめぐらせただけの部屋もある。外をめぐる廊下に立ってながめれば、屋根の瓦には、すべてに草木や花の模様が黄金でほどこされている。こういう豪華さを、関白はことのほか好むのだ。

「よい部屋がある」

関白が、履き物をはいて美しい苔のはえた庭に降り立った。

三

足の指のあいだに紐をはさむ履き物に難渋《なんじゅう》しながら庭の敷石を歩くと、池のほとりに小さな建物が見えた。

それは、ヨウロッパでなら、家鴨《あひる》を飼うほどの広さしかないみすぼらしい小屋だが、日本人は、そのなかの部屋で不味い飲み物を飲むことを好んでいる。

「ここから入られよ」

家鴨の出入り口としか思えない粗末な板戸を開き、関白が腰をかがめてなかに入った。

ヴァリニャーノが内部をのぞくと、天井に頭がつかえそうな部屋である。関白が手招きしている以上、つづいて入るしかない。

「みなは無理だ。通辞《つうじ》とマンショだけ入るがいい」

言われたとおり、ロドリゲス修道士と伊東マンショが腰をかがめて小屋のなかにつづいた。狭い部屋に四人の男が腰をおろすと、膝と膝がくっついた。

驚いたことに、その狭い室内にも小さな炉があって釜がかかり、湯が沸いていた。

「どうだ。こういう部屋にすわると、南蛮人はなんと感じるか」

「狭いと思います」

正直に答えた。ロドリゲスが日本語に訳したのを聞いて、関白が大笑いした。

「狭いがゆえに、落ち着く。狭いがゆえに、腹を切って話すことができるのだ」

ロドリゲスが「腹を切って」と訳したが、それは、日本人が好む切腹のことではなく、〝正直に〟という修辞であろうと見当をつけた。

室内は、畳が三枚敷いてあるだけの広さしかない。いくつかある小さな窓には、竹の格子がはまり、まさに家鴨小屋に閉じ込められた閉塞感がある。そこに四人の男だ。どこの蛮族の牢獄だってもうすこし広々している。

正面の壁の前の床《ゆか》が一段高くなっている。そこは、飾り物をするための空間で、やはり一輪の椿の蕾が目についた。

ヴァリニャーノは息をのんだ。

さきほどの広間に椿をかざったのと同じ者が活けたに違いなかった。赤い蕾がひとつと葉が何枚かついただけの椿の小枝が、古びた竹の筒に投げ込んである。

ただ一輪だけだというのに、有無をいわさぬ圧迫感を、ヴァリニャーノは感じた。ヨウロッパ人ならば、ちょうどころあいに咲いた花を選ぶであろう。しかし、それでは椿はただの装飾にすぎない。丸く硬い蕾は、これから咲きほころうとする強靭な生命力を秘めている。秘めた生命力が、あたりの空間に君臨し、圧倒しようとする意志となってみなぎっている。あえて蕾をかざるのは、生命の神秘に対する畏怖であろう。

白い紙の戸がしずかに開くと、男が深々と頭を下げていた。

「ようこそ、遠路はるばるといらっしゃいました。お茶を一服《いっぷく》さしあげたいと存じます」

ヴァリニャーノは、頭をさげた。その男こそが、椿の蕾を活けた坊主《ぼうず》であろう。頭を上げた男は、すでに老人であった。

老人は大柄で、柔和な顔からはどんな表情も読みとれない。

道具を運び込むと、老人は背を丸めてすわり、釜の蓋を開けた。柄杓《ひしゃく》で湯をすくい、碗を温めた。竹のヘラで、小さな壺から茶の葉を挽いた粉末をすくって碗にいれた。

配られた甘い菓子を口に入れたまま、ヴァリニャーノは噛まずにいた。飲み物の不味さをすこしでも紛らわすためだ。

さしだされた茶をさきに飲んだ関白が、紙で碗の縁を拭いた。べっとりと粘りつく緑色の粘液が、まだ残っている。それを回し飲みするのだ。辺境の未開人にとって、ひとつの食器をつかって飲食を共有することは、仲間のつながりを確認する重要な儀式なのかもしれない。

目をつぶって飲んだ。

以前に苦痛だったほどには、不味く感じなかった。

むしろ、清涼感を感じたのが不思議であった。その老人は、よほど茶の湯の名人なのかもしれない。

もらった紙で茶碗の縁を拭いてロドリゲスにまわすと、ロドリゲスが飲み、マンショにまわした。

「茶入を見せてくれ」

関白の要請で、坊主が小さな壺とそれが入っていた布の袋を畳にならべた。

「どうだ。そのほうらは、これを見てなんと思う」

ヴァリニャーノは、布袋を手に取ってながめた。

淡い緑色の布地に織り込まれた金色の糸が、可憐な草模様を描いている。

「この袋なら、ヨウロッパでは婦人方がたいそう喜びましょう。宝石をしまっておくのに、ちょうど手頃です」

「ふん。南蛮人がなぜ、ただの石ころに何千ドゥカードもの銀を支払うのか、わしにはまったく理解ができぬ」

関白が鼠に似た顔をしかめて笑った。

ヴァリニャーノは、ゆったりと微笑んだ。

「地球の向こう側とこちら側では、いろんなことが正反対におこなわれています」

「そのようだ」

関白がうなずいた。

「日本の貴人方が、なぜそのような小さな壺に、大金をお支払いになるのか、理解できるヨウロッパの人間はおらぬと存じます」

「しかし、茶入ならば、すくなくとも茶を入れるという役に立つ。宝石は、ただ飾りになるだけでなんの役にも立たぬではないか」

「それはたしかに」

逆らってもしょうがない。ヴァリニャーノは淡く微笑むだけにしておいた。

「ところで、そなたなら、この茶入にいくら支払う」

ヴァリニャーノは、丸くふっくらした小さな壺を手のひらにのせた。外はよく晴れているというのに、紙を張った窓からは、ほのかな光しか射さず、茶色い小壺は、くすんでしか見えない。それはやはりただの土の焼き物で、どんなにためつ眇《すが》めつしても、なんら価値あるものとは考えられない。食卓の塩入れにつかうにも、これではあまりに味気ない。

——鳥籠の水入れにしかならない。

そう思ったが、口にはできない。

「正直なところ、高い値はつけかねます」

うなずいた関白が、笑いながら坊主に話しかけた。

「利休。南蛮人には、大名物紹鷗茄子《おおめいぶつじょうおうなす》も形《かた》なしだな」

老人が深々と頭をさげた。

「はい。この南蛮人は正直者でございましょう。これはただ土をこねて焼いたばかりのもの。それをありがたがるのは、愚か者の数寄者《すきしゃ》だけでございます」

「愚か者」と、ロドリゲスが訳したとき、ヴァリニャーノはとっさに身を硬くした。関白が暴君としての本性をあらわにして激怒するのではないかと案じたのである。

「茶の湯の数寄者は、愚か者か……」

関白の顔がけわしくゆがんでいる。

「御意。天下の愚か者こそが、土くれのなかに美しさを見いだすことがかないます」

老人は深々と頭を下げると、道具をしまいはじめた。そのしぐさは、これまでに見たどの坊主よりも手際がよい。

「ひとつおたずねしてよろしいでしょうか」

ヴァリニャーノの言葉を、ロドリゲスが訳した。関白が目でうなずいた。

「似たような小壺であっても、一文の値打ちのない物も多いと聞きます。いったいなにがちがうのでしょうか」

それが、一番たずねたかったことだ。茶を司る坊主は、ヨウロッパの宝石商がおこなうように、千個の類似品のなかからでも、たったひとつの伝説の品を選び出す。

老人の顔を、ヴァリニャーノはしげしげ見つめた。じつに不敵な面がまえをしている。

「それは、わたしが決めることです。わたしの選んだ品に、伝説が生まれます」

ヴァリニャーノは、老人の言葉に、美の司祭者としての絶対の自信を聞き取った。

うたかた

利休

利休切腹のふた月と少し前――
天正十九年（一五九一）一月十八日　朝
京　聚楽第　利休屋敷

一

利休は、夜明け前に目をさました。

どろりとした睡《ねむ》りの海の底から浮かび上がると、寝所《しんじょ》の闇が冷えきっている。

未明の闇はどこまでも深く暗く、黄泉《よみ》の国につうじている気がした。

褥《しとね》で横になったまままじっと目をこらした。なにも見えない。漆黒の静寂だけが、そこにある。

――闇は死の国への入り口か。

そう思えば、胸が重くしめつけられ、息苦しくなった。もがき、顔をなで、自分がまだ生きてこの世にあることを確かめた。額には脂汗がにじんでいる。

首筋の寒さにちいさく身震いして、掻巻《かいまき》の襟を引き寄せた。

利休はこの正月で、七十になった。

いたって壮健《そうけん》なつもりだが、歳を考えれば、いつ迎えが来てもおかしくない。

ちかごろは、夜明け前の闇に目をさまし、褥で物思いに耽《ふけ》ることが多い。

——つまらぬ生き方をした。

来《こ》し方を思い起こせば、悔《く》いの念ばかりが湧いてくる。衰えた肉と骨をさいなむのは、砂を噛むむなしさである。

——茶の湯など、なにほどのことか。

こうして無明《むみょう》の闇を見つめていると、茶の道に精進《しょうじん》してきた自分の生き方が、まるで無意味だったと思えてくる。

いつもいつも、茶の湯のことしか頭になかった。

どうすれば、一服《いっぷく》の茶に満ち足りてもらえるのか。

それだけにこころを砕いてきた。点《た》てた茶を、ただ気持ちよく喫《きっ》してもらうことだけを、けんめいに考えてきた。

その甲斐あって、侘び茶は、いかにも趣の深いものになった。

利休の茶は、室町風の華美な書院の茶とはもちろん、村田珠光《むらたじゅこう》がはじめた冷え枯れの侘び茶ともちがっている。

侘びた風情のなかにも、艶めいたふくよかさ、豊潤さのある独自の茶の湯の世界をつくることができた。

華やかに飾り付けるのではなく、また、わざとらしい侘びや冷え枯れをもとめて、あざとく寂びさせたのでもない。桜花のあでやかさでも、冬山の寒くかじけた枯《からび》でもない。まったく別の境地だ。

茶の湯の神髄は、山里の雪間に芽吹いた草の命の輝きにある。

丸くちいさな椿の蕾が秘めた命の強さにある。

それは、恋のちからにも似ている――。

その明るさと強靭な生命力にこそ、賞翫《しょうがん》すべき美の源泉がある。なんとかそれを形にしようとつとめてきた。

ただ鄙《ひな》めいて侘びただけの席では、客はゆるりとこころをときほぐすことができない。たとえ枯れかじけていても、そこに潑溂とした命の芽吹きがあらまほしい。そう思って、道具にしても、しつらえにしても、さまざまな工夫をかさねてきた。

夏はいかにも涼しきように、冬はいかにもあたたかなるように、水を運び、薪をとり、湯をわかし、茶をたてて、仏にそなえ、人にもほどこし、われものむ――。

それはもう、これ以上なにを足すことも引くこともできない茶の湯の極致である。人がつつましく生きて暮らすことの、こころばせの極限である。

そんな茶の湯をつくり上げてきた。

美しくないはずがない。

利休に招かれた客は、市中の山居《さんきょ》にゆるりと寛ぎ、なお、心地よく張りつめた気分をもって、一服の茶に満ち足りたひとときを過ごしてくれているはずだ。

それには、成功した。

利休の名は天下一の茶頭《さどう》として、世に知られるようになった。その点はいくら誇ってもよい。

しかし、空《むな》しさがつきまとう。

——そんなものは、うたかただ。

天下一の称号など、なにほどのことがあるものか。

吐き捨てるように思う。

真っ暗な闇のなかで、これまでの人生の道のりをふり返ってみると、あふれてくるのは、べつの道を選ばなかった後悔ばかりだ。

——もしも、あのとき……。

利休には、頭をはなれない悔悟の念がある。

闇の褥で、いつも七転八倒してしまうのは、そのせいだ。

十九のときだ。堺の家に、高麗の女が囚われていた。

——もしも、あの高麗の女をつれて、うまく逃げ出していたら……。

女の手をひいて堺の町を密かに抜け出し、摂津の福原か播磨の室津へ走る。

そこから船に乗って、西へ西へと海をわたり、九州まで行く。

九州のどこかならば、高麗にわたる船があっただろう。高麗がむりなら、壱岐《いき》か対馬《つしま》にわたる。そこからまた船をさがす——。

女は美しかった。咲き誇った花ではなく、あでやかな命を秘めた蕾の凜冽《りんれつ》さがあった。

恋――。

などという愚かなものではなかった。

畏怖――。

であったであろう。あまりにも毅然とした美しさに、十九の利休は懼《おそ》れすら感じていた。

高麗にわたっていたら、さてどうしたか。

女を故郷の村につれて行く。高麗のことばをおぼえ、そこで暮らし、商人となる――。

利休は、首をふった。はたしてそんなことができたかどうか。

しかし、そんな人生も、あり得たのだ。

たくらみは発覚し、出奔は阻止された。

いや、結局は怯えていたのかもしれない。もっと周到に準備していたら、うまく海を渡れたかもしれない――。

その悔いが、うたかたとなって、こころの闇に浮かんでは消える。

若いころ、こんな煩悶は、すぐに消え去るだろうとたかをくくっていた。老境にさしかかり、ますます悔いの思いは深まるばかりだ。うたかたは執拗に湧きあがってはじけ、饐《す》えた腐臭《ふしゅう》をふりまいてこころを蝕《むしば》む。

気がつけば、障子がぼんやりと藍色に染まっている。夜が明け初《そ》めた。

利休は、褥から半身《はんみ》を起こした。

頭のなかは、冴えている。たとえ、悔いに満ちていようとも、今日という新しい一日が始まる。こころにどんな闇を抱えていても、どうせなら気持ちよく生きたい。

耳を澄ました。

次の間で寝ている妻の宗恩は、まだ目ざめていないらしい。

しずかに起き上がると、利休は手早く帷子《かたびら》から小袖に着替え、薄縁《うすべり》を畳んだ。縁《えん》廊下に出ると、冷え込みが強い。

夜明けの空が、どんより曇っている。

台所の土間から、裏に出た。霜を踏んで、井戸端に立ち、口をすすいだ。顔を洗い、手拭いでぬぐうと、背骨が伸びた。

なすべきことは、茶の湯しかない。桶を持ちだし、暁の井華水《せいかすい》を汲んでおく。茶を点てるには、陽《よう》の生気《せいき》があふれる明け方の水がなによりである。柄杓《ひしゃく》ですくって一口ふくむと、足音が聞こえた。

「おはようございます」

手伝いの少巌《しょうごん》が起きてきた。

「ああ、おはよう。今朝は、水がことのほか甘い。もう春だな」

「さようでございますか」

柄杓をわたすと、少巌が一口すすってうなずいた。

「たしかに、甘《あも》うございます」

水汲みは少巌にまかせ、利休は炭小屋にむかった。炭は、下働きの男が長さをはかって丁寧にのこぎりで切りそろえ、洗って天日で干している。利休はそれを一本ずつ自分の目でたしかめて選ぶ。気に染まぬものは、炭一本とて使いたくない。

炭小屋の板戸が、指一本ぶんだけ開いていた。

——だれが閉め忘れたのか。

首をかしげて、戸に手をかけると、思いのほか、すっと開いた。

なかを見て、利休は、ぎょっと凍りついた。

小屋の梁から、人がぶら下がっている。

薄紅の小袖を着た女である。だらんと垂れ下がった足に、白足袋をはいている。

見上げると、苦悶に大きくゆがんだ顔は、娘のおさんであった。おさんが首をくって死んでいた。

二

もれるのは、吐息ばかりだ。

妻の宗恩がすすり泣いている。

広間に薄縁を敷き、おさんの亡骸《なきがら》を横たえた。

線香を立て、水と飯を供えた。

顔に白い布をかぶせ、枕経《まくらぎょう》をあげると、利休の全身から力が抜けた。娘に首をくられてみると、自分がこれまで生きてなしてきたことが、すべて色褪せて見えた。

「……不憫でございます」

宗恩がつぶやいた。

「不憫だ……」

それ以上、ことばはない。枕元にすわって、ぼんやり屍《しかばね》をながめ、成仏を念じた。

三十路なかばの娘は、まだ女の盛りを匂わせ、楚々とした美しさがあった。

利休と宗恩の子ではない。

先妻のたえとの子である。

利休と先妻のあいだには、一男三女があった。おさんは二番目の娘である。

「むりにでも万代屋《もずや》に戻したほうがよかったのでしょうか……」

宗恩のつぶやきに、利休はうなずくことができなかった。

おさんは、もう十年以上も前に、堺の万代屋宗安という男に嫁いだのだが、子ができぬうえ夫婦仲がよくなかった。去年の春だったか、聚楽第《じゅらくてい》にちかいこの葭屋《よしや》町《まち》通りの屋敷にふらりとあらわれ、婚家《こんか》に帰りたくないといった。

利休は、帰るように諭《さと》した。

「万代屋には跡継ぎができました」

おさんがつぶやいた。宗安の側女《そばめ》が男の子を産んだのだという。若い女が家に入り、大きな顔をしているので、自分には居場所がないのだといった。それはたしかにつらい日々であるにちがいない。

夫の万代屋宗安は、利休の弟子で、秀吉の茶頭八人衆の一人として取りたてられている。京にも屋敷をかまえ、利休は聚楽第でしばしば顔を合わせているが、さて、娘のこととなると、なかなか深い話ができない。

「おさんがうちに居たいといいましてな」

「それはご厄介をおかけいたします」

そんなやりとりだけで終わってしまった。

それ以来、おさんは、この屋敷で利休といっしょに住んでいた。帰ってきた当初は、暗い顔をしていたが、日を過ごすうちに、明るくなった。京には祭や楽しみが多い。よく宗恩と出歩いていた。

宗恩とおさんがつれだって野の草を摘みに行ったとき、東山のふもとで鷹狩をしていた秀吉と出逢ったという。

秀吉は、ひと目見て、おさんを気に入ったらしい。

すぐさま使者がこの屋敷にやってきて、聚楽第に奉公に出るよう命じた。

「おことわり申し上げます」

おさん本人が、毅然と言い放ったので、使者は言葉をつぐことができず、説得をあきらめて帰った。

そんなことがあってから、おさんはほとんど外に出歩かず、屋敷にこもるようになった。

けっして、鬱々と暮らしていたわけではない。宗恩といっしょに、広い屋敷のなかをいつも心地よくしつらえ、ときに、利休がはっとするほどみごとな花を活けたりしていた。

「ご奉公に出たほうが、よかったんでしょうか……」

宗恩のつぶやきに、利休は首をふった。

「詮ないことだ」

聚楽第に奉公に上がっていれば、秀吉の手がつくのは目に見えている。それがおさんの幸せになるとは、どうしても思えない。

「べつにかわったようすもなかったが、さほどに思い詰めていたか……」

利休が口にすると、宗恩が顔をあげた。陽はすでに高くのぼっているはずだが、厚い雲がたれこめていて、広間は暗い。

「あなたは、お気づきにならなかったのですか」

変わった生き物でも見るような目つきで、宗恩が利休にたずねた。

「なんのことだ」

「おさんのことにきまっております」

「それはわかっている。おさんのようすがへんだったのか」

利休がたずね返した。

「あの子は、ちかごろ妙にふさいでおりました。暮れに、そうお話ししたではありませんか」

「はて……」

利休は首をかしげた。そんな話を聞いた覚えがない。

「おぼえていらっしゃらないのですか……」

宗恩の顔がこわばった。

「このごろおさんのようすがおかしいので、万代屋様にお話しなさってくださいとお願い申し上げました」

「……そうだったかな」

「あきれた……。いつまでも中途半端なままでは困りますから、離縁のこと、きちんとご相談なさってくださいと申し上げて、あなた様も、うなずいておいででした」

「ああ……」

そういえば、そんなことを頼まれた気もする。

「お話しなさらなかったのですか」

暮れから正月にかけて、万代屋とは、聚楽第でなんども顔を合わせたが、おさんのことまで話がおよばなかった。

「万代屋宗安は、しわいところがあってな。あの男、わしを恨みに思うておる」

宗安と話すのは、いつも茶道具のことだ。侘び数寄《すき》にかなうかどうかではない。値段の話である。

このあいだ、利休が仲介して、宗安に茶壺を千五百貫文《かんもん》で買わせた。

そのことで、宗安は怒っている。

「最初からわたしに、損をかけさせるおつもりでございましたな」

その茶壺は、博多の神屋《かみや》宗湛《そうたん》がもっていたもので、まずは、利休が仲介して、石橋《いしばし》良吒《りょうしつ》に千貫文で買わせた。良吒は、利休の長女の婿である。

最初に千貫文で良吒が買ったことを、宗安はあとで知ったらしい。

「はなからわたしに売ってくださいましたら、五百貫文を損せずにすみましたものを。利をのせるのは当たり前にしても、せいぜい百貫文か二百貫文と思うておりました」

あのときは、良吒から、絹を買いつける銭がいると頼まれていたのだ。急なことで、ほかに買い手を見つけられず、宗安に話をもちこんだのだった。

「そうだな。こんどは、万代屋殿が儲かるようにはからおう」

そんな話をしてしばらくのち、宗安から井戸茶碗の値踏みをたのまれた。井戸茶碗は、高麗からの舶載品《はくさいひん》で、ゆるりとした姿と淡い茶色の素朴な肌がもち味である。茶人ならだれもが珍重するおおらかな雅趣がある。

宗安のもってきた井戸茶碗は、悪い出来ではなかったが、それほどの品でもなかった。

「銀五十両でしょうな」

宗安が顔をしかめた。

「せめて三百両に売れないでしょうか」

「内はよくとも外がむさい。五十両より上はつけられません」

宗安が首をかしげた。

「わたしには、外もよいように見えます。ほれ、この白くなだれかかった景色など、大《おお》高麗《ごうらい》より絶妙ではありませんか」

大高麗は利休がもっている井戸茶碗の銘《めい》である。枇杷《びわ》色《いろ》の釉薬《ゆうやく》がしっとり落ち着き、高台《こうだい》のまわりにできた梅花皮《かいらぎ》の粒が、えもいわれぬふくよかさをかもしている。

「あの大高麗なら、いま、いかほどな値がつきますか」

宗安が、たずねた。

「さよう。捨て値でも、銀一千両はくだるまい」

天正年間は、銀も銭も相場は安定しないが、まずはざっくり二千貫文であろう。

「同じ井戸手《で》の茶碗なのに、なぜさほどの値の開きがありますか。これだって悪くない」

宗安は、自分のもってきた茶碗を、膝の上でまわし、しげしげ見つめてから顔を上げた。

「悪くないが、よくもない。高麗の茶碗なら、なんでもよいというわけではないでな」

「どこがどのようにちがうのですか」

宗安の目がつり上がっていた。

「さて、その茶碗は枯れすぎて華がない。見ていて浮きたってくるものがない」

「わたしは浮きたちます」

「ならば、あなたは三百両の値を付ければよい。わたしの付け値は五十両だ」

宗安は、なにか言いたげだったが、結局、黙りこんで茶碗をしまった。

そんな話をしていたので、おさんのことはふれずじまいだった——。

「あなたは、いつだってうわの空で、べつのことを考えていらっしゃるのですもの」

それが利休の罪だとでも言いたげに、妻の宗恩が責める目を向けている。

利休は膝をくって、おさんの枕元にあたらしい線香を立てた。

「からだはここにいるのに、こころが、どこかべつのところに行っているみたい……」

そう言われても、利休は奥歯を噛むしかない。

おさんの顔にかかった白い布を見つめ、宗恩がすすり泣いた。

三

人をやって呼んでおいたので、午《ひる》すこし前になって古溪《こけい》宗陳がやってきた。

読経を終えたころ、曇っていた空に晴れ間が出た。障子に明るい陽がさし、庭で鵯《ひよどり》がうるさく啼《な》いている。

「しかし、あの男、どこまで奪えば気がすむのか」

あの男とは、秀吉のことだろう。秀吉は、利休が所持していた名物道具をずいぶん巻き上げた。かわりに銀をたくさんもらったが、譲りたくない道具が多かった。気分としては強奪されたにちかい。それでもまだなお、橋立の茶壺など、ほしがっている道具がいくつもある。その上、娘まで奪おうとした。

「捕《と》らえられて、羽根をむしられている山鳥の気持ちでございます」

正直に思ったままつぶやいた。秀吉に出会ったからこそ、利休は独創的な侘び茶の世界をつくることができたが、その代償としてとてつもなく大きなものを奪い取られてしまった。

ずいぶん時間がたって、万代屋の京屋敷から番頭がやってきた。おさんの枕元で手を合わせたあと、口上をのべた。

「主人宗安は、ただいま関白様の御用がございまして、うかがうことができませぬ」

低く頭をさげて、畳に紙包みをさしだした。香奠《こうでん》というのもおかしな話だ。なかは銀であろう。まずは三十枚か。

利休は首をかしげた。おさんは、万代屋の嫁なのだから、香華料《こうげりょう》はこちらが出すべきだ。

「本来ならば、亡骸は万代屋がお引き取りいたしますのが筋でございますが、手前どもの京屋敷は、なにぶん手狭《てぜま》のうえ人手も足りませぬ。それゆえ、はなはだ申し上げかねますが、葬儀はこちらさまでお願いするわけにはまいりませぬでしょうか」

利休はおもわず宗恩と顔を見合わせた。宗恩も驚いている。

「しかし、いまはたまたまこちらに戻っていただけ。万代屋の嫁であることに変わりはありますまい。手狭なら、どこかの寺を借りればよいこと。人手が足らぬなら、うちの者をやりましょう」

「はい。まことにごもっともでございます」

番頭が、なんどもうなずいた。うなずいているが、亡骸を引き取るつもりはまったくなさそうだ。

「では、墓はどうなさる。万代屋の墓に入れぬつもりか。位牌はどうなさる。万代屋の仏壇には入れられぬか」

「いえ、それは、主人とよく相談いたしまして……」

困惑顔の番頭が、汗をぬぐった。

「……よろしいではありませんか」

宗恩が低声《こごえ》でささやいた。

「ここで回向《えこう》いたしましょう。かわいそうですよ、寝ている前で。どちらが引き取るとか、引き取らないなどと……」

利休は、うなだれた。つい激昂した自分を恥じた。

しばらくの沈黙をおいて、利休はつぶやいた。

「たしかに、おさんがかわいそうだ。葬儀はこちらでやらせていただこう」

それを聞いて、万代屋の番頭はほっとした顔でひきあげた。

念のため所司代にも知らせておいたので、人がやってきた。それ以外のところには知らせなかったが、それでも、少なくない弔い客がおとずれた。

夕暮れになって、人がとぎれた。

うすぐらい部屋で、動かぬまま横になっているおさんが、あわれでならなかった。

障子が開いて、少巌が顔をのぞかせた。

「棺桶がとどきました。湯灌《ゆかん》はいかがいたしましょうか」

「湯は沸いているか」

「はい。用意はととのっております」

「はこんでいこう」

利休は立ち上がると、両腕に娘を抱きかかえた。重さと冷たさが、そのまま命の悲しさだった。

土間の盥《たらい》に湯が満たしてあった。横に敷いてある畳表に、おさんの骸《むくろ》を置いた。からだはすっかり硬直している。

冷たい腕をとって、利休は盥の湯で洗ってやった。おさんの手に触れたのは、幼子のとき以来だ。

「女たちで洗ってやるがよい」

わが娘の肌は、とても見られない。

利休は、広間にひきかえした。藍色に暮れ残る室内に、丸い棺桶が置いてあった。

瞑目《めいもく》して、じっとすわっていた。

静かな夕暮れである。

家のなかはひっそりしている。広間の隅に置いた台子《だいす》の釜がしずかな音をたてている。

なにも思わなかった。頭のなかは寂寥として、風が吹いている。

男たちに抱かれて、おさんが帰ってきた。白い帷子が、黄昏の薄闇にまばゆい。

褥に寝かせ、ろうそくを灯した。死に化粧が美しい。利休は経を読んだ。

――なぜ。

という問いかけはすでに無意味だ。その結果だけが、目の前にある。

「一服進ぜよう」

つぶやいて、利休は台子の前にすわった。薄茶を点てると、天目の茶碗を、おさんの枕元にはこんだ。

飲ませてやりたい。

――さて。

思いあたって、利休は立ち上がった。襖を開け、となりの大書院の床の間に活けてある水仙を一輪ぬいた。

水仙の花を、茶に浸した。

美しく紅をひいたおさんの唇に、茶の滴をしたたらせた。

赤い紅についた緑色の茶は、ぞっとするほど毒々しく、利休のこころを狂おしく悶えさせた。

利休のこころの闇に、夥《おびただ》しいうたかたがはじけ、饐《す》えた匂いをふりまいた。

ことしかぎりの

宗恩

利休切腹の三月《みつき》ほど前――

天正十九年（一五九一）一月一日　朝

京　聚楽第　利休屋敷

一

――薄情なひと。

宗恩は、これまでになんど、利休をそう詰《なじ》ろうと思ったかわからない。

しかし、そんなふうに思うたびに、いつも舌が動かなくなる。

面とむかうと口にはできない。

どうしても口にさせない強烈ななにかが、利休にはそなわっている。

灯明《とうみょう》の芯をみじかく暗くして、褥《しとね》で横になっていると、除夜の鐘がきこえた。寒夜《さむよ》のことで、嫋々《じょうじょう》とした余韻がある。

「……おい」

襖のむこうで利休が呼んだ。

用向きによって、利休は声の抑揚がちがう。それを聞き分けなければ機嫌がわるい。いまのひそめた声は――。

宗恩は、だまって襖を開けた。両手をついて頭をさげ、夫の寝所にはいった。

利休は、薄縁《うすべり》にあお向けに寝ている。見なれているはずの寝すがたに、宗恩はおもわず息をのんだ。

――なんと。

命の根の太い男なのだろう。あらためて、そう驚かずにいられない。ただそこにそうして長くなっているだけなのに、じぶん一人が天地の王者でもあるように泰然としている。なにかに対して畏れるということを、まるで知らぬげだ。

若いころは、それがとてつもない頼もしさに見えた。

長年つれそったいまは、いくばくかの傲慢さも感じている。天下広しといえど、利休ほどあふれるばかりの自信にみちた男はざらにいないだろう。

宗恩は、傲慢な男が、けっして嫌いではない。

秀でた男とは、そうした生き物だと思う。おのが道をつらぬこうとすれば、男ははち切れんばかりの自負をもたなければならない。

利休は、飛びぬけてするどい審美眼と奇智《きち》をそなえ、茶の湯者として天下一の声望と富を得ている。すこし鼻がのびて天狗になるくらいはしかたがない。

ただ、できることなら、傲慢ななかにも、妻をいつくしむ心ばせをもってほしい。もっとよく妻を見ていてほしい――。そう望むのは、女として、いたって自然な情ではないか。

夫としての利休はといえば……。

宗恩は、こころのなかで首をふった。思っても、詮ないことだ。

枕元に背のひくい行灯《あんどん》がある。

褥の利休は、大きな目でじっと天井を見つめている。

宗恩は、行灯の火を消した。そうするのが、利休の好みであるからだ。

闇がねっとりと深い。

搔巻《かいまき》のはしをもちあげて、からだをすべりこませた。

大柄な夫は、いつも肌が熱い。熱は、生きる力のつよさなのか。

大きな手が、無言のまま襟もとから宗恩の胸をまさぐった。乳房をもみしだかれ、つい、吐息がもれた。

帯を解かれ、大きな掌と長い指に、腰から内股をなでまわされると、宗恩はじぶんが人間ではなく、茶碗にでもなった気がする。いつものことだ。

やさしく愛《いつく》しまれているのはよくわかる。大切にされていることにまちがいはない。

それでも、夫の掌が撫でさすっているのは、自分であって自分ではない。血の通った人間として愛されているのではなく、道具として愛玩されている――。そんな気がしてならない。

世の老人たちが、閨《ねや》でどれほど壮健なのか、宗恩は知らない。

利休は、まるで衰えない。老いてますます猛々しい精をみなぎらせている。

熱く脂ぎったからだが、宗恩に重くのしかかった。

かさねた肌がねばりつく。毛穴のひとつひとつから、命を吸いとられる。

くちびるを吸われた。ねっとりとした舌にさえ、情の薄いまやかしを感じてしまう。

夫の重みが、さらに増した。

こころは冷えているのに、宗恩のからだがあまい熱をおびた。それがよけいにせつなくやるせない。道具にも、愛される歓びはある。くやしいが、女であるとは、そういうことらしい。

…………。

動きがとまった。

闇に静寂。かさなった胸に、心の臓がやけに大きくひびく。

「おまえは……」

「……はい」

「よいおなごだ」

「…………」

闇のなかで顔も見ずに妻を抱くたびに、夫はそうささやく。

ささやかれると、妻の胸に、べつの闇がうまれる。夫のことばとは裏腹に、心細く、寄る辺ない気持ちにさせられる。

「ありがとうございます……」

そこまでは、いつもつぶやく。でも……、と、その先をつづける勇気はない。どうしても、たずねられない。

除夜の鐘が鳴っている。今夜なら、たずねられそうだ。

「あなた様は……」

「……なんだ」

わざと甘えたふりをして、夫の肩に頰をよせた。

「いえ……」

やはり、ほんとうの気持ちは口にできない。

「ずいぶんお歳をめしてしまわれました」

「おたがいさまだ」

笑っている。怒らせたわけではなさそうだ。

「あの……」

「ん？」

いまなら、たずねられる。

「わたくしで、よろしかったんでしょうか」

「……なんのことだ」

「わたくしを妻になさって、ほんとうによろしかったんでしょうか……」

闇のなかで、夫が沈黙した。全身の肌をぴったり合わせていても、そこに寝ているのは、見知らぬ他人とさしてかわりはない。

「よかったに決まっている。妻とすべき女は、おまえしかおらぬ。なぜ、そんなことをたずねる」

宗恩の前の夫だった能楽の小鼓師が亡くなったのは、もうずいぶん昔の話だ。

まだ若かった利休は小鼓師宮王三太夫《みやおうさんだゆう》に謡《うたい》を習っていた。宗恩は、夫の弟子である利休に、淡い敬慕の念をいだいていた。

夫に先立たれ、生きていくたつきのない宗恩に、利休は堺の町のしずかなあたりに家を買ってくれた。米と銭をたくさん積み上げてくれた。あのときは、ありがたくて涙がでた。

からだをゆだねたのは、喪が明けてからだ。

そのころの利休は、まだ茶の湯者として名をあげていたわけではないが、溌溂としてまぶしかった。宗恩をやさしくいつくしんでくれた。

利休には、妻がいたが、そのことは気にならなかった。たとえ側女《そばめ》であれ、大切にされているのがうれしかった。

前妻が亡くなり、嫁として千家にむかえられてから、すでに十年余りがすぎた。

——この人こそ。

最初はそう思っていた。利休こそ、生涯かけて尽くすべき夫である。この世でよくぞめぐり逢えたと、神仏に感謝した。

ともに暮らすうちに、男と女の隙間にすこしずつ澱《おり》がたまってくる。甘い感激が、ただの誤解だったかもしれないと思うまでには、十年の時間があればじゅうぶんである。

また、除夜の鐘が鳴った。思い切って口にした。

「大切にしていただいているのは、よくわかっております。ただ、あなたの妻には、もっとふさわしいお方がおいでのような気がしてなりません」

喉がひりひり渇いていた。それでもまだ、本当にたずねたいことが訊けたわけではない。

二
「火をもって来なさい」

利休に命じられて、宗恩はとなりの部屋の短檠《たんけい》の火を、紙燭《しそく》にうつしてきた。

枕元の行灯に火をともした。

行灯は、利休が指物師《さしものし》につくらせたものだ。

細い杉木地《きじ》の四方形の枠は、ほんのわずかに裾がひろがっていて、きわめて瀟洒《しょうしゃ》である。

利休は、紙を切り抜いて型をつくり、細部まで細工を指定し、気にくわなければ、なんどでも作り直させた。

できあがった行灯は、おそろしいほど美しい。見ていると、どうしてもそのとおりの形でなければ、凜とさえた気品はうまれないのだと思えてくる。

利休の才気は、身震いするほどすばらしい。茶の湯者としての美意識は、まさに天下第一等にちがいない。

そんな繊細な感覚の持ち主は、遠い憧れとして眺めているのがふさわしい。夫であるとなれば、話はいささかちがってくる。

「今夜にかぎって、なぜそんなことを口にするのだ。おまえより、妻にふさわしい女がいるなどと、なぜ思うたのか」

褥の上であぐらをかいた夫が、宗恩の顔をねめつけている。

「……申しわけありません」

「あやまれというておるのではない。理由《わけ》をたずねている」

「はい……」

側女として一軒の家をあたえられたときから、宗恩は懸命に利休につかえた。

そのころ、まだ宗易《そうえき》とよばれていた利休は、抜き身の刀のようにぎらりと光りすぎる男だった。

礼節は過分なほどにわきまえている。たとえ側女や婢女《はしため》であれ、横柄なふるまいや物言いにおよぶということは、けっしてなかった。

それでも、同じ部屋にいると、利休の神経がいつも剝き出しになっているのを感じて、宗恩は息苦しくなった。

けっして口うるさく罵るなどということをしない男だけに、利休の顔色や口調のわずかな変化が気になってならなかった。そこに不満や侮蔑がただよっていないか、懸命に読みとろうとした。

ある夜など、なにが気にいらなかったのか、座敷にあがった利休が、すわりもせず、ひとことの口もきかずに帰ってしまったことがあった。

「先夜はいかがなさいました」

つぎに来た夜に、恐る恐るたずねてみた。

「椿がな……」

床《とこ》の花入に、蕾を活けておいた。

「赤い椿はお嫌いでしょうか」

「いや、赤いのはよいが、すこし開きすぎていて落ち着かなんだ。あれではすわっていられない」

利休が、丸くかたい椿の蕾を好むのはよく知っていた。すこし開き気味の椿も興があるかと活けてみたのだ。

「お気に召しませなんだら、お申しつけくだされば、すぐに取りかえましたのに」

「そんな無粋は好かんでな」

おもしろくもないと言わんばかりの顔つきで、利休は瞑目《めいもく》した。

以来、宗恩は家のなかのしつらえには、ことのほか心を砕いた。

道具のあれこれは利休がはこびこんでくれたが、その日の花入ひとつ選ぶにしても、どれなら満足してもらえるのか、どんな花をどう活ければ気に入ってくれるのか不安でならなかった。

ひらいた椿はまったくいけないのかと思っていると、日によってはちょうどよく開いたのを自分で飾ったこともある。なにがよくてなにがいけないのか、宗恩にはまるでわからない。

利休がくる夜は、女としての自分が目利きされ、値踏みされている気がした。真っ暗な闇で抱かれているときでさえ、いささかも気をゆるめたことはない。

若いころは、そんな風に、薄氷を踏みながらすごしてきた。

まだ正式な妻となる前、宗恩は利休の子を二人生んだ。二人とも男の子であった。

婢女をおいていたが、子ができれば、世話にかまけて、利休を迎えるしたくがゆきとどかぬことがある。そんなときは、ことのほか利休の顔色が気になった。

「坊《ぼう》がよう笑うようになりました」

子どもを見せれば、利休も人なみに抱いたり、あやしたりした。

けれど、そんな俗事には、たいして興味がなさそうだった。利休の目は、いつも遠くを見ていた。宗恩の肩ごしに、だれかべつな女を見ている気がしてならなかった。

男の子は、二人とも十になる前に病で亡くなった。

どちらの子が死んだときも、利休は、淡々とした顔をしていた。

――悲しくないのかしら。

美をきわめるには、人としての情まで踏みにじらなければならないのかと思った。

悲しさを感じていないのではなく、じっとこらえているのだと知ったのは、閨の闇でひとり泣いているのに気がついたときだ。

「命は、はかないがゆえに美しいのだな……」

となりで目ざめた宗恩に気づいて、そうつぶやいた。

そのころから、利休の茶の湯はしだいに凄味をにじませはじめた。

前妻と宗恩のほかに、利休には、もうひとり女がいるのは知っていた。その女にも子を生ませている。

それでも、前妻が亡くなったとき、利休は宗恩を正式に妻に迎えるといった。

「ほんとうに、わたしでよいのでしょうか」

宗恩は利休にそうたずねた。喜びより、とまどいが大きかった。

「あたりまえだ。おまえほどわしの心にかなう女はおらぬ」

そのときのことばに嘘は感じなかった。

しかし、十年以上いっしょに暮らしてみれば、なにがほんとうでなにが嘘かは、痛いほどよくわかる。

夫は、なにかを隠しつづけている。ほんとうに惚れた女は、亡くなった前妻でも、宗恩でも、もうひとりの側女でもなく、どこかべつにいるはずだ――。

女の勘が、宗恩にそうささやいている。

また、鐘の音がひびいた。百八つ鳴り終わったときに、すべてふり払えるほどちいさな煩悩だとはおもえない。

「あなた様は、ほんとうは、わたくしを必要としていらっしゃらないのでしょう。わたくしにはよくわかっております」

「なぜ、そんなみょうなことをいう。おまえがいなければ、わしは困るではないか」

「お困りになるだけでございましょう」

すこし、むくれてみせた。それくらいは許してくれるだろう。

妻として仕えてみれば、利休ほどあつかいにくい夫はいない。家のなかのすべての調度から掃除のしかた、朝夕の食事につかう皿一枚の選び方、香《こう》の物の一切れのならべかたにいたるまで、すべてが利休の心にかなったものでなければ機嫌がわるい。膳にのせた皿の位置が気にくわず、じぶんで直されたりすると、宗恩は背中に冷や汗をかいた。

飯のよそいかた、料理の盛り方にしても、すべてに独特の美しさが要求される。それにかなっていなければ、眉のあたりが曇る。とても気に入らないときには、眉間にしわが寄る。

その不機嫌な曇りやしわを見たくないために、宗恩がどれほど心をすり減らしているか、夫はわかっているのだろうか。

家のなかを歩くときでさえ、宗恩は細心の注意をはらっている。たまに音を立てて襖を閉めてしまったときなど、眉を顰《ひそ》めた利休の視線を浴びただけで、死にたいほど悲しい気持ちになってしまう。

長い年月、こらえにこらえていたものが、除夜の鐘の音とともに、堰《せき》を切ってほとばしった。

「あなた様のお心にかないますようにと、それればかりを考えてつとめてまいりましたが、もう、これ以上、わたくしにはむりでございます」

　さすがに利休が困惑している。いい気味だとおもった。

「なにを言い出すかとおもえば、夕刻のことか……」

　大晦日のことで、朝から家の者たちをつかって正月のしたくに追われていた。

　夕方になって立ちくらみがして、台所の板の間で雑煮につかう塗りの椀を取り落としてしまった。木地がちいさく欠けて塗りが剝げた。

　ちょうどその場にいた利休の眉が、あからさまに曇った。

　――なんと粗忽な。

　鋭く非難されているとおもった。いや、宗恩がおもっただけではない。利休の眉がはっきりそう語っていた。

「失敗はだれにでもある。わしは、ひとことも叱ってなどおらぬ」

　たしかに、口ではなにも言われなかった。夫の目の光が、罵声よりはるかに厳しく宗恩を叱責していた。

「あなたは、薄情でずるいひとです。口にしなくても、こころのなかでわたくしを罵倒しておいでてございましょう。それくらいは、わかります」

「馬鹿なことを」

「はい。わたくしは、馬鹿でございますから、とても、あなたのお心にはかないません」

　利休は苦笑して横になり、宗恩に背中をむけた。

「もう休むがいい」

宗恩は目尻が熱く潤んだ。くやし涙があふれてくる。

除夜の鐘は、撞き終わったらしい。

宗恩は闇のなかで、夫の背中を見つめ、深い煩悩をかかえたますわっていた。

三

広間の床柱《とこばしら》にかけた竹の花入に、結び柳がかざってある。一丈《じょう》（約三メートル）もある長い柳の枝を、いちど輪にして、床の畳まで垂らしたのは利休である。よいことがくり返すようにとの願いがこめてある。薄紅と白の椿の蕾がそえられ、あでやかな風情だ。

掛け物は、おおらかだがゆるみのない古渓宗陳の筆である。

松無古今色　　松に古今《ここん》の色無し

千歳《せんざい》もかわらぬ常盤《ときわ》のみどりを賞した禅語であろう。

その前に置いた香合は金蒔絵《きんまきえ》で、ことしの干支の兎がいきいきと跳ねている。

利休が床を背負ってすわると、待っていた長男と婿が手をついて頭を下げた。

「初春をお慶び申し上げます」

長男の道安《どうあん》が、新年を言祝《ことほ》いだ。道安は先妻の子である。

「ああ。よい春になったな」

この季節の京は、空に紗《しゃ》のような雲がかかり、にわかに時雨れることが多いが、きょうはよく晴れていて、梅の蕾もやわらかげだ。

「ほんに、ことのほかよく鳥がさえずっております。よい年になりましょう」

ことばの穂をついだのは、婿養子の少庵《しょうあん》である。

少庵は、宗恩の連れ子なのだが、利休のむすめのかめと結婚し、千家の婿にはいった。かめは、利休がおちょうという側女に生ませた娘である。

利休一族の血は、葛《かずら》のようにからみあい、藤のようにもつれあっている。

座敷のすみにひかえていた宗恩は、塗りの銚子と杯《さかずき》を盆にのせて、三人の男たちに、屠蘇《とそ》をついでまわった。

道安と少庵は、ともに茶の湯に精進しているが、どちらも四十六の同い歳であるだけに、気持ちのもつれがあるようだ。顔を合わせても、うちとけているところは見たことがない。いまも、向かい合ってすわっているものの、屠蘇を嘗《な》めつつ、たがいに視線を合わせない。

手伝いの者たちが膳をはこんできた。宗恩の指図で、雑煮の椀と、ごまめ、たたき牛蒡《ごぼう》がのせてある。白味噌に丸餅の雑煮には、芥子《からし》を溶いてたらしてある。

三人の男たちは、広い座敷で黙って箸をうごかした。障子に初春の光が射している。

ぽつりぽつりと茶人たちのうわさ話をしながら食べおえた。

膳のさがったところで、道安が、居ずまいを正した。

「父上」

あらたまった口調であった。

「ことしで、古稀《こき》を迎えられますこと、重畳至極《ちょうじょうしごく》に存じあげます」

「いつのまにか、そんな歳になってしまった。まこと、一生は夢のごとしだ」

「われらも歳をとるばかり。もたもたしておりますと、すぐに老いてしまいまする」

道安の舌がくちびるからのぞいた。なにか言いたいことがあるらしい。

「元旦でございますから、新しい年のしるべを父上に示していただければありがたく存じます」

利休が、道安のことばにちいさく首をかしげた。

「しるべとは……」

「これからの茶の湯のゆくすえにございます」

利休が腕を組んだ。虚空をにらみつけている。

「わしが死ねば茶の湯は終わりだ。茶を好む者は大いに増えもしようが、こころのない茶人ばかりがおっても、まことの茶が点《た》てられる者はおるまい」

道安がうなずいた。

「茶の湯のゆくすえは、まことにさようでございましょう。この道安、およばずながら茶の道の隆盛に精進いたしまする。それはそれとして、この家の茶の湯のことにございます。父上もすでに古稀。いまはまことにご壮健でございますが、……失礼ながらいつなんどき、不慮のできごとが起こらぬともかぎりません。そのときのために……」

そこで口ごもった。

「遺言をせよというか」

「はい。なにしろ、天下の名物道具がこの屋敷にはひしめいております。父上に万が一のことがあったとき、それらが散逸するのはいかにも無念。まとめてだれかが引き継ぐのがよろしかろうと存じまする」

大きな目をむいて聞いていた利休が、ふん、と鼻を鳴らした。

実子の道安は、秀吉の茶頭《さどう》八人衆の末席に名をつらね、利休とともに出仕《しゅつし》している。

剛毅な気骨のある茶人だといわれている。

「東山の大仏殿の内陣を囲って、茶の湯ができるのはだれか」

と、いつだったか、秀吉が、利休にたずねたことがあった。そのとき利休は、道安ならば、と答えている。

ただし、京の茶人たちのあいだでは、少庵のほうがはるかに評判が高い。名誉《めんよ》の数寄《すき》者《しゃ》と呼ばれ、京衆が目を驚かし、胆をつぶしたほど柔和で静謐《せいひつ》な茶である。

端《はし》にひかえていた宗恩は、息を呑んだ。じぶんのむすこと先妻の子の跡目《あとめ》争いである。耳を塞ぎたい場面だった。

利休が立ち上がって障子を開けた。

庭に明るい陽射しが満ちている。長い沈黙のあと、外を見たまま利休が口をひらいた。

「上様への年賀にまいらねばならん。したくをするがよい」

そのままふり向きもしないので、道安と少庵は黙って広間からさがった。

宗恩もさがって新しい道服《どうぶく》を用意していると、利休があらわれた。

無言のまま着替えを手伝った。

利休がめずらしく逡巡のなかにいる。宗恩にはそれがわかる。

「短冊《たんざく》と筆を……」

手伝いの女にもってこさせると、利休は立ったまま筆をはしらせた。

あわれなる老木の桜ゑだくちて
　ことしばかりのはなの一ふさ

そうしたためた短冊を見せられた。

「わしも、老いたものだ……」

つぶやいた利休の顔には、ひとかけらの自負も傲慢も見あたらない。ただのくたびれた老人の面立ちであった。

宗恩は、利休の背中に頰を寄せた。

夫の熱を感じたくて、しばらくそのままじっとしていた。

こうらいの関白

利休

利休切腹の前年——

天正十八年（一五九〇）十一月七日　夕さり

京　大徳寺門前利休屋敷　二畳半

一

聚楽第《じゅらくてい》の書院に、冬の朝のあわい光が満ちている。真塗《しんぬ》りの台子《だいす》にしつらえた釜の湯音が、おだやかにこころをくつろがせる。

上段の間に、赤に金襴の羽織を着た秀吉がすわっている。

利休の点《た》てた薄茶を、小姓が秀吉の前にはこんだ。

白天目《しろてんもく》のすっきりした茶碗は、白い粘土に灰釉《はいゆう》をかけた和物《わもの》である。口縁《くちべり》にくるりとひとまわり塗ってある金が、青畳のうえに華やぎをそえている。

菓子は、麩の焼き。小麦の粉を水で溶いて、鉄鍋でうすく延ばして焼き、味噌を塗って丸めたものだ。素朴な見かけだが、味噌にひと工夫しておいたので、嚙むほどに味わいが深い。

片手で天目茶碗を持った秀吉が、茶をひとくち喫《きっ》してつぶやいた。

「さて、高麗の使節のこと……」

この七月、かねて呼びつけていた朝鮮の使節が京にやってきた。

秀吉は春からずっと小田原攻めで京を留守にしていたのだが、九月に帰洛《きらく》してからも、国使に謁見《えっけん》を許さず、待ちに待たせている。

――内裏の修理にいそがしい。

と、口実を立てて、いまもまだ朝鮮の国書を受け取らないままである。

紫野大徳寺で待たされている使節の一行は、とっくにしびれを切らしているはずだ。

「京に着いて、もう四月《よつき》になるか」

「御意。やつら、高麗を発ったのは四月だと申しますゆえ、国を出てから七ヶ月になります」

ならば、高麗人たちのしびれは、すでに怒りに変じているであろう。

答えている石田三成に、小姓が茶をはこんだ。

秀吉は、奥州を平定して天下統一をなしとげた。

まだ予断を許さないとはいえ、文字通りの天下人に成り上がったのである。

いまは、京の大改造に着手していて、多忙をきわめているが、それでも、有馬の温泉に湯治に行くくらいの暇はある。有馬には利休も同行し、茶会を開いた。

つい三日前、秀吉は、完成したばかりの新御所に参内《さんだい》した。

じつは、そのとき、朝鮮通信使の一行を供につれて行くつもりだったが、これは彼らが断った。使命である国書の奉呈もせず、見せ物にされるのは、まっぴらだったにちがいない。

「そろそろ、呼んでやろうかと思う」

「たしかに、ちょうどころあいでございましょう」

石田三成が、茶碗をかるく押しいただいて正面をはずし、三口《みくち》で飲んで泡をすすった。几帳面なこの男らしく、所作はいたって行儀がよい。茶碗の縁を指先でぬぐい、懐紙で指を清めた。秀吉がそんなことをするのを、利休は見たことがない。

「大徳寺に遣いをやれ。国書をもって来いとな」

秀吉がもうひとつ麩の焼きをつまんだ。

利休は、二服目《ふくめ》の茶を点てた。十月に茶壺の口を切って、石臼で挽いたばかりの茶は、ことのほか爽やかで、口中に優雅な滋味《じみ》をもたらす。

「かしこまりました。なるべく小身《しょうしん》の者に申しつけましょう」

「そうするがよい」

秀吉が口をすぼめ、舌を鳴らした。甘葛《あまかずら》の汁で練った麩の焼きの味噌が、よほどうまかったにちがいない。芥子《けし》の実を散らしたのも新しい。

高麗の通信使一行五十人は、大徳寺の本坊《ほんぼう》と塔頭《たっちゅう》にわかれて止宿《ししゅく》している。利休はこのところなんどか大徳寺に行っているので、ときにすがたを見かけたことがある。

——こうらいの関白が来る。

使節が上洛したときは、奇妙ないでたちと管弦《かんげん》を鳴らしてのにぎやかな行列見たさに、都大路《みやこおおじ》に大勢の見物人が押し寄せたという。いまはもう、だれも関心をはらわない。

「饗応《きようおう》の宴《うたげ》は、五の膳、いや、七の膳つきの華やかなものにして、やつらの胆を抜いてやりまするか」

障子にさした朝の光に、三成のひろい額が冷ややかに光った。

「それもよいが、さて……」

秀吉が宙をにらんで、あご鬚を撫でた。なにやら策をめぐらせている顔である。

利休が、二服目の茶碗をさしだすと、秀吉に見すえられた。

「おまえなら、どうする」

若いころの秀吉の目は、ときに蕩《とろ》けるほど柔らかかったが、いまは人を抉る凄味がある。

「はい」

「どんな料理がよいか考えろ」

「かしこまりました」

利休は、しばらく考えて秀吉にたずねた。

「して、高麗からの遣いの者たち、笑顔で帰せばよろしゅうございましょうか、それとも、怒らせて帰せばよろしゅうございましょうか」

眉を開いた秀吉が、利休の顔を見つめていたが、やがて、くっくっと笑った。

「よろこばせるも、怒らすも、そのほうは料理ひとつでできると申すか」

「造作《ぞうさ》もないことでございます」

利休がこたえると、秀吉がうれしそうに大きくうなずいた。

三成は表情を変えない。知が情よりはるかに勝った男なのだろう。喜怒哀楽をほとんどおもてにあらわさない。

「さようだな……」

秀吉は、二服目の赤楽茶碗を両手で包むように持った。茶碗のぬくもりを掌で楽しんでいるらしい。

「なにか、趣向があるか」

秀吉が三成にたずねた。

「礼をもって歓待のかぎりを尽くして喜ばせたのち、あとで服属を命じるというのはいかがでしょうか」

三成は、人間のいやがる機微を冷徹に心得ている。

「なるほど、それもおもしろい」

秀吉は、まだ茶碗を掌に持ったまま口をつけようとしない。

「されば……」

利休がつぶやいた。

「なんだ。なにか、存念《ぞんねん》があるか」

秀吉の目がつづきをうながした。

「高麗の宮廷には、かねてより二派あると聞きおよびます。このたびの使節も、正使は西人《せいじん》派、副使は東人《とうじん》派。たがいに牽制しあっていると聞きました。これを利用せぬ手はございませぬ」

秀吉が身をのりだした。

「どこでそんな話を仕入れてきた」

「高麗人たちは大徳寺にて長逗留しておりますので、寺の坊主が通事《つうじ》から聞き出した話でございます」

秀吉がのこった茶を飲みほして、膝を乗り出した。

「おもしろい。その話、もっとくわしくしてみろ」

「かしこまりました」

利休はいまいちど深々と頭を下げてから、大徳寺で聞いた話をはじめた。

二

五日後、朝鮮通信使の一行五十人が聚楽第にあらわれた。つばの広い大きな帽子をかぶった男たちの行列が、旗を立て、長い喇叭《らっぱ》をにぎやかに吹き鳴らしながら歩いてくる。

利休は、聚楽第の門前で、公家や大名衆らとともに、一行を出迎えた。

高麗の楽曲はかまびすしい。

高麗からわたってきた白磁や青磁は、どれも静かなたたずまいをもっている。ことに青磁の色の深さはことばに尽くせない。音曲はそれとは対照的だ。

遠い海の彼方の国が、利休にはうまく想像できない。いったいどんな国なのか、できることならじぶんの足で訪ね、じぶんの目で確かめたい。

利休が初めて逢った高麗の女は、気高く物静かで――。

――いや。

利休は首をふった。

あれは夢だったのだ。ただのまぼろしに過ぎないのではないか。あんな美しい女が、この世にいるはずがない――。歳のせいか、このごろ、そう思うことがある。

そんなときは、懐に手をいれる。

そこには、いつも緑釉《りょくゆう》の香合《こうごう》がはいっている。握りしめれば、香合の丸みがすべての記憶を鮮明によみがえらせる。

利休は、また首をふった。

――きょうは、あなたの国の人が来る。

わたしは、うんと意地悪く迎えるつもりだよ――。いつもするように、こころの内で女に語りかけた。

あんなに優美で気高い女を不幸の窮みに追いやった国の男たちである。やさしくなど迎えられるはずがなかった。

――こうらいの関白。

秀吉はあちこちでそう喧伝《けんでん》させたが、じつは、高位ではあってもただの官僚にすぎない。居ならんで迎える公家や大名たちは、それを知っている。それでも、京の町衆にとってはめずらしい行列にちがいないので、大勢の見物人が集まっている。

一行は、うやうやしく聚楽第の門をくぐった。

殿舎《でんしゃ》に上がった高麗人たちは、きわめて慇懃である。

ずっと待たされつづけたのだ。こころの内には、さぞや大いなる苛立ちを秘めているであろうに、立ち居振る舞いには、おおらかな礼節があった。

使節の主だった者たちが大広間にすわると、秀吉がゆるりとあらわれた。黒い束帯を着て冠をかぶり、笏《しゃく》を手にしている。

大広間に特別につくらせた三重の壇に登って、そのうえにすわった。

ていねいに頭をさげて礼を尽くす使節にむかって、秀吉が鷹揚にうなずいた。

「遠路、ご苦労であった」

「朝鮮国王より、国書をお届けにまいりました。使者の黄允吉《ホアンユンギル》でございます」

「副使の金誠一《キムソンイル》ともうします」

同行の通事が、たどたどしいながらも日本語に訳した。

黄がまた深々と頭をさげた。朝鮮の礼は、日本の礼法より煩雑で荘重《そうちょう》であった。

正使の黄が、朝鮮国王からの国書をとりだして読み上げた。

朝鮮国王李《イ》昖《ヨン》、書を日本国王殿下に奉《たてまつ》る。

春候和煦《しゅんこうわく》、動静佳勝《かしょう》なり。

と、春日の暖かさを語ることからはじまった文面は、むろん、朝鮮の日本への服属をのべたものではない。秀吉の日本統一を祝賀し、これからの隣好《りんこう》をのぞむ内容であった。

秀吉はうなずいた。

これに先立ち、対馬《つしま》の宗義智《そうよしとし》をつうじて朝鮮の朝廷に伝えさせたのは、日本への服属であったが、怖れをなした宗義智は、それをそのまま伝えることができず、ただ友好の使節を送ってほしいとだけ朝鮮側に伝えた。そして実現したこたびの訪日である。

そのあたりの事情は、すでに秀吉も察している。

「重畳至極《ちょうじょうしごく》。いや、まことに長旅、お疲れであった。これは余からのこころばかりの礼である」

秀吉が手で招くと、小姓たちが、大きな台にのせた銀の山をはこんできて、正使、副使のまえに置いた。銀四百両ずつである。

広間の末席にいた利休は、廊下にいる小姓に目配せした。

宴席の料理をしたくせよとの合図である。

料理人には、きのうのうちに膳にのせるものを命じておいた。

「ほんとうにそれだけでよろしいのですか」

けげんな顔で料理人がたずねた。

膳にはなんの変哲もない黒の塗り皿を置き、焼いた餅を五つ盛った。ただ、それきりである。わきに素焼きの杯をひとつ。箸《はし》はつけない。

「これでよい。これを出せ」

料理人は腕を組んで考え込んでいた。

「餅の手づかみでは、国の賓客《ひんきゃく》に、あまりに礼を失しませぬか」

「そうだ。饗応《きょうおう》するのではない。服従させるための食だ。牢獄につながれた気分を味わわせてやるがよい」

料理人がうめくようにうなずいた。

その宴席の意味の重大さを、ようやく悟ったらしかった――。

女たちが広間に膳をはこんできた。瓶子《へいし》の濁り酒をついでまわっているのは、石田三成だ。二献《こんめ》目は利休がついでまわる。

通信使たちは、当然あるべき秀吉との杯のやりとりがないことに驚き、とまどっている。棒を呑まされるような顔で、それでも儒教の礼法通り、手で杯を隠しながら酒を飲んだ。

まだ酒の途中だというのに、秀吉は奥に引き込み、錦の小袖と羽織に着替えてあらわれた。

腕に赤ん坊を抱いている。去年生まれたばかりの鶴松《つるまつ》である。

「この子が、日本のつぎの王じゃと教えてやれ」

満面笑顔の秀吉のことばを、通事はそのまま高麗のことばに訳した。秀吉は、通信使たちばかりでなく、列席の大名や公家たちにも鶴松の顔を見せて歩いた。

むろん、高麗人たちが不快がるのは百も承知である。

礼を重んじる朝鮮では、身をかがめ、手を合わせて拝礼し、酒杯のやりとりをすると聞いている。料理の品数が多く、酒をやりとりする回数が多いほど歓待の意味が増す。

礼をもって遇《ぐう》されなければ、高麗人はどう感じるか――。

じっさいのところ、すでに対馬では、ひと悶着あったとの話が京にとどいている。

通信使一行を山寺に招待して宴席をはったとき、島主の宗義智が駕籠に乗ったまま山門をくぐると、それだけのことで副使の金《キム》が無礼だと激怒し、座を蹴《け》って立ったという。宗義智は、駕籠かきの首を刎ねて差しだし謝罪した。そうしなければとてもおさまらないほどの激昂《げっこう》ぶりであったらしい。

鶴松を抱いたまま縁側に出た秀吉は、庭でひかえていた朝鮮の楽師たちを手招きして呼び集めた。

「演奏するがよい」

手振りで示すと、楽師たちが喇叭《らっぱ》を吹き鳴らした。

抱かれている鶴松が小便を漏らした。秀吉は大騒ぎして女を呼んで鶴松をわたし、自分はまた奥に引き込んで着替えた。

黄允吉と金誠一は、ずっと顔をしかめていた。

それは、利休の思惑通りであった。

三

宿舎の大徳寺にもどる一行を、利休は先導した。

馬上の黄允吉と金誠一は、苦い顔でまっすぐ前をにらんでいる。

長旅の果てにたどりついたのは、餅だけの饗応である。しかも、奉呈した国書への返書はなかった。これを確認しないかぎり、国使の職責はまっとうできない。

大徳寺山門の甍《いらか》がむこうに見えたとき、利休は、わざとすこし歩みを遅くした。かたわらの屋敷を手で示して、馬上の金に話しかけた。

「ここはわたしの屋敷です。本日の宴席の真意をご説明いたしたい。金閣下にお立ち寄りいただくようお願いいたします」

利休の大徳寺門前屋敷の前であった。

通事が訳すと、金は眉をひそめた。正使の黄は、すでに馬を進めて行ってしまった。その間合で話しかけたのだ。

「話なら、宿舎まで来てもらおう。わしは疲れておる」

くたびれきった顔で、金が空を見上げた。短い宴席だったので、冬の空はまだ明るい。

「お疲れでございましょう。本日は、関白殿下のご下命で、餅だけお出しいたしました。失礼のきわみと存じ上げます。およばずながら、高麗風の料理を用意してみました。ご賞味くだされればさいわいです」

利休はていねいに頭をさげた。

金が、考えている。

焼いた餅に箸をつけずに出されて、食べるのは屈辱である。金の膳の餅は、五つ全部が手つかずで残っていた。腹は減っているであろう。

使節の一行には料理人もいるが、葷酒《くんしゅ》や生臭物《なまぐさもの》を禁じる禅寺のことで、満足な材料は得られていないだろう。食は、大きな誘惑であるはずだ。

金がうなずいて馬を降りた。
五、六人の供だけが残り、ほかの者たちは大徳寺に帰った。
利休が先に立って門をくぐり、露地を通って茶室の前に来たとき、金が立ち止まった。

茶室をしげしげと眺めている。

都とはいえ北のはずれのことで、茶室は鄙《ひな》めいた茅葺《かやぶ》きである。屋根の庇《ひさし》が眠たげな瞼のようにしっとり下がっている。

「こちらへどうぞ」

異国からの客を安心させるため、躙口《にじりぐち》を開いて、まず利休が入ってみせた。

手伝いの少巌《しょうごん》に命じておいたので、炉にかかった釜が、静かに湯気《ゆげ》を立てている。外で冷えきった体が、くつろいでほぐれるくらいにほどよく暖まっている。

金が、躙口からなかをのぞいている。

顔に警戒の色がうかんでいる。

床《とこ》には、木槿《むくげ》の花を描いた軸をかけさせておいた。障子越しのやわらかい光に、白い木槿の花が浮かんで見える。花のまんなかが紫色に染まり、いかにも儚げに匂いたっている。季節ははずれているが、高麗の人間が好む花である。

香は白檀《びゃくだん》を炷《た》かせておいた。こころの刺々しさをすっかり消し去ってくれる高貴なやすらぎがある。

畳に手をついて、金が入ってきた。

立ったまま木槿の軸をしげしげながめた。

軸の絵をゆっくり眺めた金の視線はその周囲にうつった。柱や天井までを土で塗りまわした室床《むろどこ》である。

ちいさく首をかしげてから、頭がつきそうなほど低い網代の天井を見上げ、しばらくじっとしていた。

ゆっくり顔をおろして壁を見た。粗塗りの壁に、薄墨色の紙が貼ってある。

また首をかしげて、金誠一が腰をおろした。片膝を立ててすわっている。

「じぶんの家に帰ったようだ」

躙口から顔をのぞかせた通事が、その場で通訳した。

利休は、若いころ、あの女の故郷の家のしつらえを知りたいと思って学んだことがあった。堺には、高麗の商人がいる。その者たちをたずね、絵や図をたくさん描いてもらったのだ。そこには、やっと潜れる小さな入り口や室床があった。とても狭い二畳の庵《あん》室《じつ》もあった。

「あなたも、はいりなさい」

利休が勧めると、通事がおずおずとなかにはいった。二畳台目の座敷は、三人がすわると、ちょうど心地よかった。

「本日は、まことにご無礼いたしました」

利休は、あらためて手をついて、畳に額を擦るほど頭をさげた。礼法はちがっても、敬意をあらわす気持ちはしぐさで伝わる。

「たしかに、たいへん無礼な席だった。関白殿下は、まるでそばに人がおらぬかのような振る舞いだ」

「そのとおりです。お詫びのしようもありませんが、日本国内の事情をご賢察《けんさつ》いただきとうございます」

通事が訳すのを待って、利休はつづけた。

「関白殿下は、日本を統一したとはいえ、まだ人心は安定しておりません。隙あらば、と、謀叛や政権の奪取をねらう大名たちが多いのでございます」

通事が訳すと、金がさもありなんとうなずいた。

「そこで、貴国にはたいへん失礼なことながら、貴国が関白殿下の威光に服属したことにしておけば、日本国内の者たちはみな、関白殿下に従います。そのために、本日は料理もととのえず、諸侯の前であのように傍若無人な振る舞いをさせていただきました。どうか、お許しくださいますように」

金が鼻を鳴らした。

「それは貴国の事情であろう。わが国とはなんの関係もないこと。どんな事情があろうとて、無礼であることに変わりはない」

「そのとおりでございます。それにつきましては、なんの申し開きもできかねます。その事情のご賢察を願うばかりでございます」

利休はまた頭をさげた。

無言の金は憮然としている。

「本日はお疲れになりましたでしょう。まずはお茶をさしあげとう存じます」

金が顔の前で手をふった。

「けっこうだ。わたしたちも茶は飲むが、あんな苦くてまずい茶は好まぬ」

「いえ、お口に合うと存じます。おためしください」

茶道口をひらくと、熱い鉄瓶と小さな煎茶茶碗が用意してあった。座敷に取り込んで、鉄瓶から茶碗にそそいだ。茶色い液体が、独特の薫りを放った。

いぶかしげに茶碗を手にした金誠一が、深々と息を吸い込んだ。

「生姜茶《センガンチャ》か」

「さようでございます。お体が、温まりましょう」

生姜を煮詰めて蜂蜜《はちみつ》をくわえた茶である。蜂蜜をさがさせるのに、ずいぶん手間がかかっている。

一口すった金が、ほっとなごんだ顔をして利休にたずねた。

「そのほうは、朝鮮に行ったことがあるのか」

「いえ、ございません。ただ、かねて高麗渡りの文物《ぶんぶつ》を愛玩しております。高麗は麗しい国だと思い憧れております」

　金が生姜茶をすすって、うなずいた。

　利休は再び茶道口をひらくと、大振りの朱塗りの板を取って、座敷のまんなかに置いた。二畳半の部屋に脚付きの板を置くと、人は壁に背をすりつけねばならない。

　杉板を一枚敷いて、土鍋を置いた。蓋を取ると湯気とともによい薫りがふうっと漂った。

「オリトゥルゲタンだ」

　通事が声をあげた。鴨一羽をまるまる使い、高麗人参、甘草《かんぞう》、クコの実などの漢方や、銀杏、ナツメや栗、糯米《もちごめ》をいれて、味噌で煮込んである。

「寒い季節にはなによりの料理と存じます」

「この家に、朝鮮の者がおるのか」

「いえ、わたくしはもともと堺の商人ですので、高麗のことなら、なんでも知っております。こんなものも渡来してございます」

　膝をくった利休は、茶道口に置いてある白い口細《くちぼそ》の壺を手にした。白磁の盃を置いて、そこにそそいだ。黄金色に澄んだ酒である。

　盃を見つめていた金は、鼻もとで匂いをかぎ、一口舐めた。しばらく口中で味わってから、舌を鳴らして盃をほした。

「法酒《ポプチユ》ではないか」

　利休は大きくうなずいた。

　それから利休は、つぎつぎに朝鮮の料理をならべた。

鶏肉と高麗人参の和え物や、そば粉の皮で野菜を包んだ春巻き、栗、柿、小豆の粥やわかめの汁、ナツメを入れた蒸し餅や干し柿にクルミを詰めた菓子などで朱塗りの板はいっぱいになった。

どれも、堺にいる高麗人に教わってきた料理だ。法酒くらいは、金さえ出せば手にはいる。

利休は席を外し、金誠一と通事に、ゆっくりと懐かしい味覚を堪能させた。

それから時折、金は利休屋敷を訪れ、高麗の味を愉しんだ。

翌年早々、秀吉からの返書をたずさえて漢陽に帰った一行は、すぐに倭国の情勢を復命したが、国王が正使の黄允吉と副使の金誠一を呼んだとき、二人はまったく逆の具申《ぐしん》をした。

「必ずや兵禍がありましょう」

と黄允吉は、答えた。

「そのような兆候は見ておりません」

と金誠一は答えた。さらに金は、「允吉がいたずらに人心を動揺させるのは、いかがなものか」とまで口にした。

朝鮮国王が正使黄允吉の報告をとりあげて沿岸の防衛をかためていれば、秀吉は簡単に半島に攻め込むことはできなかっただろう。

それは利休が腹を切ったのちの話である。

野菊

秀吉

利休切腹の前年――

天正十八年（一五九〇）九月二十三日　朝

京　聚楽第　四畳半

一

三層の摘星楼《てきせいろう》からは、気持ちよく澄んだ青空が手にふれられるほどちかい。白い筋雲が、秋の深まりを感じさせる。

――あの男に、なんとか一泡ふかせてやりたいもの。

ほろほろとした陽射しのなかの東山の峰のつらなりと京の町並みを眺めながら、秀吉は利休のことを考えていた。

この春から秋にかけて、小田原の城を攻め落とした。奥州の仕置きも目処《めど》が立った。もはや、日本は思いのままだ。あと、思いのままにならぬのはあの男だけである。

——なにか、胸のすく趣向はないか。

そのことを考えはじめると、みょうにこころが浮きたつ。

信長が本能寺で殺されてから八年。秀吉は忙しくはたらいた。九州から奥州まで駆けまわり、合戦《かっせん》の采配を執り、毎日大勢の者たちに会い、処断しなければならないことが山ほどあった。夜は夜で美しい女たちを抱いてやらなければならない。

しかし、それも、ようやく一段落した。待望の世継ぎも生まれた。

一段落して、秀吉は思った。

世の中、存外おもしろいことは少ない。なにか、痛快なことはあるまいか。胸がすかっとして、こころの底から愉快になることはあるまいか——。

考えて、思いあたった。

——利休に泡を吹かせてやろう。

それは、とても愉快なことにちがいない。

いつもとり澄まし、落ち着き払った利休が、あわてて狼狽する顔を見れば、腹の底から笑いがこみ上げてくるだろう——。

そのために知恵をめぐらせるのが、このごろの秀吉の秘かな愉しみになっている。

あの男、この世の美しいものすべてを知り尽くしたといわんばかりの顔をしている。

秀吉の家来のなかでも、何人もの武者たちが、利休を美の権化のように崇拝している。

神や仏を崇めるように、だ。

秀吉は、それが気にくわない。

人々から崇められる男は天下にただ一人、この関白秀吉だけでよいのである。

どうやって、泡を吹かせてやろうか――。考えてみるのだが、なかなか隙のない男ではある。茶の湯については、利休こそたしかに当代きっての達人だ。

しかし、なにか策略が立てられぬでもあるまい。

階段に足音が聞こえた。

小姓に負ぶわれた男が、摘星楼に上がってきた。小姓が、背中の男を、しずかに畳におろした。

男は、藍染め木綿の小袖を着て、白い丸頭巾をかぶっている。むかし、何年か土牢に幽閉されていたことがあって、脚を傷めた。膝が曲がらなくなっているのだ。歩けないその男を合戦につれていくために、秀吉は輿《こし》を用意してやった。なによりも、その男の知恵を借りたかった。

男は、両足を横に投げ出したまま手をついて頭を下げた。

「お呼びでございますか」

「なに、茶を馳走しようと思うたばかり。ゆるりとくつろぐがよい」

座敷のすみにしつらえた黄金の台子《だいす》には黄金の釜がかかり、かろやかな湯音を立てている。

「ありがとうございます」

軍師黒田《くろだ》官兵衛《かんべえ》は、茶の湯が嫌いである。秀吉はそのことをよく知っている。

秀吉は、金箔貼りの床の間を背負ったまままたずねた。

「あらためて訊いたこともなかったが、そのほう、なぜ、茶の湯を嫌っておる。悪いものではなかろう」

たずねられた官兵衛は、すわりのよい大きな鼻と、ぎろりとした大きな目を、秀吉にむけた。

官兵衛は、ことのほかよく頭のまわる男である。秀吉が熟考をかさねて導きだしたのと同じ判断を瞬時にくだすので、驚かされたことがなんどもあった。軍師官兵衛の才智を、秀吉は信頼している。

「そのこと、茶の湯数寄者《すきしゃ》の上様に、いちどは申しあげたいと思うておりました」

「ふん。茶の湯など、わしは好いておらぬが、まあよい。そのほうが嫌うわけを申せ」

官兵衛は、しばし意外そうな顔をしていたが、帯に挿していた扇子を手に、口を開いた。

「まず第一は、用心のことにございます。治乱《ちらん》見さだめがたきいまの世におきまして、主客《しゅかく》が無刀で狭い席に集まり坐るなど、不用心この上ないことです」

「たしかにな」

利休が茶頭《さどう》になるまでは、茶室といえども、客は脇差を腰に帯びたまま入った。大刀《だいとう》だけを外の竹釘《たけくぎ》にかけておけば、それでよしとされていた。

ところが利休は、茶席での争いごとを懸念して、外に刀掛けをつくった。脇差もそこに掛けて入るように求めたのである。

「無刀といいながら、逆心ある者なら、懐に短刀を隠しておりましょう。危ういことかぎりなし」

秀吉は大きくうなずいた。

「なるほど。まだあるか」

「第二は、道具のことにございます。ただ茶を飲むばかりの碗や茶入に、千金の値を払うなど、笑止千万。一文でも余計な銭があれば蔵にたくわえ、有為の者を召し抱えるときこそ、惜しげなくつかうべきでございます」

「そのとおりだな」

官兵衛は、ことのほか始末にうるさい。献上された瓜を家臣に食べさせるときは、皮をわざと厚く剝かせて残させておく。あとで賄い方に塩漬けにさせ、飯のときに菜のない小者たちに食べさせるためだ。どんな紙切れや木っ端くずでも捨てて浪費することを嫌うが、必要なときには大金を惜しまずにつかう男である。そんな官兵衛にしてみれば、茶の湯の浪費は許しがたいにちがいない。

「まだあるか」

「第三は時間にございます。ただ坐して書画を愛で、茶を喫《きつ》するならば、さほどの時間はいりますまい。二刻（四時間）の時間がありましたら、武を錬ることも書を学ぶことも、いや、国家百年の経略を練ることもかないましょう。公家ならばともかく、武家がさような遊興に耽れば、いたずらに気がゆるみ、放蕩が習い性となりもうす。いつかは隣国が攻め込んでくること必定」

「よくわかった。おまえの言うことは、すべてもっともだ」

秀吉は、なんどもうなずいた。

「ならば、なぜ、上様は、茶の湯を好まれます……。いや、さきほど、好いてはおらぬと仰せられました。お好きだとばかり思うておりましたが、はて、面妖な……」

秀吉は、金襴の羽織の紐をもてあそびながら、うすく笑った。

「わしが茶の湯をたしなむのは、おまえのいうた害悪をさしひいても、なお余りある効用があるからだ」

官兵衛の眉がひらいた。新しい知識や役に立つ知恵には貪欲な男である。

「さようなものがありますなら、ぜひとも、ご教示願いたいものでございます」

秀吉は、ゆっくりうなずき、うしろをふり返った。

金箔を貼った床の間に、侘びた竹の花入が置いてある。この夏の小田原の陣で、利休が竹を切って三つ作った花入のひとつである。

花は、入れてない。

横に、秋の花をいっぱい盛りつけた籠がある。

「いましがた、同朋衆《どうぼうしゅう》はなんというておまえを迎えに行った」

官兵衛が首をかしげた。

「上様が、茶の湯を教えてくださると聞いてまいりました」

「そうだ。そのように命じて、この花もしたくさせたのだ」

「そのようでございますな」

そういえば、茶を……、といったくせに、秀吉は、いっこうに点《た》てようとしない。茶花について教えてくれるけはいもない。黄金の釜が、静かに湯気を立てているだけだ。

「ここに茶道具と花がなかったら、まわりのものはさだめし気を揉むことであろうな。官兵衛は、いったいなんの用で召されたのか。三成あたりは、いまごろたいそう気にしておるだろう。なんの話をしていたのか、あとで同朋衆にたずねるかもしれぬ」

　官兵衛が深々とうなずいた。

「道具があって湯が沸いていれば、茶の湯の話だ。信じる信じぬはさておいても、人の口には、わしがおまえに、茶の湯を教えていたと伝わる。密議を交わしていたと伝わるのと、どちらがよい」

　釜から噴き上げる湯気を見つめ、官兵衛がさらに大きくうなずいた。

二

　開けはなった窓から見える秋空の光が、淡くかそけくなった。窓から吹き入る風がやわらかくここちよい。

　秀吉は、立ち上がって、黄金の台子皆具《かいぐ》の前にすわると、柄杓《ひしやく》をとって、釜の湯を黄金の天目茶碗にそそいだ。

　その碗を、黄金の天目台にのせ、官兵衛の前に置いてやった。

　替え茶碗に湯をくんで、秀吉はしばらく両手でぬくもりを楽しんでから、じぶんでもそのまま飲んだ。

「黄金の釜で沸かすと、湯もかくべつの味わいだ」

いわれて、官兵衛が白湯を口にふくんだ。舌で味わっている。

官兵衛が、うすく笑った。

「湯は湯でございます。鉄と金の値がちがうほどに味はちがいませぬ」

秀吉はうなずいた。なんの異論もない。

「のう、官兵衛。人とは、おかしなものだな。その釜で茶を点ててやると、天界の甘露だというてありがたがる者もおるぞ」

官兵衛がまた湯を口にふくんだ。白湯を味わっている。

「それは、黄金の釜というより、関白殿下から直々に茶をふるまわれたのをよろこんでいるのでございましょう」

「かもしれぬ」

秀吉は、白湯を飲みほした。鋳物《いもの》の釜と黄金の釜では、味がまったくちがうと思うこともあれば、ちがわぬと思うこともある。それは、そのときの気分しだいだ。今日はなんのちがいも感じない。

「おぬしは、あの男を、どう見るか」

茶碗を置いて、秀吉は、また羽織の紐をいじった。

「さて……、利休居士のことでございますか」

さすがに察しのよい軍師である。

「そうだ。なにゆえ、あの男は、あれほどまで大勢の者どもに慕われるのか」

官兵衛は、ひと呼吸するほどのあいだ、窓外の空をながめてから秀吉に向きなおった。空の光は、さらに淡くなっている。

「利休居士には、ほかの茶人にない理《ことわり》がありまするな」

「理……、とは、どういうことだ」

茶の湯嫌いの官兵衛とて、なんどかは、利休の席に招かれている。この軍師なら、そのときつぶさに利休という人物を観察していたはずだ。

「あのご老人の点前《てまえ》を見ておりますと、まことに油断なく、動きに滞りがありません。ふつうは、静かにしようと思えば油断がうまれ、滞らぬようにと思えばせわしくなりましょう。人体の動きの理をこころえていればこそ、道具の持ち方、あしらい方に、まことに無駄がなく自然なのだと存じます」

なるほど、利休が持てば、柄杓にせよ、茶筅《ちゃせん》にせよ、茶巾《ちゃきん》や水指《みずさし》の蓋にいたるまで、道具の一つひとつが、みな活き活きと、命を得ているように見える。人とものごとの理を心得ているからこその技かもしれない。

「釜の湯を一杓くんだなら、水を一杓さしてもどし、使い捨て、飲み捨てをせぬのも、理のあること。そこが、ほかの茶人との大きな違いでございましょう」

利休がはじめたそのやり方は、無駄嫌いの官兵衛の好みにもかなっている。

「さらに、大勢の者が感服《かんぷく》するのは、利休の侘び数寄《すき》に秘められた清らかな艶ゆえでございましょう」

「清らかな艶か……」

たしかに利休の選ぶ道具には、艶がある。

「侘び茶と称しながら、利休居士の茶はまるで枯れておりません。むしろ、うちになにか熱いものでも秘めておるような」

秀吉の手が、おもわず膝を叩いていた。

「それよ。まこと、そのとおりだ」

それこそ秀吉が知りたい利休の秘密である。利休には、ほかの侘び茶人にはない熱がある。やはり、それが人を惹きつけるにちがいない。

「あの男、どこか血が熱い……」

「さよう。その点は上様と似ております」

「わしと似ておるだと？」

「御意。おなごを恋する力が、お二人ともことのほか強うござろう」

秀吉は首をかしげた。

——女か。

女に恋いこがれぬ者は、男ではあるまい。どこが悪いといいたかった。

官兵衛は、のこっていた湯を飲みほした。

「いや、甘露でございました。黄金の釜はいざ知らず、聚楽第《じゅらくてい》の水はやわらこうございますな。もう一碗お願いいたしましても、よろしゅうございましょうか」

秀吉はうなずいて、官兵衛の茶碗に湯をそそいでさしだした。

「そのほうの知恵が借りたい」

「唐入りのことでございましょうか」

「なんの、利休のことだ」

くっくっと、官兵衛が笑った。

「利休居士をなんといたしますか」

「あの男、ちくと小癪でな。なんとか泡を吹かせてやりたいのだが、どうにもよい知恵がない。座興だ。頭をひねってくれ」

白湯を飲んだ官兵衛が、まだ笑っている。

「なにがおかしい」

「いえ、上様が、利休居士にご執心ということは、とりもなおさず、天下のこと、みな治まったゆえと存じましたゆえ」

ふん、と、秀吉は、ちかごろめっきり薄くなった頭をなでた。白髪が増えて髷も細くなった。

「わしは、朝顔のときから悔しゅうてならんのだ。なんとか意趣返しをしてやりたいと念じておった」

いつだったか、利休屋敷に舶載《はくさい》の朝顔がたくさん咲いているというので、早朝、秀吉がわざわざ出かけたことがあった。ところが、庭には見あたらない。小座敷に入ると、朝顔がただ一輪、床《とこ》に飾ってあった。その一輪を印象的に見せるため、庭に咲いた花は、利休がぜんぶ摘み取ってしまったのだ。

「大徳寺でも悔しい思いをした」

ある夏の日、秀吉が大徳寺の大仙院《だいせんいん》に行ったときのことだ。書院で、花を活けるように命じると、利休は室内には活けず、外の枯山水の石に金物の花入を置いて水を打ち、花を飾った。それはじつに涼しげで清々しいしつらえであった。

「梅もそうだ。桜とて……」

利休をなんとか困らせてやろうと、秀吉が大きな青銅の水鉢《みずばち》と紅梅の一枝だけを床に置いて活けさせたことがある。利休は、こともなげに紅梅の枝を逆手《さかて》に取ると、片手でしごいた。花と蕾が水に浮かび、えもいわれぬ風情《ふぜい》であった。

「桜などは、あの男、活けもせず、枝を持って、『散ればこそ、散ればこそ』と唱えながら座敷のうちを歩きおったのだぞ。花びらが舞い散って、たしかに春の風情はいや増した。ああ、悪くはなかった。だが、癪でならん」

利休が才智と機略を縦横にしめすたびに、秀吉の悔しさは、つのるばかりであった。悔しくてたまらない。

「よい花入が手にはいったと呼ばれて行くと、どこにも花入などなく、茶の席が終わってから塵穴に椿の落花がみごとにおさまっているのを見せられたという話も聞いた。あの男、まこと憎体じゃ」

「それは、さぞや……」

官兵衛は笑っている。

「明日の朝、茶の席をしたくさせておる。おまえの知恵で、利休めに泡を吹かせてやれ」

「さようでございますな……」

「花がよいぞ。花をつかえ。花のことで、あの男を困らせてやれ」

「しかし、いまのお話をうかがっておりますと、どうにも、一筋縄で降参《こうさん》する茶頭には思えません。ほとんど百万騎の軍勢でございます。茶の湯を知らぬこちらはただの足軽。勝負になりますまい」

「降参などさせんでよい。あの男の困《こう》じた顔が見たい。いや、一瞬でも手をとめてとまどわせてやれ。それでよい」

黙ってうなずいた官兵衛が、籠の花を見ている。

籠には、秋明菊《しゅうめいぎく》、吾亦紅《われもこう》、桔梗《ききょう》、山芍薬《やましゃくやく》の赤い実、薄《すすき》など、秋の花が盛られている。

手で這《は》って進んだ官兵衛が、籠から一本の花を選んだ。

ほのかな紫色の野菊である。ちょうど、窓の外の黄昏の空と同じ色をしていた。

三

翌朝、聚楽第四畳半席の待合《まちあい》に、官兵衛と堺の針屋宗和《はりやそうわ》、天王寺屋《てんのうじや》宗凡《そうぼん》があらわれた。

三人とも小田原に参陣した褒美としての招きである。

秀吉は、小姓に官兵衛だけを呼び出させて、耳元にささやいた。

「わしは外から覗いておるゆえにな」

最初からそのつもりだった。そのほうが、嘲笑の愉悦が増す。存分に笑ってやることができる。

秀吉は、窓のすきまから茶席をのぞいた。ぞくぞくするほどの愉しみである。

床には、遠浦帰帆《えんぽきはん》の絵が掛けてある。小田原北条家からの戦利品である。南宋の画家玉澗《ぎょくかん》の作で、さらりとした筆遣いながら、洞庭湖畔《どうていこはん》の木立や塔、遠くの山を描き、手前に小舟にのった二人の人物がそえてある。

床畳には、白い和物《わもの》の天目茶碗が、黒漆の台にのせてある。

茶碗のなかには、仕覆《しふく》にいれた茶入がはいっている。

鴫肩衝《しぎかたつき》という名物茶入だけに、利休が、そんな飾りかたをしたのだ。

小姓の手をかりて躙口《にじりぐち》から席にはいった官兵衛は、扇子を前に置き、両手をついて、床の絵を拝見している。その一幅《いっぷく》がかかっているだけで、室内に静かな風がそよぐほどの奥行きが感じられる。

官兵衛の目が、床畳の白天目に落ちた。じっと見ている。

小袖のふところから懐紙を出すと、はさんであった野菊の花を一輪、天目茶碗のなかにいれた。茶碗のなかの茶入の前に、すっとおさまったのが、秀吉にも見える。

——そうだ。それでいい。

のぞき見ている秀吉は、はなはだ愉快になった。利休が、点前の途中で、あの野菊のあつかいに困るだろうと思えば、それだけでもう笑いがこみ上げてくる。

針屋と天王寺屋の手をかりて、官兵衛が正客《しょうきゃく》の席にすわった。

待つほどもなく、茶道口がひらき、利休が顔を見せた。とり澄ました顔で、いんぎんに辞儀《じぎ》をしている。秀吉は、もうおかしくてたまらない。

立ち上がった利休は、左手に面桶《めんつう》を持っている。白木の曲げ物の水こぼしで、利休の師匠武野紹鷗《たけのじょうおう》のころは、裏方の水屋《みずや》でつかっていたのを、利休が茶席でつかうようになった。

——まったくあの男ときたら。

秀吉は、舌を打ち鳴らした。

床の絵にしても鴫肩衝の茶入にしても、いたって格式の高い名物である。その席に、山の杣人《そまびと》がつかうような白木の曲げ物をくみあわせるなど、名物への冒瀆である。同朋衆が聞いたら、怒り出すだろう。

腰のあたりに面桶をもって、利休が点前座にすわった。

点前座のわきに、押し入れ式の洞庫《どうこ》がある。高さ二尺《しゃく》（約六十センチメートル）ばかりだが、板戸をすべらせると、なかに茶道具がしまってある。

利休は、そこから瀬戸《せと》の水指と柄杓をとり出した。

両手の小指がまず畳につくよう、底ちかくを包むように水指を持っている。いつもながら、道具の扱い方は、あきれるほど流暢だ。

所作は控えめながら油断がなく、それでいてけっして気ぜわしいということがない。

官兵衛のいったように、あの男は、人間という生き物、いや、ものごとすべての理に通《つう》暁《ぎょう》しているにちがいない。

利休が、膝を躙って、床の前にすすんだ。

――さて、あやつめ、どうするか。

秀吉は、障子窓のすきまに顔をつけた。

利休の背中にも、肩にも、手のうごきにも逡巡はない。

――なにも迷わぬのか。

なんのためらいもなく両手をのばした利休は、左手を天目台にそえて、右手で野菊をすっとひきだし、床の畳に置いた。

天目茶碗を手に点前座にもどると、水指の前に茶碗と茶入、茶筅をならべ、一礼ののち、よどみなく点前に取りかかった。

茶を点てている利休は、見栄も衒《てら》いも欲得《よくとく》もなく、ただ一服《いっぷく》の茶を点てることに、心底ひたりきっているようである。

といって、どこかに気張ったようすが見られるわけではない。あくまでも自然体でいるのが、よけい小憎らしい。

床畳に残された野菊の花は、遠浦帰帆の図を背にして、洞庭湖の岸辺でゆれているように見える。

秀吉は、とたんに機嫌が悪くなった。

むかむかと腹が立つ。

それでも、最後のしまつはどうするのかと、そのまま見ていた。

三人の客が茶を飲み終え、官兵衛が鳴肩衝の拝見を所望した。

客が茶入を見ているあいだに、利休は水指から天目茶碗まで洞庫にかたづけた。

拝見の終わった鴫肩衝を、仕覆に入れ、利休は膝を躙って床前《とこまえ》に進んだ。置いてあった野菊の花を取り、床の勝手のほうの隅に寄せかけた。

鴫肩衝を床に置くと、利休はまた点前座にもどった。

床の隅に置かれた野菊の花は、すこし凋《しお》れて見える。

——負けた。

秀吉は、利休を笑ってやろうとした自分のたくらみが、野菊の花と同じように凋れてしまったのを感じた。

なんのことはない、むしろ、笑われているのは自分であった。

秀吉は、勝手口から茶室に入った。

「いかがであったか、利休の茶は」

三人の客が平伏し、正客が口を開いた。

「思いもかけず、ゆるりと過ごさせていただきました。いや、この官兵衛、茶の湯嫌いを通してまいりましたが、なかなか奥が深いよいものと感心することしきり。臨機応変の茶は、軍略の錬磨にも通じましょう。本日を機会に、利休殿に手ほどきをしていただきとう存じまする」

ともに戦塵をくぐり抜けた軍師のことばに、秀吉は、さらに敗北感をつよめた。

西ヲ東ト

山上宗二

利休切腹の前年――
天正十八年（一五九〇）四月十一日　朝
箱根　湯本　早雲寺

一

――人というものは……。

山上宗二《やまのうえそうじ》は、小田原城の櫓《やぐら》から、銀色にきらめく海を眺めてつくづく思った。

ほんとうのことは、口にしてはならぬものだ。真実を告げたら、嫌われる。まことを話したら殺されかねない――。

小田原の海には、あまたの軍船が浮かんでいる。城は、まもなく秀吉の大軍に囲まれるであろう。ひたひたと二十万の軍勢が押し寄せている。北条五代の天地が揺れている。

「秀吉は湯本の早雲寺を本陣としたそうにございますな」

櫓の一室に台子《だいす》をしつらえ、茶の湯のしたくをしていた同朋衆《どうぼうしゅう》が、宗二に話しかけた。

「そのようだな」

宗二はうわの空でこたえた。

「しかし、これだけの堅城、いかな軍勢が攻め寄せても、落ちることはありますまい」

たしかに、小田原の城には、町全体をぐるりと囲む堅固な総構えがめぐらせてある。兵糧は数年もつと聞いている。なまなかなことで落ちる城でないことはたしかだ。

——しかし……。

と、宗二は考えないわけにいかない。

自分はなにも好きこのんで、いくさの渦中に身を置きたいわけではないのだ。どうしてこんな羽目になってしまったのか——。

つらつら考えるに、それは、本当のことを口にしたからだ。宗二は、つい言わずもがなのことを口にしてしまう自分の悪癖を、悔いずにはいられない。

茶頭《さどう》として秀吉に仕えていた宗二が、秀吉の怒りをかって大坂城を放逐されてから、すでに七年の月日がながれた。

流浪の日々は指のあいだから砂がこぼれ落ちるように味気なく過ぎていく。茶の席をしつらえても、荒んでいるのが自分でもわかる。

——なんとすさまじい境涯の変転か。

かつて、宗二は堺で薩摩屋という大きな店を営んでいた。店と家屋敷は秀吉に召し上げられた。

「摂津、河内、和泉の三国に立ち入るべからず」

そう言いわたされた宗二は、以来、旅にさすらっている。

放逐された日のことは、はっきり覚えている。

大坂城内の三畳の席であった。

まだ石垣も天守も庭も普請中で、石山のうえの茶室は、みょうに閑寂に見えた。それでも、青空が気持ちよい朝の会だった。

亭主の利休が、茶碗のつぎに、蛸壺を持ってあらわれた。

それを見て、秀吉が眉をひそめた。

「たこつぼとは、また……」

無理もない。漁師が海でつかう蛸壺を、利休はそのまま水の翻《こぼし》として持ちだしたのだ。

赤茶色の素焼きの壺には、白いふじつぼがついている。

次客としてつらなっていた宗二は、秀吉のことばを受けて、つい、つぶやいてしまった。

「あの興が、おわかりになりませぬか」

けっして、非難したわけではない。宗二は、そのとき、蛸壺を翻につかう利休の創意に、猛烈に心を揺さぶられていたのだ。その興趣を理解せぬ天下人に、ただ無心に問いかけたにすぎなかった。

それが、秀吉の逆鱗にふれて、摂河泉《せつかせん》三国から追い出されたのである。

——とんでもない愚か者だ。

いまにして思えば、はなはだ不用意なひとことであった。茶の席は、一座を建立《こんりゆう》する者がひとしなみに茶を味わい、道具を愛で合うのがなによりの果報と思っていた。だからこそ、たとえ相手が天下人であろうと、こころに感じた真実を述べた。それが茶の湯の席でのあるべき交わりであろうと信じていた。

いまは、そうは思わない。

狭い茶室は、壺中《こちゆう》の天。憂き世の娑婆世界とはまったくの別天地――などということがあるものか。

茶の席は、茶人にとって身過ぎ世過ぎの娑婆世界である。それを忘れた自分が愚かだっただけの話だ。

優雅に暮らしていた堺の家を追い出されてみれば、すぐに日々の寝床と米にさえ不自由する暮らしに追い込まれた。妻には、子をつれて実家に帰らせるよりしかたなかった。

秀吉の仕打ちに腹が煮えくりかえっていた。

仮寝《かりね》の苫屋《とまや》で火を熾《おこ》し、ひとつだけ持ち歩いている端の反《そ》った茶碗で茶を点《た》てるときは、とくにこころが昂《たかぶ》った。

――なんの。これぞ、まことの侘び茶。

そう胸を張って、侘び三昧の境地を愉しんだのは、ほんのしばらくのあいだだった。手持ちの銭がなくなれば、居候させてくれる家にも気をつかわねばならぬ。関白秀吉に嫌われた身である。喜んで置いてくれる家はやはり少ない。

――なんとか、たつきを立てよう。

どこかの大名家で茶頭に取りたててくれればよいのだが、それも、まずは手づるを見つけねば話にならない。

――加賀の前田はどうか。

大徳寺の塔頭《たっちゅう》興臨院《こうりんいん》が前田家の菩提寺である。よく知っている納所坊主《なっしょぼうず》にたのみこみ、寺の遣いとして、寺領寄進の依頼に加賀まで赴いた。

うまく百石《こく》の寄進を受けて、その寺領の代官となったものの、田舎のそんな狭い知行《ちぎょう》の代官ではあまりにもやりきれない。前田家には前田家の茶頭がいて、いまさら宗二などがはいる余地はなさそうだった。

――立つ瀬がないとは、このことだ。

行き詰まった宗二は、わがことばの飾りなさ、いや、ありていにいえば、口の悪さを反省した。

――ほんとうのことを口にしてはならぬ。

そう自分を戒めた。

なにを感じていても、思っていてもよいのだ。それを口にせねばよいだけのこと――。

そう思い直して、秀吉に詫びをいれ、墨俣《すのまた》での茶会に招いてもらった。秀吉の機嫌をなんとか取り結び、いったんは大坂に帰ることができた。

――しかし……。

と、宗二は思い出して首をふった。どうにも、自分は秀吉と相性が悪すぎる。

ふたたび茶の席で、思ったままを口にしてしまった。秀吉が自慢げに見せた茶壺に、感じたままの感想を口にしたのである。

「土はよろしいが、形《なり》が悪うございますな」

秀吉はそのひとことにへそを曲げ、宗二はまたもや追放されてしまった。

「おまえという男は……」

大坂を出るとき、師匠の利休が呆れ顔でいった。

「茶の湯のことがわかっておるようでいて、なにもわかっておらぬ」

「それでは、目利きを曲げよ、誤魔化せとおっしゃるのですか」

宗二は利休にくいさがった。

「そうではない。道具の目利きなど、茶の湯の席でなにほどの重さがあるものか」

「では、なにが大切なのでございましょうか」

「貴人の茶の湯上手はもちろんのこと、どんな人を招き、招かれ、同座するにしても、名人のごとくに敬《うやま》わねばならぬ。道具の目利きの正しさより、そちらのほうがよほど大切ではないか」

たしかにそのとおりだと、いまは思う。ただ、気づいたのが遅すぎた。

もうひとつ、こころに刻んでいる利休のことばがある。

「古い名物の目利きや、ほかの茶会の噂などはけっしてするな。それが嫌《いや》みなくできるまでには二十年でもおよばない」

宗二が利休を師匠と仰いでから、そのときでさえ二十年近くたっていたが、どうやらまだ茶人として未熟すぎるらしい。それは、利休の悲しそうな顔を見ればよくわかった。

宗二は、利休の教えを胸にしまって、高野山で蟄居《ちつきょ》した。

そののち、関東に下って、北条の茶頭に雇われたのである。この城に来て二年がたつ――。

秀吉が湯本に置いた本陣には、利休もいるとの風聞《ふうぶん》が伝わってきている。

そう思えば、こころがざわめいた。

櫓に、小田原城主北条氏直《うじなお》が上ってきた。宗二は茶を点てた。

夕焼けに映える海を見つめながら、氏直は、ゆっくり薄茶を味わった。これからの籠《ろう》城戦《じょうせん》について、覚悟を思い定めているらしかった。

「よい茶であった」

氏直が立ち上がる直前、宗二は御前に平伏した。

「お願いの儀がございます。わたくし、ひさしく師匠の利休居士と顔を合わせておりませぬ。聞きますれば、湯本の陣におるとか。どうか……」

最後まで聞かず、氏直は立ち上がった。

「好きにするがよい」

流れ者の茶の湯者など、こころの端にもかけていないらしかった。

二

箱根からくだってくる東海道には、豊臣方の人馬が溢れていた。夜道を歩きはじめると、すぐに槍を突きつけられて誰何《すいか》された。

「何者だ。どこに行く」

「茶の湯の者でございます。関白殿下の御陣に千利休殿がおいでとうかがいまして、この茶碗をお届けにあがります」

考えておいたとおり口上して、仕覆《しふく》に包んだ茶碗をだして見せた。道服《どうぶく》姿で、ほかに荷物はなく、刀も帯《お》びていない。さして怪しくも見られずそれで通してくれた。

二度、三度、止められたが、月明かりのなか、山中の街道を必死に登り、湯本にたどりついた。

秀吉の本陣だけあって、湯本の入り口はさすがに厳重に警固されていた。

「御茶頭の利休殿のところへ……」

「名をもうせ」

「堺の薩摩屋ともうします」

甲冑武者に先導されて、早雲寺の門をくぐった。

なまめいた宵の風にのって琵琶の音が聞こえる。ほのかに甘い薫りは、藤の花か。二十万の軍勢の本陣だというのに、雅な御所のごときしめやかさがあった。

つれて行かれたのは、本堂の裏の奥まったあたりだ。ひっそりと月光を浴びる枯山水の庭が見えた。山の斜面に大きな石を置いた大胆な庭である。

そばに茅葺《かやぶ》きの茶室がある。障子に灯火がうつっている。

「ここだ」

「ごめんくださいませ」

障子戸のある縁側から声をかけた。

「だれだね」

懐かしい師匠の声がひびいた。

「薩摩屋の宗二でございます」

しばし、沈黙があった。

「はいってきなさい」

縁側に上がって障子に手をかけた。思い切って開くと、懐かしい顔がそこにあった。

「御茶頭殿、この者は、ご存じよりか」

甲冑武者がたずねた。

「ご安心ください。古い弟子でございます」

「ならば、けっこう」

目礼すると、武者はひきあげた。

「よく来れたな」

「はい、お目にかかりたい一心でまいりました。お懐かしゅうございます」

「まこと、懐かしい。息災であったか」

「おかげさまで、丈夫が取り柄。病気にはなりませなんだが、こころがいけませぬ。旅の空にいると、いつのまにか、こころが風邪をひいてしまいました」

「柄にもないことをいう」

「いえ、お師匠様には、おわかりになられますまい。侘びに身をやつすなどということは、立派な家屋敷があっての愉しみ。いつも旅の空にある身には、侘び茶がそら寒く感じられます」

宗二のことばに、利休のやわらかな目が、厳しく光った。

「旅で精進しているかと思えば、おまえは、すっかり性根《しようね》を腐らせてしまったようだな」

「いえ。腐らせてはおりませぬ。しかし、侘びの、寂びの、と優雅に唱えられるのは、家もあり、炉も釜もあっての話。すべてが借り物の身では、なんの感興《かんきよう》もございませんん」

利休がゆっくり首をふった。

「おまえがさように愚かな男だったとは知らなんだ。釜ひとつあれば、山科《やましな》の丿貫《へちかん》のように茶の湯はできる。それができぬのは、おまえのこころが練れておらぬからだ」

利休のことばに、宗二は畳に目を落とした。

「一物《いちぶつ》も持たずとも、胸中の覚悟と創意があれば、新しい茶の湯が愉しめる。なぜ、それをせぬのか」

宗二には返すことばがない。

ひさしぶりに師匠に会ったうれしさに、つい気を許し過ぎた。ことばになんの飾りもつけず話してしまった。

「失礼いたしました。身の流転に疲れ、愚痴をこぼしてしまいました。いたらぬ弟子でございますが、わたしとて、この端《はた》の反《そ》りたる茶碗ひとつを道具として、茶の湯に精進しております」

懐から、好みの端反り茶碗を出して見せた。朽葉《くちば》色《いろ》の熊川《こもがい》という高麗茶碗である。白い釉薬がゆったりかかり、口べりがすこし外に反っているのがおおらかで、宗二は気にいっている。

利休の目が、ふたたび細く柔和になった。厚いくちびるから、やさしい言葉がもれた。

「仕方がない。弟子がいたらぬのは、師匠の責任だ」

宗二には、利休のひと言ひと言が痛い。愚かさゆえに、文字通り無一物となった身に突き刺さってくる。たくさんの名物道具を持ち、優雅な遊びとして侘びを愉しんでいる師匠に、いまの自分の気持ちはけっしてわかってもらえぬであろう。

「薄茶など、飲むか」

「ちょうだいしとうございます」

いわれて初めて風炉《ふろ》の釜が座敷のすみで湯気を立てているのに気がついた。そういえば、もう立夏をすぎたのだ。

この四畳半は、宗二もまえにつかって点前《てまえ》をしたことがある。利休は、いま、新しいしつらえを考えていたらしく、軸と花入がいくつか床《とこ》に置いてあった。

それを片づけもせず、利休がみずから縁高《ふちだか》と点前の道具を持ちだした。

縁高のなかの菓子は、珠母《あこや》であった。うるち米の粉をこねて平たく延ばして蒸し、小豆餡《しょうずあん》の丸い団子をのせたものだ。見た目が真珠貝に似ているので、その名をつけた。

利休が、黒楽の茶碗に、釜の湯をくみ、茶筅《ちゃせん》を通した。

宗二は、珠母を懐紙にいただいて食べた。

絶妙なやわらかさと甘さが、口中に極楽をもたらした。

利休の点前は、あいかわらず流れるようで、見ていてほれぼれする。なんの気負いも余念もなく、ただ、茶道具のむこうにある美しい世界だけを見ているようだ。

さしだされた茶碗を、ありがたく押しいただいて飲んだ。

はからずも、溜息がもれた。服《ふく》加減のよい茶は、こころの根をゆるめてくれる。

「甘露《かんろ》にございます」

「それは、なにより」

遠慮なしに二服目ももらうと、宗二は気持ちがことのほかゆるやかになった。

「ありがとうございました」

茶碗を拝見してから、あらためてしつらえを眺めた。

床柱《とこばしら》にかけてあるのは、鉈《なた》の鞘籠《さやかご》である。樵《きこり》が鉈をいれて腰にぶらさげる鞘を花入につかっているのだ。そういえば、利休は桂川《かつらがわ》で鮎を釣る漁師から魚籠《びく》をもらいうけたとかで、それを花入につかっていたこともある。

風炉のわきに置いてあるのは、釣瓶《つるべ》である。井戸で水をくむ釣瓶に白木の蓋をつけて、そのまま水指《みずさし》としてつかっている。

「それにいたしましても……」

宗二が口をひらいた。

「なんだね」

「お師匠さまの茶の湯は、まことに強引でございますな」

「わしの茶が、強引か……」

「はい。型破りで天衣無縫《てんいむほう》。なんの屈託もなく、樵の鉈籠《なたかご》や、釣瓶をつかっておられます。ただの雑器を唐物《からもの》名物なみにあつかうのは、いってみれば、山を谷、西を東といいくるめておられるのと同じ。自由奔放で風趣に富むこと限りないのですが、お師匠様ほどの名人なればこそ通用いたします。凡人がつかえば、それはただの鉈籠と釣瓶にすぎず、とてものこと、侘び道具にはなりません」

思ったままのことを口にして、宗二は気持ちがよかった。師匠なら、これくらいは失礼にあたるまい。

利休が、両手で顔をぬぐった。

「まったく、おまえの口はあいかわらずだな。歯に衣は着せられぬらしい。それで身を滅ぼしたというのに、いささかも懲りておらぬ」

宗二は首をふった。

「いいえ、もはや、さんざん懲りております。しかし、いまのは、目利きの健在ぶりを、師匠様にお見せしたばかり。他意はございませぬ」

利休の眉間に深い皺が寄った。

「明日、ここで朝会《あさかい》をもよおす。関白様におまえのことを取りなそうと思うたが、そんなことでは、とても無理だな」

「いえ、ぜひとも、お取りなしくださいませ。堺に帰りとうございます」

両手をついて、宗二は深々と頭をさげた。

「さて、どうしたものか……」

利休のつぶやきが、宗二には苦しい。

「思ったことをそのまま口にするような愚かな真似はいたしません。なにとぞお取りなしをお願いいたします」

「茶の湯の一座建立は、一期《いちご》に一度の会のごとく、互いを敬えということだ。おまえには、目利きはできても、それができぬ」

「できまする。いや、なんとしてもやりまするゆえ、ぜひともお取りなしを」

顔をあげた宗二は、すがりつく思いでまっすぐ利休を見つめつづけた。

三

秀吉が茶を飲み終えたあとで、利休が宗二の話をもちだしているのが水屋で聞こえた。

声をかけられたので、茶道口で平伏してから席に入った。

ひさしぶりに見た秀吉は、ずいぶんと老いて小さくなっていた。

――こんな男だったか……。

装束だけは派手で立派だが、顔つきは品無くみすぼらしい。こんな老人を怖れて長年流浪していたのかと思うと、宗二は、自分の気弱さが苦々しかった。

「そのほうは、北条から逃げてきたのか」

秀吉がたずねた。

「逃げてきたのではございません。お師匠様がこちらにおいでとうかがって、お目にかかりたい一心で参上いたしました」

障子の外で鳥のさえずりが聞こえる。今朝も、よく晴れた気持ちのいい青空だ。

「ふん。さようか。北条のようすはどうじゃ」

「いまのところ、意気軒昂《けんこう》。氏直殿のあのお顔付きでは、十年ばかりも踏ん張りそうでございます」

秀吉が眉をひそめた。

宗二は、まずい、と思った。

「いえ、しかし、それは関白殿下の大軍をまだ見ぬせいでございましょう。これから大軍勢をもって小田原を囲まれましたら、氏直殿の顔は青ざめましょう」

秀吉が宗二をにらみつけた。

「そのほう、どちらの味方だ」

宗二は、喉をつまらせた。

「ただの茶の湯者でございますれば、敵も味方もございませぬ」

「つごうのよい男じゃな」

「いえ、なんの存念もございません。わたくしは、ただただ堺にもどり、茶の湯専一《せんいつ》に生きたいと願《ねご》うておりたいます。どうか、数々のご無礼の段、ひらにお許しいただきとう存じます」

額を畳にすりつけた。

じっと待ったが、声はかからない。

「わたくしからもお願い申し上げます。この男、面付きが憎々しげで、口も悪うございますが、茶の湯の目利きは名人でございます。なにとぞ、お許しのほどを」

利休も頭を下げているらしい。

秀吉の声はかからない。釜の湯音が、みょうに大きく不気味に聞こえた。

「そうだな……。考えてやってもよい」

「ありがとうございます」

「喜ぶのは、まだ早い。そのほうの心ばせを試してからじゃ」

宗二のこころが身がまえた。このひがみっぽい老人は、なにを試そうというのか。

「おまえも茶の湯者というなら、身ひとつでここにまいっても、なにか道具を持って来たであろうな」

「むろんにございます」

宗二は、懐から、仕覆《しふく》を取りだしてひろげた。なかは、後生大事に持ってきた熊川《こもがい》茶碗である。侘びていながら艶《つや》やかな印象があるので、これひとつあれば何もいらないと思っている。

秀吉が、その茶碗を手に取って眺めた。黙って見つめている。

やがて、薄いくちびるを開いた。

「つまらぬ茶碗じゃな」

乱暴に置いたので、茶碗が畳を転がった。

「なにをなさいます」

宗二はあわてて手をのばし、茶碗をつかんだ。

「さような下卑た茶碗、わしは好かぬ。そうだ。割ってから金で接《つ》がせよう。おもしろい茶碗になるぞ」

「くだらん」

宗二が吐きすてるようにいった。

「こらッ」

利休は大声で宗二を叱った。

「こともあろうに、関白殿下に向かって、なんというご無礼。さがれ、とっととさがれ」

立ち上がった利休が、宗二の襟首をつかんだ。そのまま茶道口に引きずった。

「待て」

冷ややかにひびいたのは、秀吉の声だ。

「さがることは相成らん。庭に引きずり出せ。おい、こいつを庭に連れだして、耳と鼻を削げ」

秀吉の大声が響きわたると、たちまち武者たちがあらわれて、宗二を庭に引きずり降ろした。

「お許しくださぃ。お許しくださぃ。どうか、お許しくださぃ」

平伏したのは、利休であった。

「お師匠さま。いかに天下人といえど、わが茶の好みを愚弄されて、謝る必要はありますまい。この宗二、そこまで人に阿《おもね》らぬ。やるならやれ。みごとに散って見せよう」

立ち上がると、すぐに取り押さえられた。秀吉の命令そのままに、耳を削がれ、鼻を削がれた。

血にまみれた宗二は、呻《うめ》きもせず、秀吉をにらみつけていた。痛みなど感じなかった。怒りと口惜しさがないまぜになって滾《たぎ》っている。

「お許しください。憐れな命ひとつ、お慈悲にてお許しください」

利休が、地に頭をすりつけて秀吉に懇願した。

宗二は、意地でも謝るつもりはない。秀吉としばらくにらみ合った。

「首を刎ねよ」

秀吉がつぶやくと、宗二の頭上で白刃《はくじん》がひるがえった。

三毒《さんどく》の焔

古溪宗陳

利休切腹の三年前――
天正十六年（一五八八）八月十九日　朝
京都　聚楽第　利休屋敷　二畳半

一

――人の世は、愉快だ。いや、おもしろ過ぎてたまらぬわい。

古溪宗陳は、大徳寺総見院《そうけんいん》の自室で、旅のしたくをしながら、こみ上げてくる笑いを堪《こら》えかねていた。

総見院は、織田信長の菩提を弔うために、秀吉が建てた寺である。六年前、宗陳は、秀吉に請われてこの寺の開山となった。

以来、洛北《らくほく》の地で禅定三昧《ぜんじょうざんまい》――、といけばよかったのだが、ことは、そう都合よくは運ばない。

秀吉は、なにかにつけて宗陣を表舞台にひきずり出そうとした。

宗門《しゅうもん》の隆盛を思えば、それはそれでありがたいことには違いないが、はなはだやっかいなことでもあった。

表舞台にひきずり出されれば、どうしてもあちこちにしがらみと軋轢が生まれてしまう。好むと好まざるとにかかわらず、濁世《じょくせ》の争いに巻き込まれることになる。

宗陣は、思わずにいられない。

――まったく、人の世には、三毒《さんどく》の焔が燃えさかっておる。

三毒は、仏法が説く害毒で、貪欲《とんよく》、瞋恚《しんに》、愚痴、すなわち、むさぼり、いかり、おろかさの三つである。

つらつら思えば、世の中のわざわいや有為転変《ういてんぺん》、人の浮き沈みは、ほとんどこの三つの毒で説明がつく。人が道を誤《あやま》るのは、たいていこの三毒が原因だ。

宗陣は、明日の朝、京を出ていかなければならない身となった。

秀吉のいかりをかって、九州に追放になるのである。

今朝のことだ――。

大徳寺山内《さんない》に、新しく天瑞寺《てんずいじ》ができて、落慶法要《らっけいほうよう》がおこなわれていた。

秀吉の母大政所《おおまんどころ》が病に臥っているため、平癒《へいゆ》を祈願して、急ぎに急いで、わずかふた月で、本堂から書院、客殿、庫裏《くり》まで、堂宇《どうう》のすべてが建立されたのであった。生きているうちに墓所を定めておきたがった母堂のために、秀吉は墓も用意してやった。

本堂での法要がとどこおりなく終わり、一同は大書院に移った。

大書院の襖絵は、狩野永徳の筆になる大胆な山水図である。右から順に春夏秋冬の風景が、ながれるように、しかし、たしかな存在感をもってひろがっている。

台子《だいす》にむかった利休が、天目茶碗に薄茶を点《た》てた。

真新しい僧衣をまとった若い僧が、茶碗を秀吉の前にはこんだ。若い僧がつぎつぎにあらわれ、菓子と天目台にのせた茶碗を、居ならぶ侍たちにはこんだ。

ゆるりと薄茶を喫《きっ》した秀吉は、大徳寺の長老一同を見まわした。長老たちは、みなきらびやかな袈裟をまとっている。

「よくぞこれだけ立派な寺ができたものだ。そのほうらの法力《ほうりき》によって、母者《ははじゃ》の病もすぐに平癒するであろう」

天瑞寺の開山に任じられた玉仲宗琇《ぎょくちゅうそうしゅう》が、深々と頭をさげた。

「関白殿下のご威光があればこそ、かほどの短期間に建立できましてございます。堂宇ができましたうえは、朝に夕に勤行《ごんぎょう》にはげみ、大政所様の病気平癒を祈願いたしましょう」

そのこたえを聞いて、宗陳は笑いたくなった。

——加持祈禱ならば、天台か真言の寺に頼めばよいものを。

場をわきまえて笑いはしなかったが、内心、そう思っていた。

そもそも、個人の病気平癒を祈願して臨済の禅刹《ぜんさつ》を建立しようという考えがまちがっている。禅門は、中国の達磨大師《だるまだいし》以来、行《ぎょう》によって真理に到達することを本旨《ほんし》としているのだ。加持祈禱の場ではない。

直垂《ひたたれ》に大きな五七の桐の紋を染め抜いた大紋姿の秀吉が、満足げにうなずいている。小さく皺の多い秀吉の顔を見ているうちに、宗陳の頭にひらめきがはしった。忽然、大悟《たいご》徹底《てってい》の境地にいたった気さえした。

――秀吉の本性は、むさぼり、だな。

秀吉という男は、貪欲が着物を着て歩いているようなところがある。

ふつうの人間は、骸骨が皮をまとった生き物だが、秀吉はちがう。むさぼりのこころが皮をまとい、着物を着ている――。そう看破した。

だからこそ天下人にもなれたに違いないが、では、人として、こころの位《くらい》がどれほどかといえば、けっして高いとはいえまい。欲深くむさぼりの過ぎる男は、たとえ位人臣《じんしん》をきわめ、天下を掌中《しょうちゅう》にしていようとも、やはり下賤である。

供についてきた家臣たちのいちばん上座にすわっているのは、石田三成だ。聡明そうな顔をしているが、やはり毒に冒されている。

――三成は、いかりか……。

三成とは、四年ばかり前に、ちょっとした行きちがいがあった。

そのころ、宗陳は、秀吉が新たに建立する巨刹天正寺《きよさつてんしょうじ》と方広寺《ほうこうじ》の開山に抜擢されたが、造営奉行の石田三成とそりが合わなかった。けっきょく、天正寺は建設が中止され、方広寺は天台宗の寺となった。

三成が、宗陳に妬心《としん》を抱いて嫉妬の瞋恚《しんに》の焔を燃やし、秀吉からひきはなそうとした――というのが、どうやら客観的な観測である。

そのときは、三成に腹が立った。

しかし、つらつら考えてみれば、それは、三成のなかに満ちた毒のせいである。三成ではなく、毒がなしたことだ。

そう思えば、腹も立たない。

人が必要以上に欲をもたず、つねに穏やかな平常心と、聡《さと》きこころをもっていれば、世の中はどれほど住みやすいか——。

大書院に顔をならべた侍たちを眺めながら、宗陳はそんなことを思っていた。三つの毒を消し去るための仏道であり、行である。

「大徳寺長老たちのなかで、いちばん法力の強い者は誰かな」

秀吉がたずねた。長老一同が首をかしげた。

「さて、誰でございましょうな」

ていねいに頭をさげて挨拶したのは、最古老の春屋宗園《しゅんおくそうえん》である。

——禅坊主に、法力などあるものか。

宗陳は、腹のなかで思っている。

いや、どの宗派の僧にしたところで、法力などありはすまい。

それは、人間のおろかさにつけこんだ坊主の騙《かた》りの類である。法力と称して寄進を得るむさぼりにほかならない。

そう思ったが、なにくわぬ顔でいた。

どのみち、法要のあとの四方山話だ。目くじらを立てる必要はあるまい。

秀吉の視線が宗陳の顔で止まった。

「そのほうなら、法力強く、母者の病気もすぐに本復《ほんぷく》させてくれような」

秀吉のことばに、宗陳はうなずいた。

うなずいたが、さて、返答に困った。嘘をつきたくはない。

「さようでございますな。懸命に努めさせていただきます」

いちおう肯定はしたが、ことばに力がこもらなかった。

「なんだ、歯切れの悪いことをいう。そのほうくらいに行を積んでおれば、鬼神も逃げ出すほどの法力があるであろう」

秀吉が、まっすぐに見つめてくる。答えないわけにはいくまい。

「それは関白殿下の買いかぶりでございます。わが法力は、はて、ご病気にいかほどお役に立てましょうか」

そのくらいで、勘弁してもらいたい。秀吉とて、禅坊主が祈禱をせぬことなど百も承知のはずだ。

秀吉の眉がくもっている。

「なんじゃ。では、そのほうの仏法は、なんの役に立つ」

「禅は、この宇宙の真理を看破するためのもの。大悟徹底に至りて、濁世に満つる三毒の焔を消すことこそわれらが仏道と信じております」

秀吉が、さらに不機嫌になった。

「わが母者の病気平癒には役立たぬというか」

「いえ、役に立たぬとは申しませぬ。ただ、作務と禅定三昧に明け暮れるわれら……」

宗陳のことばを、秀吉がさえぎった。

「ええい、うるさい。落慶法要の日に、なんたる言いぐさ。どうして即座に病魔を退散させましょうと言えぬのだ」

宗陳は押し黙った。たとえ相手が関白といえど、宗門の教えを曲げるわけにはいかない。

「加持祈禱が、天台、真言の業《ぎょう》じゃと知らぬとでも思うておるか。この寺の隆盛をおもえばこそ、あえて禅門に祈願所を建立したのだ。なぜ、わしのいうとおりに祈願できぬか」

秀吉の声が荒くなった。顔が朱に染まっている。

宗陳は、じっとうつむいた。釈明する気などさらさらないから、ここは黙って耐えるしかあるまい。いや、もう遅いか……。

「おまえの顔など見とうない。消えるがよい」

——これは、仕方あるまい。

と諦めた。

いかに関白が相手でも、じぶんの考えひとつで宗門の教えが変えられると増長されては、迷惑このうえない。ここは曲げるわけにはいかなかった。誰かが、釘を一本刺しておかなければならないところだ。

深々と礼をして、宗陳は秀吉の御前からひきさがった。

二

総見院にもどると、宗陳は、本堂に安置してある信長の木像に拝礼した。

等身大の信長像は、狩衣を着て笏《しゃく》を手に持ち、虚空を見つめている。

その顔は、気のせいか、なんとも悔しげで無念そうだ。

――信長殿も、やはり、むさぼりの焔を燃やしておられたか。

むさぼる心がないならば、尾張からわざわざ他国に侵攻して、天下に武を布《し》く必要はあるまい。軍勢を率いて京に出てきたのは、むさぼりの心があったからにほかなるまい――。

ただ、同じむさぼりの焔にしても、信長と秀吉ではずいぶん色彩が違う、と宗陳は思った。

信長のむさぼりは、いたって求道的な色合いが強い気がした。

信長は、絵師が絵を仕上げるように、仏師が御仏を彫るように、かたちのない天下にかたちを与えようとしていたかに見えた。じっさい、宗陳は、なんどか信長に会ったが、欲は深くとも、なにかをむさぼっている賤しい風情はなかった。

その点、秀吉は、同じく天下の富を収奪するにせよ、どこか賤しさがただよっている。鍋の底までしゃぶり尽くすような品のなさを感じてしまう。

同じように貪欲であっても、人によって品性がずいぶん違うものだと改めて感じた。

――はて、あの男は……。

宗陳の脳裏に、ひとりの男の顔が浮かんだ。

利休の顔である。

利休は、一見、なんの欲もこだわりもなさそうな顔をしている。

しかし、欲が深いといえば、あの男ほど欲の深い者もおるまい。

美をむさぼることに於《お》いて、その執着《しゅうじゃく》の凄まじさといったら、信長や秀吉の天下取りへの執着よりはるかに壮絶ではないか。

――信長や秀吉の執着と、利休の執着では、いったいなにが違うのか。

考えて、宗陳は、はたと困った。

欲しがるものが違うのはたしかだ。

領地や金銀を欲しがる侍とちがって、利休が求めているのは、茶の湯の美しさである。

――それになんの違いがある。

求めているものが、土地や金銀であれ、美しさであれ、それをむさぼる執着が、毒であることに変わりはない。

――いや、利休には、品性がある。

そう考えて、宗陳は首をふった。

利休の茶には、たしかにたおやかな品格と気高さがある。

そして、その気高さを嫌みに見せないだけの謙譲がある。

しかし、それとあの男の執着ぶりはべつの話だ。

茶道具の一つひとつ、茶席のすみずみにまで、舐めるように、吸い尽くすように行き届く目はどうだ。

ただかろやかに、なにごとにもこだわらずに茶を点てているように見せてはいるが、じつのところ、尋常《じんじょう》ならざる凄まじい執着がなければ、あれだけの点前《てまえ》はできない。

品性があるかどうか——は、所詮、うわべの見かけに過ぎない。

欲は、欲。むさぼりは、むさぼり。

どんなに上品によそおってみても、毒が毒であることに変わりはない。

利休は、いつも飄然《ひょうぜん》と茶を点てている。

すくなくとも、客の目にはそう見える。

ただ、その内側では、地獄の釜が煮えたぎるほど貪婪《どんらん》な、美へのむさぼり、美への執着がある。それは間違いのないところだ。

それでいて、その貪婪さを毛の先ほども見せるのを嫌い、気配さえ感じさせない。

他人の茶の湯で、そんな気配をわずかでも感じた場合、利休は、ただちに席を立ち、侘び茶人にあらずと切り捨てる。

——いったいあの執着の根源はなんなのだ。

そう考えると、宗陳は利休という男に、そら恐ろしいものを感じた。利休の内部で燃えている毒の焔が、信長や秀吉より、はるかにはげしく怖ろしいものに思えたのだった。

秋の午後の空は、あくまでも高く澄みきっている。筋雲の白さが目にしみた。

縁廊下を、若い僧が足早にやってきた。

「石田様がお呼びでございます」

天瑞寺に来いとのことだった。

宗陳は、深々と息を吐《は》いて総見院を出た。山内には警固の侍が多い。

石畳の道を、すこし西に歩くと、真新しい天瑞寺の山門がある。小さいながらも典雅な唐様《からよう》の二層の門がそなわっている。

番卒《ばんそつ》がいて、その場で待たされた。

しばらく待っていると、秋の木漏れ日のなか、石田三成がきわめて横柄な顔であらわれた。大一大万大吉《だいいちだいまんだいきち》の家紋を染め抜いた大紋姿が仰々しい。

手にした扇子が、地をさしている。

そこに直れというのであろう。宗陳は石畳に座し、手をついて平伏した。

「めでたい席に水をさすそのほうの言い様、きわめて愉快ならず。筑紫の太宰府へ消えよとの、関白殿下の仰せである。明朝、さっそく出立するがよい」

宗陳は、頭を下げたまま、三成の下知を聞いた。

「しかと承った」

「それにしても、融通のきかぬ男。方便ということをわきまえぬか」

三成が口もとを曲げた。

いまさら、秀吉や三成に恨みはない。むしろ、三毒に冒された俗人のこころが憐れで微笑ましい。

「宗門の教えを曲げる方便など、もちあわせてはおりませぬ」

「ならば、とっと去《い》ぬるがよい」

総見院にもどり、旅のしたくを調えた。

旅といっても、禅坊主のことだ。ふだんどおりの墨染めの衣を着て、脚絆と草鞋で足もとをかため、網代笠をかぶればそれでいい。

食事用の持鉢《じはつ》と箸、布巾、それに剃刀《かみそり》、木の枕、脚絆や足袋の替えを袈裟文庫にしまい、大きな布で包んでおく。朝になって、これを首からさげれば、それで、もうどこにでも出立できる。五十七にもなって、雲水のごとく旅立つとは思っていなかったが、それもまた一興《いっきょう》。愉快である。

したくを終えた宗陳は、白砂を敷きつめた庭にむかって、坐禅を組んだ。

秋の空が、淡く澄んでいる。あかねがたくさん飛んでいる。おだやかな風が、松の梢を鳴らして吹きすぎる。

――人の世は……。

むさぼり、いかり、おろかさの三毒の焔に満ちあふれている。

――よくこそ釈迦牟尼《むに》のご慧眼《けいがん》。

人のうちにある毒を、二千年もむかしに看破していた先人《せんじん》がいたことに、深い敬意を感じた。

松の梢が風に鳴った。松籟《しょうらい》が、茶釜の湯音に聞こえて、はっとした。いちど途切れていた考えがよみがえったのである。

——利休は、どうだ……。

あの男は、尋常な人間の毒より、はるかに怖ろしい毒の焔をもっている——。

そのことを改めて思い、宗陳は身震いした。

三

つぎの朝——。

網代笠をかぶり、雲水姿となった宗陳は、夜明けとともに聚楽第《じゅらくてい》の利休屋敷をたずねた。

昨日のうちに、利休から茶の誘いが来ていたのである。

若い門弟に案内されて、露地《ろじ》を歩いた。

ほのかな藍色に明るみはじめた庭は、市中にありながらも、深山幽谷《しんざんゆうこく》の趣があった。

茶室の軒下で笠と袈裟文庫をはずし、壁の竹釘に掛けた。

躙口《にじりぐち》から入ると、二畳半の茶席は、手燭《てしょく》の光が明るかった。

床に、軸が掛けてある。膝でにじり寄って読んだ。

隠隠孤帆絶海来　陰陰《いんいん》たる孤帆《こはん》海をわたり来たる
虚空消殞鉄山摧　虚空消殞《こくうしょういん》して鉄山《てつざん》を摧《くだ》く
大唐国裏無知識　大唐国裏《だいとうこくり》知識無し

己眼当従何處開　己眼当《こげんまさ》に何《いず》れの処《ところ》よりか開くべき

伸びやかな書体で、そうしたためてある。

この軸は、以前、秀吉に見せられたことがあった。虚堂智愚《きどうちぐ》の墨蹟《ぼくせき》である。「日本智《ち》光《こう》禅人に示す」との題がついている。表装《ひょうそう》が傷んだので、利休が預かっていると聞いていた。

もういちど読むと、宗陳の腹の底から言いしれぬ悔いをふくんだ溜息がもれた。

――かなわない。

わが禅の弟子ながら、利休には、とてものことかなわないと思ったのである。宗陳より十歳年上の茶人は、人のこころを見すかす術を心得ている。

虚堂は、三百年ばかりむかしの南宋の禅僧で、ときの皇帝も帰依したほど名声が高かった。

その虚堂のもとに、日本からはるばる海を渡って智光という禅僧がたずねて行ったのであろう。

海は空が隠れるほど荒れ、波は、鉄山を摧くほど激しかった。苦心惨憺して海を渡ったが、唐には、学ぶべき師などいない。おまえの眼はどこで開かれるべきか――。虚堂がそう問いかけている偈頌《げじゅ》である。

宗陳は、おのれの増上慢《ぞうじょうまん》を、利休にぴしゃりと砕かれた気がした。

じつは、九州太宰府などとはいわず、そのまま船に乗って、海を渡ってもいいと思っていたのである。

日本の俗界は、毒に満ち満ちている。

海を渡って大明国に行けば、新しい天地が開け、すばらしい人間にめぐり逢えるのではないか――。漠然とそう思っていた。

利休は、そんな宗陳のこころなど、とっくに見すかしていたようだ。

――わしは、なにを思い上がっていたのか。

秀吉や、三成が、毒に冒されていると見下していたが、その実、毒に満ちていたのは、ほかでもない、自分自身ではないか。そもそも、人を見下すなどということは、おろかさの毒のなせるわざではないか――。

利休は、それを教えようとして、この偈頌を掛けたのか。

下地窓《したじまど》の障子に、すがすがしい朝の光が射している。

宗陳は、手燭の火を消し、客畳にすわった。

風炉《ふろ》にかかった釜の湯が、静かに滾《たぎ》っている。

茶道口が開いて、利休が頭をさげた。

無言のまま両手でうやうやしくはこんできたのは、黒塗りの椀であった。

なかは、粥である。それも、朝の光のなかで、天井が映るほどに薄い粥である。

旅立ちに、どんな馳走をふるまってくれるのかとほのかに期待していた宗陳は、おのれの不明を恥じた。

利休は、道服《どうぶく》のふところから畳んだ懐紙を取りだして、宗陳の前に置いた。そのまま深々と頭をさげてひきさがった。

懐紙を開くと、干涸らびた梅干しがひとつ挟んであった。

ありがたく椀をおしいただくと、宗陳は、粥をすすった。

なんの変哲もない粥である。美味くも不味くもない。ただ、身を持するための食物であった。

すすっているうちに、宗陳の目に、涙が潤んだ。

――まったく、愉快だ。

おのれの内にある毒に初めて気づかされた。

悔しいが、すがすがしい、みょうな気分であった。梅干しは見つめるだけで手をつけなかった。たいせつに懐紙につつみ直して、旅に持って行く。

粥を食べ終えてしばらくすると、利休が、棗《なつめ》と茶筅《ちゃせん》を持ってふたたびあらわれ、点前座にすわった。

二畳半の席である。客と亭主は膝が触れあうほどに近い。

利休が手を伸ばして、粥の椀をさげた。

釜の蓋を取って、柄杓《ひしゃく》で椀に湯を注いだ。

それを捨てもせずそのまま、また宗陳の前に差しだした。

宗陳は、椀を両手で抱いて、ゆっくりと回した。わずかに残っていた粥のしずくが、白湯に溶けていく。

湯を飲みほすと、腹が不思議なほど温かくなった。力を体内におさめた気がした。

その椀をさげると、利休は、茶巾でていねいにぬぐってから、薄茶を点てた。

しずかに、宗陳の前に置いた。

黒塗りの椀にはいった緑色の液体が、とてつもなく美しく見えた。

無言のまま頭をさげて、宗陳は茶をいただいた。粥と白湯のあとの茶は、ゆたかな香気にあふれ、やわらいだ滋味《じみ》があった。

利休は黙ってすわっている。

宗陳は、なにか言おうと思ったが、なにをことばにしても、嘘になる気がした。

露地では、小鳥のさえずりが爽やかな朝を告げている。

そのまましばらく時間がながれた。ただ湯音だけが、高ぶることなく静かにつづいている。

立ち上がった利休が、いったん茶道口に消え、炭斗《すみとり》を持ってきた。

鐶《かん》をかけて釜をおろし、炭をついで、懐から香合《こうごう》を取りだした。

緑釉《りよくゆう》のその香合は、前にもちらっと見たことがある。見せてほしいと頼んだが、そのときは断られた。

火箸でつまんだ香を炭のそばに置くと、利休は、香合を、宗陳の前にさしだした。以前に拝見を望んだのを、覚えていてくれたのだ。さしだした香合のそばに、赤い山梔子《くちなし》の実をひとつ置いたのは、見たことを他言《たごん》するなという意味だろう。

香合を手にとって、宗陳はながめた。

朝のやわらかな光につつまれた香合は、しっとりと深い緑に輝いている。何百年もむかしの焼き物だろうが、肌は初々しい。

形といい肌といい、いつまで眺めていても見飽きない絶品である。

「人は、だれしも毒をもっておりましょう。毒あればこそ、生きる力も湧いてくるのではありますまいか」

たしかに、むさぼりの心があればこそ、生きる力も湧いてくる。

「肝要なのは、毒をいかに、志にまで高めるかではありますまいか。高きをめざして貪り、凡庸であることに怒り、愚かなまでに励めばいかがでございましょう」

「なるほど……」

それは、三毒の焔をいちだん高い次元に昇華させることになる。

「おからだをお大事になさいませ」

低頭すると、利休は、香合を色の褪せた布袋にいれて懐にしまった。

「ありがとうございます」

宗陳は、深々と頭をさげて茶の席を出た。

軒の下で袈裟文庫をつけ、丸い網代笠を被《かぶ》った。

――利休のこころの底には、いったいどんな毒の焔が燃えているのか。

それを思いながら、宗陳は筑紫に向かって歩き出した。

北野大茶会

利休

利休切腹の四年前——

天正十五年（一五八七）十月一日

京都　北野天満宮社頭松原

一

——これはまたこれで……。

ひとつの茶の湯のすがたであろう、と、利休は感心した。

京の北野天満宮の松の林に、びっしりと隙間なく、おびただしい数の茶の席が立ちならんでいる。

冬のはじめの夜明けのことで、吐く息が白い。

見上げれば、松の枝のむこうの薄明《はくみよう》の空には、一片の雲とてなく、いかにもすがすがしい。まもなく、この松原に大勢の人間が押し寄せてくる。にぎやかな大茶会がはじまる。

まだ、木立のあちこちに淡い藍色の闇がのこっているなかを、金襴の羽織袴を着けた秀吉が歩いていく。

鼠色の道服《どうぶく》を着た利休や、津田宗及、今井宗久らの茶頭《さどう》衆が秀吉のあとについて歩いた。お付きの小姓たちは、みな新しい肩衣を着ている。

そこここに、にわかに造られた茶の席は、趣向もしつらえも、さまざまだ。それぞれの席に、亭主の侘び数寄のこころがあふれている。

どれも、数日のうちに急ごしらえした席である。

四隅に柱を立てて、板か茅《かや》で屋根を葺き、壁はあっても一方か二方だけというのが多い。土を塗らずに板で壁をつくっている席もある。

屋根だけあって、その下に畳が敷いてあるところ、屋根さえなく、ただ莚《むしろ》を座敷としている席もある。

石が炉のように組んであるのは、そこに釜をかけるのであろう。

かとおもえば、みごとな台子《だいす》をもちこんできた茶人もいる。

夜が明け初めたので、準備のよい亭主は、火を熾《おこ》し、湯を沸かしている。秀吉の一行を見ると、松林のそこここにいる人々が手をついて頭を深々と下げた。

「いま数えさせたら、千六百席あるという。よくぞこれだけの侘び茶人が集まったのう」

秀吉は機嫌がよい。

今日の大茶会のことは、七月の終わりに、京、奈良、堺の辻に高札《こうさつ》を立てて触れさせた。

触れ書きに、こう書かせた。

茶の湯執心《しゅうしん》に於《お》いては、又、若党、町人、百姓以下によらず、釜一《ひと》つ、つるべ一、呑《のみ》物《もの》一、茶なきものは、こがしにても苦しからず候《そうろう》あいだ、さげ来たり仕《つかま》つるべく候事。

茶の湯に熱心な者ならば、だれが来てもよい。茶がなければ、米を焦がしたものに、湯をかけて飲ませてもよい――、というのである。さらに、松原のことだから、座敷は、継ぎを当てたぼろの畳でも、莚でもかまわない。日本人ばかりでなく、数寄心《すきごころ》のある者ならば、唐国《からくに》からもやって来い。来ない者は、今後、茶を点《た》てることまかりならぬ――と、続けて触れさせた。

そのとおりに、侘び茶人が大勢集まって来たので、秀吉はことのほか満悦《まんえつ》の顔である。富貴な者は、従者に長持をかつがせて、銭のない者はじぶんで天秤棒に茶道具をぶらさげてやって来た。

「まこと、日本国中の侘び茶人を、すべて集めるこのような茶の湯は、上様のほかに、だれも思いつきはいたしますまい」

いっしょに歩いている今井宗久の相《あい》づちが、ことのほかへつらって聞こえた。

このところ、秀吉は、宗久をいささか遠ざけている。宗久としては、なんとかまた、大量の軍需物資をあつかわせてもらい、ひと儲けしたいところであろう。

秀吉は、天下人として順調に地歩《ちほ》をかためつつある。

天正十年の六月に、主君織田信長が本能寺に弑《しい》されてから、考えてみれば、まだ五年しかたたない。

そのあいだ、秀吉は一刻の時もむだにせず、天下の掌握に精魂をかたむけた。

山崎で明智光秀を成敗し、賤ヶ岳《しずがたけ》で柴田勝家を討ち、尾張で徳川家康と講和し、四国を制圧し、そして今年の春、九州に出陣して島津を降伏させた。

いまは、朝鮮国王の来日を求めている。

京に築いていた豪華な聚楽第《じゅらくてい》は、ようやく完成したばかりだ。大坂城から移ってきて、まだ半月しかたたない。

秀吉には、めでたいことが重なっている。

「上様は運気がみなぎっておいでてございます。『この世をば、わが世とぞ思う』とは、御堂関白藤原道長ならぬ、いまの関白殿下のことにございましょう」

宗久が、さらにことばを重ねた。

「ふん」

おもしろくもなさそうに、秀吉が鼻を鳴らした。

硝石や鉛、木綿など、軍需物資の調達は、ちかごろ、博多の商人たちにまかせることが多いと聞いている。神屋宗湛ら、博多商人は、堺商人にくらべて一本気で駆け引きが少なく、あつかいやすいのかもしれない。

利休は、もともと、茶道具以外の商いのことで秀吉になにかを命じられることは少なかったから、その点では気が楽だった。

秀吉が利休に命じるのは、いつも茶の湯のことだ。茶の湯のことなら、いくらでも利休の出番がある。

今日の茶頭筆頭は、利休である。

何日も前から、寝る間もないほど席のしつらえに腐心してきた。利休にとって、この大茶会は晴れ舞台であった。

「よい日和になりそうでなによりだ」

秀吉が、天王寺屋《てんのうじや》津田宗及をふりむいた。

利休と宗及、宗久の三人は、若いころからの付き合いだ。堺の町で、茶の湯に招き、招かれしているうちに、いつのまにか、こんな歳になってしまった。みな、もう六十もなかばである。

信長が生きていたころは、宗久がいちばん重用《ちょうよう》され、肩で風を切っていたが、秀吉にはまたちがう思惑がある。人の世の浮き沈みをおもえば、利休は、茶の湯専一《せんいつ》にきたことが、まちがいではなかったと思う。

「ほんに、なによりの日和でございます」

はなだ色に明るんできた空を見上げて、津田宗及が口をひらいた。

九州との結びつきが深い宗及は、商売のことで秀吉からしばしば注文を受けている。

神屋宗湛はもとより、大友宗麟と秀吉を結びつけたのは、この天王寺屋津田宗及であった。天王寺屋の商売のしぶとさは、今も昔も変わらない。

ただし、茶の湯のこととなると、津田宗及はほとんど目がきかない。財力にあかして、名物道具はもっていても、利休の目から見れば、二流、三流の茶人である。創意がない。趣向がない。茶のなんたるかを知らない――。むろん、それを口にしたことはない。いつも、笑顔でつきあっている。

「さて、そろそろ点前《てまえ》のしたくをするか」

「かしこまりました」

利休、宗及、宗久の三人が頭をさげた。今日の大茶会では、秀吉とこの三人が、松原の真ん中にしつらえた席で、茶を点てるのである。

二

北野天満宮の拝殿のなかには、秀吉自慢の黄金の茶室が組み立ててある。

平《ひら》三畳の茶室は、柱も壁板も天井も床も建具も、すべて黄金の延べ板が貼りつけてある。

障子紙の代わりに緋色《ひいろ》の紗《しゃ》をもちい、畳表には猩々緋《しょうじょうひ》の羅紗《らしゃ》をつかっている。黄金に緋が映《は》えたぬらりとした色合いは、ことばもないほどにあやしく艶やかだ。

その左右両わきに、やはり三畳の茶室が組み立ててある。

三つならんだどの茶室にも、似茄子《にたりなす》や紹鷗天目《じょうおうてんもく》といった大名物《おおめいぶつ》が飾りつけてある。

招かれた烏丸《からすまる》、正親町《おおぎまち》、今出川《いまでがわ》、飛鳥井《あすかい》らの公家たちは、自分たちも松原に茶の席を設《もう》けているが、まずは、秀吉の道具を拝見した。公家たちは、秀吉の所持する名物の多さに、ただただ呆れて溜息をつくばかりである。

道具の拝見を終えて拝殿を出ると、外に、四畳半の席が四つある。

客は、あらかじめ引いた鬮《くじ》の席にはいった。

一が関白秀吉、二が利休、三が津田宗及、四が今井宗久。

秀吉は、手ずから茶を点てた。

内裏で天皇に献茶《けんちゃ》するのとちがって、公家相手ならば、格式張《かくしきば》った台子の点前もさして緊張せずにすむ。

位階の高い客は、二人ずつ、ゆっくり茶を飲ませた。

しだいに客の数を増やし、多ければ、一席に五人を招き入れた。履き物を懐にいれて席にはいった客は、茶を喫《きっ》すると、そそくさとべつの口から外に出た。

秀吉は、はじめの二席だけ茶筅《ちゃせん》をふるった。あとは小姓にまかせ、そばにすわって、機嫌よく客と話し、にこにこしている。

利休は、ひたすら薄茶を点てた。

点前の最中でも、客にたずねられれば、しつらえた名物の謂《いわ》れをこたえた。

板壁の床に飾ったのは、雁《かり》の絵と茶壺《ちゃつぼ》である。

茶壺は、釉《くすり》がはがれ、かせて霜のおりたようになっているのがおもしろい。

「これが名高い〝捨子〟でござるか」

客がたずねた。りっぱな口髭を生やした武者が、どこのたれかは知らぬ。一期《いちご》にただ一度の出会いかもしれない。

「さようでございます。足利義政《よしまさ》公が、手に入れられたとき、まだ名がなかったため、そんな銘《めい》がついたと聞いております」

外には大勢の客が列をなして待っているが、かといって、茶を喫しおえたばかりの客をむやみと追い出すことはできない。ゆったりかまえているのも、茶人の余裕だ。

「その茶入は」

「楢柴《ならしば》でございます」

数ある肩衝《かたつき》茶入のなかでも、天下の三大名物と誰もが認める逸品である。ほかのふたつ、新田《にった》肩衝は秀吉、初花《はつはな》肩衝は宗及の席に飾ってある。いずれも秀吉の所持品だ。こんな贅沢な茶の湯はあるまい。

つぎからつぎへとやって来る客たちに、利休は、弟子まかせにせず、茶を点てた。なにしろ客の数が多いから、水屋でも点てて半東《はんとう》に出させたが、それでもできるだけ茶筅をふるい、点前を披露した。

「そろそろ仕舞うがよかろう」

秀吉が利休の席をのぞきにきたのは、切り上げてしばらくしてからだった。

「数えさせておったら、わしらの四つの席に、八百三人の客が入った。前代未聞の茶の湯じゃな」

秀吉が、喜色を満面にうかべている。

この男の笑顔には、人をとろかす魔力がある。五年前、利休が秀吉にちかづいたのは、その笑顔にほだされたからだった。

こんなすさまじい笑顔のできる男なら、天下を取るやもしれぬと思ってにじり寄った。

その読みはまちがっていなかった。

「まこと、関白殿下のご威光、ここに極まった感がございます」

世辞ではなかった。

茶の湯は、名物道具より侘びの趣向《しょうがん》がなによりだと、利休は頑なに信じている。

しかし、世につたわる名物道具の賞翫もまた、茶の湯の王道である。

両者を統合し、いま、これだけの規模で茶の湯をなしうるのは、天下にただ一人秀吉だけだ。

「松原の席を見てまわる。同道せよ」

利休は、すぐに立ち上がって履き物をはいた。半日、茶を点てつづけていたので、さすがに腕がしびれている。

外に出ると、松原に人があふれているのにあらためて驚いた。

秀吉の弟の秀長や細川幽斎《ほそかわゆうさい》、前田利家ら武将たちの席があるかと思えば、公家衆の席や利休のせがれたちの席、大徳寺の古渓宗陳の席もある。どの亭主も楽しげに客をもてなしている。

「茶の湯は、楽しいのう」

秀吉のつぶやきが、なんのけれん味もなく利休の耳にひびいた。

「まことでございます」

利休はすなおにうなずいた。

ただ茶を喫するだけのために人が集い、同じ美を賞翫する。その場に居合わせることのしあわせ。一座をつくることのこころよさ。

こんなおもしろい人と人との愉しみが、ほかにあるとは思えない。

そんな輪が、北野の松原に、千も二千もできている。まさに前代未聞の茶会である。

冬の陽射しの松原を歩くと、ことのほか目をひいたのは、朱塗りの大きな傘だった。差し渡し一間《けん》半（約二・七メートル）もある大きな傘を立て、まわりを葭《よし》の垣《かき》で囲っている男がいた。

のぞくと、利休の顔見知りで、山科で世捨て人同然に暮らすノ貫《へちかん》という侘び茶人だ。

持ち物といえば、ただ釜ひとつで、それで粥も炊けば、茶も点てるかわった男である。

いつだったか、利休が招かれたとき、ノ貫が露地に落とし穴を掘っていたことがあった。利休はいたずらに気がついたが、わざと落ちてやった。穴は深く、しかもこねた泥がいれてあったので、ノ貫は、利休を風呂にいれた。みょうにさっぱりとした気分のよい茶の湯であった。そんないたずらをする男である。

「この朱塗りの傘はよい趣向じゃ。そのほうには、諸役《しょやく》を免除してつかわそう」

秀吉は機嫌よく、ノ貫からは以後、税を取り立てぬと約束した。

「この席もなかなかの趣向じゃな」

つぎに秀吉が足を止めたのは、柴で屋根を葺いた小さな小屋掛けだ。

莚は一畳。あとは砂をまいて、瓦で縁をつくった炉に釜をかけ、白い煙をたてて松葉をふすべている。

「茶はあるか」

秀吉がたずねた。

「ございません。焦がしはいかがでございましょう」

「おお。それをもらおう」

見ていると、男は、大きな瓢《ふくべ》を逆さにして、茶色い粉を井戸茶碗にいれた。どうやらそれが焦がしらしい。垣にかけた柄杓《ひしゃく》で、そこに湯をそそいだ。

莚に腰をおろした秀吉が、一碗の焦がしをすすって陶然とした顔つきになった。

「うまいな。なんともいえぬ滋味《じみ》がある」

利休も相伴《しょうばん》した。なかなかゆきとどいた焦がしであった。ただ糯米《もちごめ》を煎《い》っただけでなく、乾《ほ》した蜜柑《みかん》の皮や山椒《さんしょう》、茴香《ういきょう》などをまぜて、ていねいに粉にしたらしい。

「そのほう、名はなんという」

「美濃《みの》よりまいりました一化《いっか》ともうしまする」

「気に入った。今日いちばんの冥加《みょうが》はそのほうじゃ」

秀吉は、手にしていた白い扇をくだして、一化を褒めたたえた。

それから、まだあちこちの席を見て歩いたが、松原を歩いていると、利休は、松の緑と、茶の席と、人の波が、どこまでも果てしなくつづいているような錯覚をおぼえた。

その思いは、秀吉も同じだったらしい。

「なぜ、人はかくまで茶に魅せられるかのう」

首をかしげた秀吉がつぶやいた。

「はて、茶が楽しいからでございましょうな」

今井宗久がこたえた。

「なぜ、楽しい。ただ苦い茶を飲むばかりのことだ」

秀吉がにらみつけた。なにもこたえられず、宗久が小さくなった。

「やはり、数寄道具がおもしろいからでございましょう。名物に惹きよせられて人が集まってまいったのではございますまいか」

津田宗及のこたえに、秀吉がうなずいた。

「たしかに。いかに侘び茶をとなえたとて、なにか名物がなければ、客はよろこばぬ。してみれば、茶は、やはり道具が命か」

秀吉はつぶやいたが、しばらくして首を横にふった。

「いや、いまの一化などは、なんの名物道具も持たぬが、かくべつの心ばせがあった。道具とはちがうなにかが茶にはある。それはなんだ」

秀吉が利休を見ている。

「そのほうは、なんと見た。ただ茶を喫するばかりのことに、なぜ、かくも人が集まってくる。なぜ、人は茶に夢中になる」

利休はゆっくりうなずいた。みなが利休を見ている。

「それは、茶が人を殺すからでございましょう」

真顔でつぶやいた。

「茶が人を殺す……とは、奇妙なことをいう」

秀吉の目が、いつになく抉るように利休を見すえている。

「はい。茶の湯には、人を殺してもなお手にしたいほどの美しさ、麗しさがあります。道具ばかりでなく、点前の所作にも、それほどな美しさを見ることがあります」

「なるほどな……」

「美しさは、けっして誤魔化しがききませぬ。道具にせよ、点前にせよ、茶人は、つねに命がけで絶妙の境地をもとめております。茶杓《ちゃしゃく》の節の位置が一分ちがえば気に染まず、点前のときに置いた蓋置の場所が、畳ひと目ちがえば内心身悶えいたします。それこそ、茶の湯の底なし沼、美しさの蟻地獄。ひとたび捕らわれれば、命をも縮めてしまいます」

話しながら利休は、じぶんがいつになく正直なのを感じていた。

「おまえはそこまで覚悟して茶の湯に精進しておるか」

うなずいた秀吉が、溜息をついた。

三

冬の日が西に傾いたころ、秀吉が、今日の大茶会の奉行蒔田《まいた》淡路守《あわじのかみ》を呼んだ。蒔田は、利休の茶の弟子である。

「そろそろ仕舞わせるがよかろう」

「かしこまりました。明日も、夜明けからでよろしゅうございますか」

「いや、茶の湯は今日一日でよい。明日はなしじゃ」

蒔田が、とまどった顔をみせた。

高札には「朔日《ついたち》から十日の間、天気次第」と書いて触れさせた。天気さえよければ十日間は続くものと、誰もが思っている。

「なぁ、利休よ。こんなものは、何日もするものではなかろう。ただ一日、うたかたのごとく消え去るのが茶ではないのか」

「御意。わたくしも、そのように存じます」

頭を下げながら、利休は、秀吉があんがい茶のこころを知っていることに感心した。武将としてばかりではなく、美意識もまたなみの男ではない。

「火を焚くがよい」

秀吉が利休につぶやいた。小姓に床几《しょうぎ》を置かせ、腰をおろした。

利休はあたりを見まわした。いくらでも松葉と枝がある。腰をかがめて集めた。

火を点じると、かろやかに燃え上がった。松の林に薄暮《はくぼ》が迫っている。すこし冷え込んできた。

秀吉が人払いしたので、火のそばにいるのは、利休だけだ。

「冬の野に伏し寝するとき、火がどれほどの馳走であるか、そのほうなどは知らぬであろうな」

秀吉は、遠い昔を思い出しているようだ。尾張をさすらった少年の日か、信長のために戦った日々か。

ちいさくうなずいただけで、利休は返事をしなかった。返事を求められているとは思わなかった。

「湯を沸かしましょう」

つぶやくと、秀吉が首をふった。

「それより腹が減った。餅を焼いてくれ」

手伝いの者を呼んで、餅を取りに走らせた。

丸く平らな石を見つけ、火のそばに置いた。ほどよい松の枝を選んで、小刀で先を削っていると、手伝いの者が餅の入った袋をもってきた。二個、石のうえに置いた。

秀吉は、黙って火を見つめている。なにか思うところがあるらしい。

利休も火を見つめたまま黙っていた。松の枝の箸で、こまめに餅をかえした。大きく膨らんだところで、箸の先に刺して、秀吉に手渡した。

秀吉がうまそうに食べている。二個ぺろりと食べて、もっと焼け、とつぶやいた。

「人を殺すというのは、いやなものでな……。殺した男の顔は、いまでも瞼の裏に焼き付いておる」

新しい餅を石にのせ、利休は黙ってうなずいた。

「しかしな、合戦《かっせん》のさなか、人を殺しながら、ひとつ、悟ったことがある」

そこで秀吉は言葉を切った。

炎に照らされた秀吉の顔が、利休には、恐ろしげな悪鬼に見えた。戦場を往来した積年の疲労が、老いた顔に滲《にじ》んでいる。

「餅は、どこにでも、たったひとつしかない。それが食いたければ、欲しがっている者を殺さねばならぬということよ」

松の枝がはぜて、音を立てた。

日が沈んで、あたりがすっかり暗くなっている。ついさきほどまで人でにぎわっていた松原が、いまは深い海の底ほどにひっそり静まっている。

「かねて不思議に思うておることがある。いつかおまえにたずねたかった」

秀吉が、炎を見つめながら、利休にたずねた。

「はて、なんでございましょう」

利休は、火のそばで片膝をついている。餅はもう焼けているが、秀吉は食べそうにない。石ごと火のそばから遠ざけた。

秀吉が、手で洟《はな》をかんだ。親指で小鼻を押さえ、器用に鼻水を飛ばした。

「おまえはよく、侘びの寂びのと口にするが、あれはいったいどういうつもりだ?」

利休は首をかしげた。秀吉のいっている意味がわからない。

「おまえの茶の湯を見ていると、わしには、まるで侘び、寂びとは縁遠い世界に思えてならぬのだ。おまえの茶は、いささかも枯れてなんぞおらぬ。そうではないか」

秀吉に見すえられ、利休は、松の枝に餅を刺してわたしした。

「おまえの茶は、侘び、寂びとは正反対。見た目ばかりは、枯れかじけた風をよそおっておるが、内には、熱いなにかが滾《たぎ》っておる。そんな気がしてならぬのだ」

秀吉は、ゆっくりと餅を食べた。しばらく沈黙してから、またつづけた。

「おまえの茶は、艶めいて華やかで、なにか……、そう、狂おしい恋でも秘めておるような。どうじゃ。わしの目は誤魔化せまい。おまえは、その歳になってもなお、どこぞのおなごに恋い焦がれ、狂い死にでもしそうなほどに想いをつのらせておるのであろう。そうでなければ、命を縮めるほどの茶の湯はできまい」

いわれて利休は押し黙った。秀吉の目が、じっと利休を見すえている。

利休は炎に目をむけた。

火は同じだ、と思った。遠い昔のあの日と、同じ炎が燃えている。

利休は首をふった。

「さように感じておられますなら、わが茶の湯は、まだまだ未熟。さらなる侘び三昧の境地をもとめ、精進をかさねねばなりますまい」

「ふん」

秀吉が鼻を鳴らした。

「食えぬ男よ」

手にしていた松の箸を火中に投じると、秀吉が立ち上がった。

「まあよい。おなごに惚れるのは、悪いことではない。ひとの恋路は邪魔せぬものか……」

つぶやいて、歩き出した。

取り残された利休は、身じろぎもせずに炎を見つめていた。遠いむかしに出逢ったあの女が、いまでもおのれのうちで、息をしているのをはっきり感じた。

ふすべ茶の湯

秀吉

――利休切腹の四年前――
天正十五年（一五八七）六月十八日
筑前　箱崎松原

一

博多筥崎八幡宮《はこざきはちまんぐう》の境内に、三畳の茶の席が建った。社前にある小さな堂のそばだ。建てたのは利休である。

屋根は、茅葺《かやぶ》き。

壁は、二面に青茅が編んである。

大きな松の陰にあるので、日盛りでも涼しかろう。ごろりと腕枕で昼寝でもしたくなるような夏らしい茶の席である。

秀吉は、草履を脱いで畳に上がり、ひとりで席についた。

海が近いので、夜明けの風がさわやかだ。淡く白んだばかりの境内で、いっせいに蜩《ひぐらし》が鳴きはじめた。

　空に雲はない。

　きわめて清浄な気韻が境内に満ちている。

　ざっくりとした絽《ろ》の小袖の胸元を、穏やかな風が吹きすぎていく。

　――ここが極楽か。

　浜につづく松林をながめ、秀吉は、ふと、そう思った。

　腹の底から麗しい気持ちがわきあがってくるのを、しみじみ味わった。

　――不思議なことだ。

　利休のしつらえる茶の席にすわると、どういうわけか、そこはかとない生の歓びが、静かにこみあげてくる。

　ほかの茶頭《さどう》がしつらえた席では、こうはいかない。

　ただ四本の細い柱を立て、茅を葺くだけのことなのに、利休が差配すると、屋根のかたむきも、軒のぐあいも、席から見える風景も、じつにしっくりと客のこころになじみ、すわっているだけで、いまこのときに生きていることの歓びが、しっとり味わえる。

　ほかの茶頭がしつらえる席と、なにがどう違うのかはわからない。

　あるいは、利休を身びいきするばかりに、そんな気がするだけなのかもしれない。

　――いや、そんなことはない。

　秀吉は首をふった。

なにかがちがう。利休の茶の席は、どこかがはっきりと違っているのである。

しかし、さて、それがなんなのか、よくわからない。

秀吉は、むこうを見やった。

同じ境内に、利休のむすこ道安が建てた茶の席がある。

茅で編んだ苫《とま》で屋根をこしらえ、壁は青松葉を竹にはさんだ蔀《しとみ》である。

それなりの風情はあるが、こころをさわさわと波立たせるものがない。

いかにも工夫しましたといわんばかりの作為《さくい》が目につく。それがあざとく感じられる。

利休のこしらえる席は、あくまでも自然でありながら、つい吸い寄せられるだけの色香さえただよっている。

――それは、なにか？

秀吉は、以前からずっと考えているが、よくわからない。

風炉《ふろ》にかけた釜が、しずかに湯気《ゆげ》を噴きはじめた。板を敷かず、畳の上にそのまま風炉が置いてある。たしかにそのほうが涼しげでよい。

上座の柱には、高麗筒の花入をかけ、薄と益母草《やくもそう》の花が活けてある。すっきりのびた薄と、薄紅色の小さな花のつらなりが、秀吉のこころをくすぐった。なんでもない野の草花が、利休の手にかかると、命の息吹をもって力強く立ち上がってくる。

――まったく。

あの男ときたら、こころ憎いばかりだ。なにをどうやらせても、ものごとの本質をしっかり握りしめている。

松の陰から、利休がすがたを見せた。鼠色の道服《どうぶく》を着て、すこし俯《うつむ》きかげんに歩いてくる。大柄なからだを、いくらかは小さく見せようとしているようだ。

一礼して席に上がり、手をついていまいちど深々と頭をさげた。

「おはようございます」

点前座《てまえざ》にすわった利休は、持ってきた笊の布巾をはらった。

黄色いまくわ瓜がひとつのっていた。

「瓜か……」

朝の茶の前に、利休がなにを食べさせるのか、秀吉はあれこれかんがえて楽しみにしていた。

利休という男は、秀吉の期待を、かならずよい方に裏切ってくれる。いつも予想しなかった美味いものを食べさせる。思いもかけぬ趣向で驚かせてくれる。

菜切り包丁を手にすると、利休は瓜の皮を厚く剝いた。半分に割って種を除き、濡らした葉蘭《はらん》に二切れのせて秀吉の前に置いた。

秀吉は黒文字《くろもじ》をさして、瓜を口にはこんだ。

甘い瓜だ。いま畑でもいだばかりであろう。わざとらしく冷やしてないのが気に入った。

「瓜は、もぎたて、むきたてが馳走か……」

秀吉のことばに、利休がだまってうなずいた。

瓜を食べてみると、今朝いちばんに食すべきものは、瓜であった気がしてくる。ほのかな甘みが、滋養となって全身に染みわたるのを感じた。

「まこと、どこまでも目端のきいた男だ」

ふたつめの瓜を食べながら、秀吉は利休にたずねた。

「そのほう、茶の湯は、だれに習《なろ》うたのか」

「十七のとき、堺の北向道陳《きたむきどうちん》ともうすお方に習い、十九になりまして武野紹鷗《たけのじょうおう》に弟子入りいたしましてございます」

道陳は堺の隠者だが、将軍足利義政の同朋衆《どうぼうしゅう》だった能阿弥から書院台子《だいす》の茶を伝授されたと聞いたことがある。

能阿弥は、豪華な書院棚飾りの集大成ともいうべき『君台観左右帳記《くんだいかんそうちょうき》』を書いたことで知られた男だ。いまはやりの侘び茶ではなく、唐物を尊ぶ晴れやかな茶の湯である。

武野紹鷗は、堺の武具《ぶぐ》商人で、侘び茶の名人だ。

「道陳と紹鷗な……」

利休は、伝統的な茶と、最先端の茶の両方をならったということだ。

しかし、それは秀吉の期待していた答えではない。そんなことなら、前から知っている。

「紹鷗の茶の湯は、宗久も伝えておるが、さて、おまえのとはずいぶん違《ちご》うておる。書院台子の点前も、同朋衆とおまえでは、ずいぶん違う」

今井宗久は、紹鷗の娘婿で、紹鷗が所持していた名物をそっくりひきついだ。いまも秀吉のそばに茶頭としてつかえている。

「いたらぬことで、お恥ずかしいかぎりでございます」

利休が居ずまいを正して頭をさげた。

「いや……」

秀吉は、つぶやいて黙った。どうやって利休のこころのうちを探ろうかと考えた。

利休が、小さな青竹の籠をさしだした。なかに菓子がはいっている。

「興米《おこしごめ》でございます」

茶の前の口直しだろう。秀吉は、丸いかたまりをひとつつまんで口にほうり込んだ。炊いた米をいちど水で洗って乾かし、茶色くなるまで焙烙《ほうらく》で炒って、甘い汁でかためたものだ。歯ごたえとともに、口のなかに、さわやかな甘みがひろがった。

「わしがたずねたいのは、おまえの茶の湯の工夫だ。なにをどうすれば、それだけ客のこころにかなう道具立てや、料理ができるのか。それをたずねておる」

利休がうなずいた。

「それができているとは思いませぬが、四季折々の風物にこころを砕き、なにに命の芽吹きがあるかを見つめておるつもりでございます」

「ふん」

秀吉は鼻を鳴らした。どうもじぶんの聞きたい答えとちがっている。

利休が、大ぶりの井戸茶碗で濃茶を練りはじめた。

その点前を眺めながら、秀吉は、いったいどのような人生をおくれば、鄙《ひな》めいて枯れた草庵のなかに、命の艶やかさを秘めた利休の茶の湯が生まれるのか、不思議でならなかった。

二

筥崎八幡宮の客殿が、島津征伐、つまりは九州遠征の秀吉の本陣になっている。

幔幕《まんまく》をめぐらせた座敷には、連日、大勢の客が押し寄せてくる。

利休の濃茶を喫《きっ》してもどると、博多の商人のなかでも有力な者たちが待っていた。

秀吉は、小姓に一枚の図面をひろげさせた。博多の新しい町割り案である。

「これで博多の町も、むかしの活気をとりもどせまする」

図面をのぞき込んだ神屋宗湛《かみやそうたん》が大きくうなずいた。

博多の町は、この数十年、戦乱でなんども焼け野原となり、いまはただ夏草が茂るだけの無人の原となりはてている。

商人たちはよそに逃げ出し、神屋宗湛は唐津に移っていた。

このたび、秀吉がいっせいに草を刈らせ、新しい町割りを決めたのである。実際に図面をひいたのは、黒田官兵衛の家臣であったが、町割りは大胆で、大勢の町人たちの闊歩する町が想像できた。

「まこと、関白様のお力があればこそ、戦乱が収まり、世が平穏となりました。関白殿下ほど聡明にして勇猛な武将は、古今東西どこにも見あたりませぬ」

島井宗室《しまいそうしつ》が、ことさらに秀吉をほめたたえた。歯の浮くような世辞も、最初はうれしかったが、あまりつづくと辟易してくる。

秀吉は、去年の暮れに陣触れを出し、ことしの元旦、大坂城で諸将の部署をさだめた。総勢十二万の秀吉の軍勢が、この春から九州を席捲《せっけん》したのである。

秀吉自身、薩摩まで駒を進めたが、若いときのような戦いの苦労はない。秀吉が行くころには、すべて決着がついている。軍事力でも経済力でも、圧倒的優位に立つ秀吉にとっては、物見遊山にも似た旅であった。

抵抗勢力の中心である島津の一族は首を斬らず、薩摩、大隅、日向《ひゅうが》を安堵してやった。

博多にもどると、筥崎宮に、大勢の者たちが押しかけてきた。

やってきた武将や商人、僧侶たちは、口々に戦勝を言祝《ことほ》ぎ、秀吉の武略を褒めそやす。あからさまな阿諛追従《あゆついしょう》におどらされるほど、お人好しな秀吉ではない。過剰に褒められれば、

——この男は、どんな便宜をはかってもらいたがっているのか。

と、ことばの裏を考える。秀吉の推測は、いつも、さほどはずれなかった。

町割りの話が一段落すると、秀吉は宗湛に向きなおった。

「いずれ、ここから唐、天竺に討ち入る所存。そのときは、そのほうらに存分にはたらいてもらわねばならん」

「かしこまってございます。なんなりとお申し付けくださいませ」

宗湛が平伏した。

この小柄な商人は、肥後の八代《やつしろ》まで秀吉の陣中見舞いにやってきた。石見銀山を開発からずっと手がけ、いまは唐津から船を出して朝鮮に銀を輸出している。資金力が潤沢で、半島各地に知己が多い。唐入りの水先案内人として宗湛ほど役に立つ男はおるまい。

「いずれとおっしゃいますが、十二万の軍勢が、このまま海を渡るのではないかと噂しておる者もおりまする」

島井宗室が、秀吉の顔色をうかがうようにいった。

「それはよい考えだ」

秀吉は声をあげて笑った。笑いながら思った。

――勝ってこそ、いくさだ。

勝ったからこそ、満面の笑みをうかべて大勢の人間が集まってくる。

――人生というのは、勝たなければ意味がない。

勝てば、世の中のすべてが思うままに動かせる。世のすべての人々が頭を下げる。どんな美女とて、秀吉の思い通りになる。

負ければみじめだ。

敗残者に待っているのは、死。

さもなくば、長く深い屈辱でしかない。

「こたびの戦功一等は、どなた様でございましょうな。やはり、毛利様でしょうか」

宗湛が四方山話の口調でたずねた。

「そうよな……」

論功行賞《ろんこうこうしょう》はこれからだ。

先鋒として豊前《ぶぜん》に攻め入った毛利輝元《てるもと》の手柄は大きい。田川の岩石城《がんじやく》をわずか一日で攻め落した蒲生氏郷《がもううじさと》や前田利長の手際も褒めてやりたい。

しかし、手柄の一等となると、そんな名前は浮かばなかった。

「おまえにも、よくはたらいてもろうたな」

「めっそうもない。さようなつもりで申し上げたのではございません」

宗湛が恐縮している。

この男の手柄が大きいことはいうまでもない。宗湛は、去年の暮れ、京に上って大徳寺で得度《とくど》し、ことしの正月、大坂城に来た。いまは僧形である。

秀吉は、ことのほか宗湛を優遇してやった。

——筑紫《つくし》の坊主。

と呼んで、大坂城での大茶会では、宗湛ひとりに特別に道具を見せてやったこともある。

このたびの遠征について、宗湛はさまざまな情報をもたらし、手引きをしてくれた。賤ヶ岳《しずがたけ》で柴田勝家を討ち果たしたときのように、秀吉の軍団が小さければ、手柄は武功を立てた者に与えることになる。

しかし、ここまで所帯《しょたい》が大きくなると、合戦《かっせん》は軍事力の戦いであるより、もはや政治力のせめぎあいだ。

頭をはたらかせて、やすやすと勝ちを得させてくれた者にこそ、褒美をあたえたい。

——利休か……。

その名がうかんだ。

秀吉は、すでにおととしから島津征伐の計画をねっていた。

豊後《ぶんご》の大友宗麟をおびやかしていた島津義久に対して、すぐに鉾《ほこ》をおさめるよう、強圧的な手紙をしたためたのである。

秀吉のことばを右筆《ゆうひつ》が書きとめ終えたとき、そばにいた利休が口を開いた。

「申し上げてもよろしいでしょうか」

「なんだ」

「高飛車な手紙だけでは、島津の態度を頑《かたく》なにさせるばかり。ここは硬軟織《こうなんお》り交ぜて攻め立てなさるのがなによりの策と存じまする」

「どうする」

「わたくしに手紙を一本書かせてくださいませぬか」

うなずくと、その場で筆をとった。


豊州《ほうしゅう》と貴国《きこく》御鉾楯之儀《おんむじゅんのぎ》に付、関白殿御内証之趣《ごないしょうのおもむき》、承《うけたまわ》り及ぶ通り、数条を以《もっ》て申さしめ候《そうろう》

とはじまるその手紙は、分別をもって戦いをやめるよう、おだやかな調子で島津を諭すものだった。

「これに細川幽斎殿とわたくしめが連署いたしまして島津の家老に送りますれば、島津を懐柔する隙が生じましょう」

手紙を読んだ秀吉はうなった。

秀吉とて、敵をたらし込む調略は得意なつもりであったが、利休は二枚も三枚もうわてであった。

いまにして思えば、島津征伐がことのほか順調に進んだのは、あの書状のおかげであろう。

利休への返書は、島津義久本人から絹糸十斤《きん》をそえてていねいに届けられた。

「使者を送ったから、関白殿下によろしくお取り次ぎねがいたい」

と、書いてあった。

やってきた薩摩の使者を、利休は秀吉にひき会わせた。

秀吉は、使者に大坂城のすべてを見せて力のあるところを示し、茶をふるまった。

茶頭は利休であった。

その席で、薩摩、大隅、日向を安堵することを前もって伝えておいたからこそ、このたびの秀吉の出陣に対して、島津の軍勢は、あっさり南にひきあげたのだ。伝えていなければ、いまだに九州各地で徹底抗戦しているにちがいない。

――とすれば、利休の手柄か。

秀吉は、利休に、敵をたらし込む緩急自在の呼吸を教わった気がしている。

「さよう。こたびの九州征伐の手柄の第一等は茶の湯よ。茶の湯があればこそ、軍勢がやすやすと進めたわ」

秀吉は、冗談ではなく本気でそう思った。

宗湛がうなずいたが、秀吉の本心をわかっていたかどうかは疑わしい。

三

「ちくと、かわった趣向で茶を飲ませよ」

秀吉は、目醒めると同時に利休を呼びつけ、そう言いつけた。

筥崎宮の本陣にいると、次から次へと客がたずねてくる。九州の国割りや、寺社の領地のこと、商人たちの相談ごとなど、秀吉が頭をつかわねばならないことが山ほどあった。

客が多いのは嫌いではないが、さすがに連日、夜明けから夜半まで押しかけられると、合戦よりよほど疲れる。頭がはたらかなくなる。

秀吉は、ちょっと休みたくなっていた。

筥崎宮の茶の席は、それなりに楽しめたが、軍旅《ぐんりょ》の席だけに、茶道具も乏しく、趣向にさしたる興がない。

利休は、ことしの宇治の新茶を橋立の壺に入れて持ってきたが、これはやはりすこし若過ぎた。冬のはじめのころまで熟成させなければ、茶の味は深まらないのだと、秀吉にもわかった。

「したくがととのいましてございます」

利休が迎えにあらわれたのは、朝日がずいぶん高く昇ってからのことだ。

「すこし、お歩きいただけますか」

「どこなりともまいろう」

利休は、三人の供をつれて荷をかつがせている。道具を持参して、どこかで茶を点《た》てるつもりか。

わずかの供廻りだけを命じて、秀吉は歩いた。

考えてみれば、どこへ行くかを考えず、ゆるりと歩くことなど、ひさしくなかった気がする。

宮の境内から博多湾の砂浜へは、広くまっすぐな参道が延びている。そこを外れて松林を歩いた。

ほどなく浜に出た。

朝とはいえ、博多の海に、陽射しが強い。細長い海ノ中道と島で区切られた博多湾が、銀鼠色《ぎんねずいろ》にきらめいている。空に猛々しい入道雲が湧きあがり、松林では蟬がうるさく鳴いている。日向はさぞや暑かろう。

それでいて、松の木陰は海からの風がさわやかだ。

「このあたりにいたしましょう」

立ち止まった利休が、供の者にしたくを命じた。

枝振りのよい松のそばに緋色の毛氈《もうせん》をひろげ、虎の皮をしいた。

「どうぞおくつろぎくださいませ」

利休にいわれて秀吉は腰をおろした。

「これはよい」

海をながめて、波の音、松風の音を聴いてみれば、こころの雑念が消えた。ここまでは客も押しかけて来ない。好きなだけ、ゆっくりしていればよいのだ。

「湯を沸かしますのに、しばらくお時間をいただきます」

これから湯を沸かすなら、ずいぶん暇がかかるだろう。

「横になるぞ」

秀吉は、腕枕でごろりと横になった。

利休はといえば、松の枝に鎖をかけて細長い雲龍釜を釣っている。石を三つ、その下に置いて、松葉を燃やしはじめた。

白い煙がもくもく湧きあがった。

秀吉は、とたんに愉快になった。

「はは。これはよい。これはよい趣向だ。気に入ったぞ」

起きあがって手を叩いた。

「座興《ざきよう》でございます。お許しくださいませ」

「いや、愉快だ。こんな愉快なことを、どうしていままでせなんだのか」

「茶の湯の外道でございますれば」

「ふん。茶を飲むのに、外道も王道もあるまい。その日、その時のこころに適うのがなによりであろう」

秀吉のことばに、利休が深々とうなずいた。

「まことに至言《しげん》でございます。深くこころに刻ませていただきます」

松葉をふすべながら、利休は金蒔絵の重箱をひろげた。蒔絵は貝尽くし。なかは握り飯だ。

「およろしければ」

「もらおう」

手にとって口にはこぶと塩だけで握った飯が、ことのほかうまく感じられた。

大きな握り飯を食い、青竹の筒から酒を二、三杯飲むと、腹がくちく眠くなった。

秀吉は、ふたたび虎の皮に横になった。

満ち足りた気持ちである。

――いつかこの海に。

一万艘《そう》、二万艘の船をうかべて、朝鮮に攻め入るのだ。

そう思えば、ことのほか愉快である。

うつらうつら、ひと眠りして目が覚めたとき、湯の沸く音が聞こえていた。

気分が爽快である。

「薄茶をもらおう」

「かしこまりました」

釜の前にすわっていた利休が、小さくうなずいた。赤い楽茶碗に、手際よく茶を点てている。

蜜をからめた胡桃をひとつつまんで口のなかをととのえ、ゆっくり一服あじわった。

いまここに、こうして生きていることを、ありがたいと感謝したくなった。

もう一服所望した。

腹の底からもれた溜息が、長年のあいだわだかまっていた不満や鬱屈をすべて吐き出してくれた。

馬車馬のごとく忙しく突き進んできた人生だったが、ほんのひととき、こんなゆっくりした時間がもてるならば、また明日から力いっぱい突き進めると思った。

「うまかった。いや、よい茶であった」

秀吉が褒めると、利休がかしこまった。

「おそれいります」

秀吉は、しばらく海を見ていた。波はいたって静かだ。

これから、天下人としてなすべきことが、まだ山のようにある。それをひとつずつ片づけて、この世の頂点に昇りつめるのだ。きっとすべてがうまくいくだろう。

気配にふりむくと、利休が燃え残りの松葉になにかを入れたところだった。

香であろう。利休が手にしている香合《こうごう》が、指のすきまからわずかに見えた。ほんの少ししか見えていないのに、やけに鮮やかな緑色が目に飛び込んできた。

「見せてくれ」

うつむいた利休が、体をこわばらせた。掌を強く握りしめている。

「見せよ」

いまいちど命じた。

利休の握り拳は開かない。

「見せよ」

さらに鋭く命じた。利休の掌がゆっくりと開いた。

奪うようにして手に取り、しげしげ眺めると、鮮やかな緑釉《りょくゆう》がかかった小さな平たい壺である。いままで秀吉が目にしたどんな陶器、磁器《じき》より瀟洒で繊細だ。

「こんなよい品をもっていながら、なぜいままで見せなんだのか」

秀吉は、利休に裏切られた気がした。世に伝わる名物についてあれこれ教えてもらったが、こんな美しい香合があるとは、ひとことも聞いたことがなかった。

「わしにくれ。望みのままに金をわたそう」

黄金五十枚から値を付け、ついには黄金一千枚出すとまでつり上げたが、利休は首を縦にふらない。

「お許しください。わたしに、茶のこころを教えてくれた恩義ある方の形見でございます」

利休がめずらしく狼狽《うろた》えている。

左手に香合を入れていた袋を握っている。色はすっかり褪せているが、韓紅花《からくれない》の上布《じょうふ》である。

秀吉は、利休を見すえた。利休がずっと隠していた秘密を見た気がした。

「女人じゃな。女に茶をなろうたか」

「いえ……」

「隠すな。見通しじゃ。ならば、その女人の物語をせよ。どんなおなごであったか。おまえが惚れたなら、さぞや麗しい美形であろう」

秀吉がいくら問い立てても、利休は膝の上で拳をにぎりしめ、頑なにすわったまま、じっと体をこわばらせているばかりであった。

黄金の茶室

利休

利休切腹の五年前──
天正十四年（一五八六）一月十六日
京　内裏　小御所

一

内裏の小御所《こごしょ》のなかに、黄金の茶室が組み上がったとき、利休は、低いうめき声をもらした。

──かくも、美しいか。

黄金と、鮮烈な緋色のとりあわせが、これほどまでに官能的で美しいとは、不覚にも、おもっていなかった。

儀式のとき以外、ふだんあまりつかわれることのない小御所は、紫宸殿《ししんでん》と渡り廊下でつながっている。白木の柱と床、それに襖だけのがらんとした空間である。

その屋内に、黄金の茶室ができている。

おりしも、小御所の軒端《のきば》から、朝の光がさしこんできた。

茶室の壁といわず鴨居といわず、あらゆるところで、金色の光が、まばゆくはじけ、まさにそこが宇宙の中心でもあるかのように、燦然と煌めいている。

まことに荘厳なながめであった。

「もうできたか」

秀吉があらわれた。

赤い小袖に金襴の羽織を着たこの小男こそ、世にもまれなこの茶室の所有者である。

あとにつづいた白粉顔《おしろいがお》は、元関白の近衛前久《このえさきひさ》だ。

「黄金の茶室と聞いて、はて、どのようなものかと思案をめぐらせておったが、いやいや、これほどまでに仰山《ぎょうさん》な金がつこうてあるとは、驚いた」

近衛前久は、秀吉よりひとつ年上なだけだが、秀吉の親代わりである。

近衛家のうしろだてを得て、秀吉は、去年、関白に就任した。

秀吉は、返礼として、この小御所で、帝や親王らに茶を献じた。

名物の茶道具をおしげなくならべ、秀吉としては、大いに見栄を張って力をいれた茶の湯であったが、帝は、かくべつ驚いた顔も見せなかった。

それが不満で、秀吉は、新しく黄金の茶室をつくらせたのである。

茶室は、横に長い平《ひら》三畳。

部材はばらばらにはずせる。黄金の柱を立て、黄金の敷居と鴨居をとりつけ、黄金の壁をはめこみ、黄金の天井をとりつけるだけで、どこでも簡単に組み立てることができる。

畳は、どんな赤よりも赤い猩々緋《しょうじょうひ》の羅紗《らしゃ》。

そこにすえた台子《だいす》皆具《かいぐ》の茶道具も、すべて黄金でできている。

正面の縁の口に立てた四枚の障子戸も、むろん骨まで黄金で、紙の代わりに薄い紗織《しゃお》りの絹がはってある。その紗もまた、とことんまで赤さをきわめた緋色に染められ、豊臣家の五七の桐紋が、目立たぬようほんのり淡く染め抜いてある。

鮮烈な黄金と緋色――。その二つの色だけでできあがった茶の席なのである。

ふだん、利休が好む侘びた風情とは対極にある座敷だが、これはこれで、黄金に映えた緋色が、えもいわれぬ静謐さを醸している。

「いったいどれぐらいの金がつこうてあるのかな」

近衛前久がたずねた。

「無垢でございますので、風炉がいちばん重く、ざっと五貫目はございましょう。台子と道具一式にて十五貫目。茶室は、すべて金でつくりますと重すぎて運べなくなりますので、檜《ひのき》の板のうえに金の延べ板をはってございますが、それでも、三貫目はつかっております」

平伏した利休がこたえた。

「どうじゃ、これならば、帝も腰をぬかされるであろう」

秀吉が、自慢げに胸をそらせた。

「まこと、唐天竺にも南蛮にも、このような茶室はおじゃるまい。去年の茶の湯もかくべつでおじゃったが、茶の湯を知らぬ者なら、こちらのほうが胆を潰されるであろうのう」

前久のことばを、利休は頭をさげたまま聞いていた。

去年、ここでおこなった茶の湯は、かぐわしい高貴さのなかにも華やぎのある台子の茶であった。

茶入の棗《なつめ》に菊の紋の蒔絵をほどこし、釜にも菊の紋を入れる念のいれようで、名物以外の道具は、すべて新調であった。それをあとで帝に献上した。

秀吉にかわってすべてのしたくをととのえた利休は、生涯で最高の面目《めんぼく》をほどこしたと大いに満足していたが、亭主役の秀吉は、不満らしかった。

「新田《にった》肩衝《かたつき》も、似茄子《にたりなす》も値打ちのわからぬ者には、ただの土器《かわらけ》じゃからな」

秀吉に相づちを求められた利休は、あいまいな顔でうなずいた。

どちらも名高い名物の茶入である。

そのふたつの名物を、秀吉は、銭一万貫文《がんもん》の高値で買い入れた。

金にしてざっと十八貫目で、じつは、この黄金の茶室と同じ価《あたい》なのだが、小さな茶色い焼き物では、見る者はさして驚かない。いくら、肌や釉薬に絶妙の景色があるといったところで、所詮は、ただの陶器にすぎない。

それが、秀吉には不満でならなかったのだ。

あのとき、帝への献茶を終えて小御所を出た秀吉は、とてもいまいましそうだった。

歩きながら、利休にたずねた。

「帝の驚いた顔が見たい。いま一度、茶を献じる。なにか思いつきはないか」

たしかに、帝や親王たちは、とりすました顔で茶を飲んだだけで、格別の沙汰はなかった。

「やんごとなき際におかせられましては、あまりお気持ちを、あらわにはなさいますまい」

利休の返事に、秀吉が首をふった。

それでは不満なのだ。関白秀吉のしたことは、すべてだれからも絶賛されなければならない。

「工夫いたしましょう」

こたえた瞬間、利休の脳裏に、珍奇な創意がひらめいた。

「黄金の茶室は、いかがでしょう」

即座に秀吉が手を打ち鳴らした。

「それはすばらしい。急ぎつくれ」

すぐに図面を引いて、堺の職人に作らせた。

大坂城の御殿内《ごてんない》でも組み立ててみたが、やはり九重《ここのえ》のうちにあるほうが圧巻である。

黄金の光さえ、ひときわ凜と冴えて見える。

「俗かと思うておったが、幽玄のきわみでおじゃるな」

前久がつぶやくと、秀吉が目を細めた。

「まこと、なかは、この世の蓬萊仙境《ほうらいせんきょう》でござるよ。くっくっ」

秀吉が下卑た笑いをもらした理由を、利休は知っていた。関白は、この茶室で……。

たしかに、それは美しい光景であろう。

利休は、黙って頭を下げた。

まもなく、この黄金の席に帝をお招きして、関白秀吉が、茶を献じる。

「帝も親王も、さぞや驚かれることでおじゃろう。いや、長生きはしてみるものじゃ」

近衛前久に言われて、利休は平伏した。

仰々しい束帯の衣ずれの音が、利休の頭の前をとおりすぎていった。

二

「どれ……」

利休は、できぐあいをたしかめるため、黄金の茶室に入って、障子を閉めた。

猩々緋の畳にすわると、あまりにも艶めいた風情に、しばらく声が出なかった。

「まったく……」

おもわず、一人でうなってしまった。

緋色の紗をすかした光が、壁の黄金をねっとり赤く染めている。

赤い畳が黄金の天井に反射して、さらに赤みが濃く深まる。

台子にすえた風炉や水指《みずさし》の丸みにも、緋色がまとわりついて、ひときわ麗しい。

妖艶、と呼ぶのさえ、下卑た気がする。

この黄金の茶の席は、憂き世とはまったくへだたった不可思議な異世界である。

宇宙のまんなかにあるという須弥山《しゅみせん》のいただきの宮殿から、とっぷり暮れた夕焼けをながめれば、こんな味わいか。

絢爛《けんらん》、荘重、雅醇《がじゅん》、粋然《すいぜん》……、どんなことばをあてはめても、この席の濃厚にしてしめやかな風韻をつたえることはできまい。

黄金と緋色の空間にすわり、利休は、じぶんの茶の湯をふりかえった。

――おもえば、遠くまで来た。

堺の町で、侘び茶をはじめたのは、まだ十代のなかばだった。

それから四十余年。いろいろな茶の席をしつらえてきたが、ついにこんな席をつくってしまった。

堺の浜のうらぶれた苫屋《とまや》とは、なんとへだたった世界であることか。

――ここにすわれば、いっさいの邪念が消え去る。

そうおもってから、利休は苦笑した。

――いや、これこそ邪念、邪欲のかたまりではないか。

利休は、四方の黄金を見まわして、首をすくめた。

じぶんを取り囲んでいるのは、ただ剝き出しになった現世の欲望ではないか――。

――しかし……。

利休は、首をふった。

侘び、寂びの趣をたのしむ草庵をつくってきたが、ただただ鄙《ひな》びて枯れた風情を愛したのではなかった。

鄙びた草庵のなかにある艶《あで》やかさ。

冷ややかな雪のなかの春の芽吹き。

——命だ。

侘びた枯《からび》のなかにある燃え立つ命の美しさを愛してきたのだ。

燃え立つ命の力を、うちに秘めていなければ、侘び、寂びの道具も茶の席も、ただ野暮ったくうらぶれただけの下賤な道具に過ぎない。

あらためて、じぶんで得心して、うなずいた。

——利を休めとは、よくぞつけてくれたもの。

それまで宗易と名乗っていた堺の干魚《ほしうお》商人千与四郎《よしろう》が、利休の法号を帝から賜ったのは、去年の小御所の茶会に際してである。

その名を帝に奏上したのは、大徳寺の古溪宗陳。

「名利頓休《めいりとんきゅう》……でございますか」

内裏をさがってから大徳寺をおとない、利休という号の由来をたずねると、宗陳が首をふった。

「なんの、老古錐《ろうこすい》となって、禅にはげめという意味であるわい」

言われて、利休は、深々とうなずいた。

「名利頓休」の「利」ならば、いたずらに、名利や利益をむさぼるな、という教えである。

老古錐は、古びて、きっさきの鋭利さをなくした丸く役に立たない錐《きり》のことだ。「利」は、刃物の鋭さを意味することになる。

鋭さも、ほどほどにせよ、という教えをこめた「利休」である。

こころのなかのすべてを、宗陳に見ぬかれている気がした。

「いくら押し隠しても、あなたは鋭い。目が鋭い、気が鋭い、全身が鋭い」

「そうかもしれません」

たしかに思い当たることがある。

「そろそろ、丸く鈍な境涯に悟達《ごたつ》なさっても、よろしかろうと思うてな」

「ありがとうございます」

利休号をさずかったばかりの宗易は、両手をついて頭をさげた。

年下ながらも、宗陳には、いつも、すべてを見ぬかれている気がしていた。じぶんが抱《かか》えている深い闇の底までを。

その日から、秀吉の茶頭《さどう》千宗易は、千利休となったのであった。

——まこと、人の生は流転の旅路だ。

流れ流れて、こんな茶室をつくってしまったじぶんが、利休は、われながら怖ろしかった。

——わしのこころの底には……。

暗く、深い穴がぽっかりあいている。

そこから吹いてくる風が、いつも利休を狂おしく身悶えさせる。

利休は、さきほどの秀吉の下卑た笑いを思いだした。

大坂城で、ためしに組み立てた黄金の茶室で、秀吉は女を抱いたのだ。

見ていたわけではない。

つぎの間で控えていた利休は、女のむせび泣く声を聴いた。

聴きながら、利休は、淫蕩な想念が、勝手に走り出すのをどうすることもできなかった。

それは、黄金の茶室を思いついたときから、利休の脳裏にあった光景である。秀吉は、利休とおなじ衝動をおぼえて、実行したにすぎない。

——あの女……。

利休は、またあの女を思い出していた。

——この茶室にすわらせてみたかった。

あの女なら、白い肌が、黄金と緋色にはえて、さぞや美しかろう。きりりと切れ上がった目が、冷ややかで妖しかろう。

この黄金の茶室には、あの女の肌こそよく似合う。

生まれたままの白い肌をすべてあらわにさせてここにすわらせ、緋色の障子越しにながめてみれば——。

あでやかさは、ことばに尽くせまい。

しばらくのあいだ、利休は、その妄念をひとり秘かに愉しんだ。

金襴の束帯に着替えた秀吉が、小御所にあらわれた。うしろに長く、赤い裾を垂らしている。

三

たっぷりの布でしたてた束帯をまとうと、秀吉は、ますます小柄に見えた。

貧相な顔立ちの男だが、関白にまで昇りつめた自信が、眼の光にみなぎっている。

いや、信長の家来だったむかしから、眼光の強い男だった。

まっすぐに前を見すえて、いささかも首を動かさない。じっと、遠い未来を見つめている眼差しだ。

きょうは、ひときわ顔がつややかである。

ゆったりと歩いて、茶室の前に腰をおろした。

帝がおでましになった。

秀吉が、うやうやしく両手をついて迎えた。

しぐさは鷹揚で、じつに堂に入っている。小柄ながらも関白の威厳がある。しかも、黄金の茶室が、この小男には、なんとよく似合っていることか。

小御所の外の縁で百官《ひゃっかん》や侍たちに混じって見ていた利休は、大いに感心していた。

――あの男は……。

生まれついての天下人であろう。

天が下の森羅万象《しんらばんしょう》をおもいのままに、あやつり、ねじ曲げる才覚をもっている。

——信長公より……。

人心の掌握に、はるかにたけている。

つい、そんなことまで思った。

それほどまでに、秀吉は得意げで、堂々としている。

黄金の茶室には、正親町帝《おおぎまちてい》とお二人の親王が入られた。

茶室の前に敷いた畳に、御相伴衆《ごしょうばんしゅう》として、親王がもうお一方、近衛前久、そして菊亭《きくてい》大納言《だいなごん》晴季《はるすえ》がならんだ。

「率爾《そつじ》ながら、茶の前に、粗餐《そさん》をご用意いたしました」

去年は、茶の湯にさきだって帝から一献《こん》賜った。ことしは、秀吉の振る舞いである。

したくはすべて利休が差配して、奥でととのえさせた。

黒い束帯すがたの中将《ちゅうじょう》やらが、膳をはこんできた。

黒塗りの本膳にのっているのは、鶴の膾《なます》、串鮑の煮物、烏賊《いか》と青菜の和えもの。

利休は、ご無礼にならぬよう気づかいながらも、黄金の茶室のなかの帝のようすを、じっとうかがっていた。

赤い紗のむこうで、帝の箸がよくうごいている。

——これなら。

ご満悦であろう。

つぎに出した菓子は、縁高《ふちだか》に、麩の焼き、しいたけ、焼き栗、こんぶ。

これも、帝はお気に召したようで、利休は胸をなでおろした。

秀吉が、黄金の台子の前にすわった。

ゆるりとかまえて、帛紗《ふくさ》をさばき、黄金の釜の蓋をとった。

台子の茶の湯は、真行草《しんぎようそう》の真。

なによりも、格式を重んじる。帛紗ひとつにしても、草庵の茶よりていねいに手間をかけ、四方にさばく。

秀吉は、黄金の柄杓《ひしやく》を悠然とかまえ、湯を汲んだ。

黄金の天目茶碗に湯をそそぎ、温めている。

湯をこぼし、茶巾でぬぐうとき、茶碗をきっちり水平にもつ。

茶碗の周囲を丹念に四度ぬぐい、内側は五度拭く。

どこまでも、おごそかに、秀吉は茶を点《た》てた。

――じつに、不思議な男だ。

利休は、秀吉の点前《てまえ》に、感じ入らないわけにはいかない。

野人《やじん》かと侮っていると、どきりとするくらいの鋭さを見せる。

――わしより、はるかに鋭利なくせに、微塵もそれを、人に見せぬ。

秀吉という男を見ていると、じぶんなどは、ただ愚直なだけの茶坊主だとおもえてくる。

――天下人になるほどの男は……。

鋭さを、見せるも隠すも自由自在。どこまでも鋭くなれるし、それを綿で包み隠し、笑いにまぎれさせてしまうのもお手の物なのだ。

とても、利休ごときに真似のできるわざではない。茶道具の目利きや座敷のしつらえについてならば、天下一の自負はあっても、それを剝き出しに見せているようでは、まだ人として底が浅いといわねばなるまい。

まったく、人の道は、茶の湯の道より、奥が深い。

秀吉は、一服ずつ丹念に茶を点て、帝、親王、近衛前久らに献じた。堂々とした点前であった。正しいことを正しくおこなっているという自負をもっているようだ。利休でさえ、帝を前にするとなれば、あのようにはいくまい。

帝をはじめ、一座の男たちが、茶を喫《きつ》して奥にひきあげた。

かわって、局《つぼね》つぼねの女房たちが、見物にやってきた。

色目《いろめ》もあざやかに着飾った女たちが、黄金の茶室を見て、はしゃいだ声をあげた。

「まあ、日の本には、このように仰山な金がございましょうか」

心底おどろいた顔をしている。

「あるある。わしの大坂の城には、もっとたくさんござりますぞ」

秀吉はことのほか機嫌がよい。

女房衆が茶室にすわると、秀吉が障子戸を閉めた。

「いかがでございます。極楽のように美しゅうございましょう」

「ほんに、この世のものとは思えませぬ」

若い女房の白い頰が、緋色の紗をすかして艶めいて見える。

女たちは、次からつぎへとあらわれた。

親王につかえる上臈《じょうろう》たちは、華やいだ色を幾重にもかさねて唐衣《からごろも》を着ているので、黄金の茶室のまわりにいるだけで、花が咲き乱れたほどのあでやかさである。

公家もやってくる。

利休は、茶を点てて、飲ませた。

入れ替わり、立ち替わり、女たちや殿上人があらわれた。高貴にとり澄ました男でも女でも、巨大な黄金のかたまりを見ると、みな、目の色が変わった。

――欲に、貴賤はないか。

利休は、ひとつ賢くなった気がした。

鄙びた苫屋《とまや》で喫するのも茶であるし、黄金に囲まれて喫するのも、また茶である。どちらがよいも悪いもなかろう。

人の波がとだえたのは、夕刻ちかかった。

利休は、縁から小御所の庭を見やった。

広い池のうえで、初春の陽光が、淡く暮れなずんでいる。

「茶を、飲ませてくれ」

黄金の茶室にすわっている秀吉がつぶやいた。

「かしこまりました」

すでに、近衛前久もひきあげた。控えているのは、小姓だけである。

利休は、平伏して、黄金の茶室に入った。

気をつけて炭を足していたので、湯はまだ沸いている。

春の夕暮れの静けさのなかで、黄金の釜の湯音が、仙界《せんかい》の風の音にきこえた。

黄金の天目茶碗に薄茶を点て、秀吉にさしだした。

秀吉は、黙って茶を喫した。

黄昏どきのことで、空がほのかな紫色に染まっている。茶室のなかが、おぼろに幻惑的な光に彩《いろど》られている。

「おまえ、ここにすわって、なにを思うたか」

秀吉が、利休にたずねた。

「はい……」

なにを訊かれているのか、わからなかった。

「関白殿下の御威光、ここに極まれりと存じます」

苦く笑った秀吉の口もとに、皺が深い。

「さようなことは訊いておらぬ。この茶室のことだ」

「すばらしき極楽かと」

秀吉が、首をふった。

「ちがう。なぜ、このような茶室を勘考《かんこう》したかをたずねておる」

利休は、返答に詰まった。

「関白殿下のお好みかと存じまして、創意いたしました」

「わしの好みに合わせたわけではあるまい。ここにすわっていると、皮をひきはいで剝き出しにしたおまえのこころを見ているようだ」

利休は、喉もとに短刀を突きつけられた気がした。

黄金の釜の湯音が、耳から遠ざかった。

「おまえは、怖い男だな」

「おそれいります」

「おまえほど欲と色が強い男は、ほかに見たことがない。わしも相当だと思うておったが、なに、おまえに比べれば、童《わらべ》のごときだ」

「お恥ずかしいかぎりでございます」

「おまえなら……」

いいかけて、秀吉が口をつぐんだ。

「なんでございましょう」

「いや、ばかなことを思いついた」

秀吉は笑っている。

利休は黙ってことばがつづくのを待った。

「おまえが女を目利きして、床入りまで万端《ばんたん》しつらえれば、さぞや風雅な閨《ねや》が堪能できるであろうと思うたまで」

「めっそうもないことです」

「ざれごとではない。こんどは茶ではなく、女人を馳走せよ」

「さような仕儀《しぎ》はいたしかねます」

ゆっくりと利休は首をふった。

ふん、と鼻を鳴らした秀吉は、さして気にとめたようすもない。うすく笑って、もう立ち上がっている。

利休は平伏した。

「慢心するでないぞ」

かるく言い捨てて立ち去る秀吉の衣ずれの音が、いつまでも利休の耳に粘りついた。

白い手

あめや長次郎

利休切腹の六年前——

天正十三年（一五八五）十一月某日

京　堀川一条

一

京の堀川は、細い流れである。

一条通りに、ちいさな橋がかかっている。

王朝のころ、文章博士《もんじようはかせ》の葬列が、この橋をわたったとき、雷鳴とともに博士が生き返った——。そんな伝説から、橋は戻り橋とよばれている。冥界からこの世にもどってくる橋である。

その橋の東に、あめや長次郎は、瓦を焼く窯場をひらいた。

「関白殿下が、新しく御殿《ごてん》を築かれる。ここで瓦を焼くがよい」

京奉行の前田玄以《げんい》に命じられて、土地をもらったのである。

聚楽第《じゅらくてい》と名付けた御殿は、広大なうえ、とてつもなく豪華絢爛で、まわりには家来たちの屋敷が建ちならぶらしい。

すでに大勢の瓦師が集められているが、長次郎が焼くのは、屋根に飾る魔よけの飾り瓦である。

長次郎が鏝《こて》とヘラをにぎると、ただの土くれが、たちまち命をもった獅子となり、天に咆吼《ほうこう》する。虎のからだに龍の腹をした鬼龍子《きりゅうし》が、背をそびやかして悪鬼邪神をにらみつける。

「上様は、玉《ぎょく》の虎と、金の龍をご所望だ。お気に召せば、大枚《たいまい》のご褒美がいただけるぞ」

僧形の前田玄以が請けあった。

「かしこまった」

すぐに、準備にかかった。

まずは、住む家を新しく建てさせ、弟子たちと移った。

そこに大きな窯を築いて、よい土を集めた。

池を掘り、足で土をこねる。

台にのせて、手と鏝でおよその形をつくり、ヘラで削《けず》っていく。

乾かし、釉薬《ゆうやく》をかけて焼く。

今日は、焼き上がった瓦の窯出しである。

「どんなもんや。ええできやないか」

弟子が窯から取りだしたばかりの赤い獅子のできばえに、長次郎は大いに満足した。

獅子は、太い尻尾を高々とかかげ、鬣《たてがみ》を逆立てて牙を剝き、大きな目で、前方をにらみつけている。

長次郎が、あめやの屋号をもつのは、飴色の釉薬をつかって、夕焼けのごとき赤でも、玉のごとき碧《みどり》でも、自在に色をつけられるからである。

明国からわたってきた父が、その調合法を知っていた。

しかし、父は、長次郎に製法を教えなかった。

なんども失敗をくり返し、長次郎はじぶんで新しい釉薬をつくりあげた。

長次郎の子も、窯場ではたらいているが、釉薬の調合法を教えるつもりはない。

——一子相伝《いっしそうでん》にあぐらをかいたら、人間が甘えたになる。家はそこでおしまいや。

父祖伝来の秘伝に安住していては、人間は成長しない。代々の一人ひとりが、創業のきびしさを知るべきである——。それが父の教えだった。

まだぬくもりの残る窯のなかから、弟子たちが、つぎつぎと飾り瓦を運び出してくる。

いずれも、高さ一尺ばかり。

できばえは、文句なしにみごとである。

龍のつかむところに雲があり、虎のにらむところに魔物がいるようだ。

得意な獅子も焼いた。

造形もうまくいったが、赤い釉薬がことのほかいい。

冬ながら、空は晴れて明るい陽射しが満ちている。

その光を浴びて、獅子にかかった赤い釉薬が銀色に反射した。

「いい色だ」

長次郎の背中で、太い声がひびいた。

ふり返ると、大柄な老人がのぞき込んでいた。

宗匠頭巾《そうしょうずきん》をかぶり、ゆったりした道服《どうぶく》を着ている。真面目そうな顔の供をつれているところを見れば、怪しい者ではないらしい。

「なんや、あんた」

窯場には、まだ塀も柵《さく》もない。こんな見知らぬ人間が、かってに入ってくるようなら、すぐに塀で囲ったほうがいいと、長次郎はおもった。

「ああ、ご挨拶があとになってしまいました。わたしは、千宗易《せんのそうえき》という茶の湯の数寄者《すきしゃ》。長次郎殿の飾り瓦を見ましてな、頼みがあってやってまいりました」

ていねいな物腰で、頭をさげている。

長次郎は、宗易の名を聞いたことがある。関白秀吉につかえる茶頭で、このあいだ、内裏に上がって、利休という勅号《ちょくごう》を賜ったと評判の男だ。

「飾り瓦のことやったら、まずは、関白殿下の御殿がさきや。あんたも聚楽第に屋敷を建てるんやろうが、ほかにも大勢注文がある。順番を待ってもらわんとあかん」

権勢を笠に着てごり押しするような男なら追い返そうと思ったが、老人は腰が低い。

「いや、瓦のことではない。茶碗を焼いてもらおうと思ってたずねてきたのです」

長次郎は、すぐに首をふった。

「うちは、瓦屋や。茶碗やったら、五条坂に行きなはれ。ちかごろ窯ができたそうや」

こんどは、宗易が首をふった。

「いや、あなたに頼みたいと思ってやってきた。話を聞いてもらえませんか」

顔は穏やかだが、宗易という老人は、粘りのつよい話し方をした。

――人間そのものが粘っこいのや。

長次郎はそう感じながらも、宗易のたたずまいに惹かれた。

――この爺さん、なんや得体が知れん。

ただそこに立っているだけなのに、窯場の空気がひき締まるような、不思議な重みがある。

――よほどの数寄者にちがいない。

長次郎の直感が、そうささやいている。目利きの数寄者なら、教わることがあるかもしれない。

「窯出しが終わったら、お話をうかがいましょ。それで、よろしいか」

「けっこうです。おや、あの虎は、とくにできがいい。天にむかって吠えている」

いま弟子が窯から出してきたばかりの虎は、たしかに、ずらっとならんでいるなかでも、いちばんよいできである。

長次郎は、宗易の目利きのするどさに驚いた。

二

「土を見せてほしい」

と宗易がいうので、長次郎は、小屋にいざなった。

板敷の間に、粘土のはいった桶がいくつもならべてある。

「土は、どこから採ってくるのですか」

「木津川《きづがわ》の奥に、ええ蛙目《がえろめ》の土がある。雲母《うんも》がちょっと混ざってて、焼くときらりと光ってくれるのや」

めずらしそうに土をながめ、手で触ってから、宗易は藁で編んだ円座《えんざ》にすわった。

長次郎は、手あぶりの火鉢を、宗易のそばに置いてやった。

「茶碗を焼けという話やが、わしは轆轤《ろくろ》をつかわへん。まん丸の茶碗はよう焼かんけど、それでええのか」

「焼いてもらいたいのは、手のすがた、指のかたちにしっくりなじむ茶碗。轆轤をまわしては、とても作れません」

宗易が両手を合わせて、茶碗を抱くしぐさをした。手は大きいが、指が長く、いかにも非凡で器用そうだ。

「ほう」

長次郎は、宗易の手に惹きこまれた。

――この人は、ほんまの数寄者や。

茶の湯の数寄者なら、何人も知っている。みんな、唐渡りの茶碗を自慢する嫌みな男たちだ。

この宗易は、まるで違っている。

じぶんの茶の湯の世界に、どっぷり浸り、ただただ、使いごこちのよい茶碗を求めている。

「轆轤をつかうのは、たくさん作りたいからです。茶碗をつかう人の楽を考えてのことではない。あなたは、ヘラがあれば、どんな形でも、自在につくりだせるでしょう」

「それが職人の腕の見せどころやさかいな」

と、答えたとき、長次郎は、もう、茶碗を焼いてもよい気になっていた。いや、むしろ、焼いてみたくなっていた。

飾り瓦はむろん焼かねばならないが、朝から晩まで虎や龍ばかりこしらえているのも、飽きがくる。

気分転換に、茶碗などはもってこいだ。

――造作なく作れる。

長次郎は、自信があった。見たこともない獅子でさえ、みごとに造形する腕がある。人間の手になじむ茶碗など、なにほどのこともあるまい。

「やらせてもらいましょ。お気にめす茶碗が焼けますかどうか」

控えめにいったのは、謙遜である。しっくりと手になじむ茶碗を焼いて、世に名高いこの茶人を驚かせてやろうとたくらんだ。

「できましたか」

何日かしてまた宗易がたずねてきたとき、長次郎は、茶碗を三つ焼いていた。

どれも、注文通り、手によくなじむ茶碗である。粘土をひねり、人の掌にぴったり寄り添うようにこしらえた。

釉薬は黒がふたつに、赤がひとつ。

茶碗をもちだすとき、長次郎は、宗易がどんな顔をするか楽しみだった。

「いかがでしょう」

宗易の膝の前にならべた。

じっと見つめている宗易の目は、けっして喜んでいなかった。

むしろ、気に喰わぬげである。手に取ろうともしない。

「世辞はにがてでしてな。思ったままにいわせてもらってよろしいかな」

ことばは柔らかいが、背筋の伸びた頑なな美意識が感じられた。

「なんなりと……」

宗易の重そうな瞼が大きく開いた。眼光の鋭さは、この世の真理をすべて見ぬこうとしているかのようだ。

「ひとことでいえば、この茶碗はあざとい。こしらえた人間のこころのゆがみが、そのまま出てしまった」

「おれがゆがんでいるやと」

おもわず、長次郎は腰を浮かせた。相手が老人でなければ、殴っているところだ。

「あざといというて悪ければ、賢《さか》しらだ。こざかしくて、見ていて気持ちが悪い」

よけいひどい。

長次郎は、宗易をにらみつけた。こととしだいによっては、ただでは措《お》かないつもりである。

宗易は、淡々としている。感じたままを、虚心坦懐《きょしんたんかい》に話しているようだ。

「あなたは、掌に媚びた」

「えっ」

胸をぐっと突かれた気がした。

「媚びた……」

「そうです。茶碗を掌に寄り添わせようとした。掌になじむということと、媚びて寄り添うのはまるでちがう」

言っていることが、なんとなくわかった。

「茶碗は、掌に寄り添うまえに、毅然とした気品がなければならない。あなたの茶碗は、媚びてだらしがない」

長次郎はじぶんの茶碗を見つめなおした。

――たしかに。

指がなじむようにと、そればかり考えて土をひねったので、全体のすがたに締まりがなく、美しくなかった。

悔しいが、指摘されて気がついた。

「それに、重い」

宗易は、まだ茶碗を手に取っていない。

「あんた、持ってないやないか。なんで重いとわかる?」

「わかります。その茶碗はぼってりと重い。わたしがほしいのは、持ったとき、すうっと気持ちのなかに溶け込んでくる茶碗。はっと驚くくらい軽く焼いてほしいのです」

長次郎は、茶碗を手に取った。さして肉厚に焼いたわけではない。そこそこの重さはあるが、もとが土なのだからしかたないところだ。

「感嘆するくらい軽く、そして、柔らかく」

「柔らかくなぁ……」

瓦なら、固く焼き締める。焼成《しようせい》時間を短くすれば、柔らかい肌になるが、それでは欠点が生じる。

「柔らかい茶碗は、割れやすいで」

宗易がうなずいた。

「かまいません。かたちのある物は、すべて壊れます。壊れるから美しい」

「そらまあ……」

茶の湯の席で、ていねいに扱うなら、丈夫でなくてもいいのかもしれない。

「武家のいかつい手で持っても無骨に見えず、女人の白く美しい指で持ってもひ弱に見えぬ茶碗。お願いできますね」

長次郎は、すぐにはうなずかなかった。

内心、とんでもない老人と関わりになってしまったと後悔していた。

宗易の話しぶりは、けっして長次郎を責めているのではなかった。

ただただ、ほんとうに美しく気に入った茶碗が欲しいという一念だけが感じられた。

「わかった。やってみましょ」

返事をしたときから、長次郎の地獄がはじまった。


作業台に粘土のかたまりを置く。

最初は、それを指ほどの太さの紐にして、輪をつくりながら巻くように積みかさねて、形をこしらえた。

紐の筋が、しっくり指になじむように工夫したのだが、たしかに全体のすがたが媚びているかもしれない。

——茶碗が立ってへんのや。

へんな言い方だが、茶碗が茶碗であるための大切ななにかが、欠落しているようだ。

宗易のことばが、なんどもよみがえる。

——毅然とした気品のある茶碗。

それでいて、はっとするほど軽く柔らかく、掌になじみ、こころに溶け込んでくる茶碗——。

わがままな注文ばかりならべて宗易は帰った。

いくら粘土をひねり、捏《つく》ねても、毅然とした茶碗はできなかった。

「親方、これでよろしいでしょうか」

弟子が、ヘラでかたちをつくった虎を持ってきた。それなりの姿をしてはいるが、まるで命がこもっていない。

「そんなんで、魔物が追いはらえるかい。やり直せ」

じぶんでも、苛々しているのがよくわかった。

いくつも作っては、壊した。

つくっては壊し、焼いては壊した。

どうしても、満足できる姿にならなかった。

しばらくして、また宗易が窯場にやってきた。

長次郎はすなおに頭をさげた。

「安請け合いしてしもうたけど、あんたの注文はむずかしい。降参や。わしには、とってもでけん」

聞いていた宗易が、道服の懐から、色褪せたちいさな袋をとりだした。なかから、緑釉《りょくゆう》の小壺がでてきた。

ふっくらと胴のはったすがたのよい壺だった。

「ええ壺やな。楊貴妃が香油でも入れてたような」

長次郎は、小壺に見とれた。

「こんな気品がほしいのです」

たしかに、その小壺は、品があって毅然とした存在感がある。

「持って、ええかな?」

「どうぞ」

宗易が、小壺を掌にのせてくれた。

障子窓からさしこむ淡い冬の光にはえて、緑の釉薬が美しい。

長次郎は、両の掌で小壺を包んだ。いつまでも握りしめていたいほど、しっくりと掌になじんだ。

「こういうことか……」

つぶやいた長次郎は、宗易の望んでいる茶碗の姿が見えた気がした。

「そして、この指に似合う茶碗」

宗易は、小壺の蓋を取ると、なかから折りたたんだ紙を取りだした。

開いて、小さななにかをつまみ、長次郎の掌にのせた。

さいしょは、桜貝かとおもった。みずみずしい潤いのある桜色の薄片である。

見つめてぎょっとした。

「爪か……」

女の小指の爪だろう。ぞくっとするほど可憐で美しい。

「その白い指が持って、なお、毅然とゆるぎのない茶碗をつくってください」

うなずくのも忘れ、長次郎は、桜色の爪を見つめていた。

三

長次郎は、ひたすら土を捏《つく》ねた。
あの麗しい爪をおもえば、茶碗の姿がしぜんに浮かんできた。
作り方を変え、まず粘土で丸い円を厚めにこしらえた。
円のまわりから、両手ですくって包むように胴を立て、碗のかたちにする。
ヘラで高台を削りだし、内側を削る。
凜とした姿にするために、すさまじく緊張した。
飾り瓦の気晴らしにはじめたが、とても、そんな生半可な気持ちではできなかった。
——あの爪なら……。
指は、白く可憐であるにきまっている。
その指に似合う茶碗は、しっとり赤く小ぶりであるべきだ。
男の大きな手なら、すべて包めてしまうほどの茶碗。それくらいがちょうどよい。
命は、美しい指にある。
その命を、しぜんにさっくり受けとめるのが茶碗のあるべき姿だ。
余計な気持ちをすべてそぎ落とし、ただ、白い手のすがただけを思い浮かべた。

数日乾かして、焼いた。

窯は、新しく造った。

ふつうの家の竈《かまど》ほどの小さな窯である。一個ずつ焼くので、それでいい。竈のように、上に丸い穴を開けた。

茶碗は、素焼きの内窯にいれてそのなかに置く。

鍛冶屋がつかう鞴《ふいご》で風を送ると、炭が真っ赤に熾《おこ》った。素焼きの内窯が溶け出しそうなほど高温になった。

鞴をつよく吹いて、いっきに焼き上げた。

内窯の蓋を開くと、丸い茶碗が、夕陽の色に赤く染まっていた。

鉄の鋏《はさみ》でつかんで取り出し、灼熱のまま土間のすみの台に置いた。

熱が冷めると、軽くしっとりと潤いのある茶碗ができていた。

やってきた宗易に見せると、とたんに顔をほころばせた。

「これはいい」

両手で抱いて茶碗を持ち、茶を飲むしぐさをした。宗易の大きな手に、すっぽり心地よさげにおさまっている。

「媚びていないのがいい」

「ありがとうございます」

褒められて、長次郎は素直に嬉しかった。

茶碗は、素直な筒型で、底がなだらかにすぼまっている。ほんのわずかに胴が張り、口が内側にそっている。

赤い釉薬をかけてあるが、肌はざらりとした土の感触をのこした。それが、かえって柔らかみをひき立てている。

「とても軽く焼けましたね」

手に持つと、ふっと、魂でも抜けてしまったように軽い。

「茶が楽に飲めるように、苦しい重さは、あの世に送りました」

冗談だが、それくらい寝食《しんしょく》を忘れ、魂を捧げるほど茶碗にうち込んだ。じつは、瓦の粉をまぜて軽くしたのだが、そこまで宗易に明かす必要はあるまい。

「肌に、えもいわれぬ潤いがある」

白い女の指が似合うように焼いたのだと、自慢してやりたかった。

「飲み口もいい」

唇をつけたとき、茶が飲みやすいように、そこだけ肉を薄くした。

むろん、女人の麗しい唇に、吸いつくつもりでこしらえた。

「さっそく茶を点《た》ててみましょう」

宗易に誘われて、一条戻り橋をわたった。

そこから向こうは家がない。

あたりの野に、杭が打たれ、縄が張ってあるのは、聚楽第を建てる縄張りだ。

野に濃紺の毛氈《もうせん》を敷いた。

宗易の供が、石を組んで釜を掛け、火を起こした。

穏やかな小春日和で、野は枯れているが、小鳥が遊んでいる。

毛氈に置いた茶碗を見つめ、宗易は、目をほそめている。

なにかを思い出している顔つきだ。

たずねたかったことを、長次郎は、思い切ってきりだした。

「あの爪は……」

長次郎は、じっと宗易を見ていた。

茶碗から目をそらさず、宗易が口をひらいた。

「想い女《びと》の爪です。形見に持っています」

長次郎は、だまってうなずいた。思っていたとおりの答えだった。

「さぞやお美しかったんやろうな」

「天女かと思いました。それは白くて美しい手をしていました。この茶碗を持たせたら、とてもよく映《は》えるでしょう」

宗易の目尻に、皺《しわ》が寄った。茶碗を持つ女の白い手をどこか遠い彼方に見ているかのようだ。ひとつ大きな溜息をついた。

「あの女《ひと》に茶を飲ませたい――。それだけ考えて、茶の湯に精進してきました」

「しあわせな女人や」

宗易が首をふった。

「あんな気の毒な女はいません。高貴な生まれなのに、故郷を追われ、海賊に捕らわれ、売りとばされ、流れ流れて、日本までつれてこられた」

思わぬ話の展開に、長次郎は息をのんだ。宗易は、それきり、口を閉ざした。

湯音がたち、釜から湯気がのぼっている。

宗易が柄杓をとって、赤い茶碗に湯をそそいだ。

茶を点て、長次郎の前にさしだした。

茶碗は、じぶんでも驚くほど軽かった。

その軽みが、野ざらしの骨を思わせ、みょうにせつなくなった。

玄妙な気持ちで、茶を口にふくんだ。

味がしたのか、しなかったのか。飲みほすと、不思議な爽やかさだけが残った。冬空が、悲しいほど青い。

やがて、口中に苦みがひろがった。

人が生きることのとてつもない重さを、むりに飲まされた気がした。

待つ

千宗易

切腹の九年前——

天正十年（一五八二）十一月七日

山崎 宝積寺城 待庵

一

山崎の宝積寺城《ほうしやくじじよう》は、にわか作りの城である。

京と大坂のさかいにあるこの地で明智光秀を破ってから、羽柴《はしば》秀吉は、この城を根城《ねじろ》にしている。

天王山《てんのうざん》の山頂にあった古い曲輪《くるわ》と、山麓《さんろく》にある宝積寺をつかい、いそぎ石垣や柵をめぐらせただけなので、縄張りも普請《ふしん》もいたって中途半端だが、要害《ようがい》がいいし、なによりも西国街道の首根っこを扼《やく》することができる。

山に登れば、京の空がながめられる。

この城にいれば、いつでも京に駆け込める。京から敵が来れば、大坂から西国に逃げられる。

信長亡きあとの天下をねらう秀吉にとっては、ことのほか利のある場所であった。

冬のいまは、風が冷たい。

宝積寺の本堂のそばに、杉の庵と称する四畳半の茶の席がある。

宗易はそこの客畳にすわっている。

縁《えん》の障子に、朝の光がまばゆい。

細い鎖《くさり》でつるした霰釜《あられがま》が、小気味よい湯音をたて、湯気を噴いている。

点前座《てまえざ》にすわっているのは、秀吉である。

天下三碗のひとつと称される青磁の安井茶碗に、薄茶を点《た》てはじめた。

正客《しょうきゃく》は、今井宗久。

次客が、宗易。

つづいて津田宗及《つだそうぎゅう》、山上宗二《やまのうえそうじ》。

招かれたのは、四人の堺衆だ。

宗易の見るところ、きょうの秀吉は、苛立っている。帛紗《ふくさ》のさばき方や、茶筅《ちゃせん》の使い方に、落ち着きがない。

青磁の碗で、茶を飲み終えた宗久が一礼して口をひらいた。

「けっこうなお服加減でございました」

「ふむ」

あまりけっこうでなかったのは、秀吉自身が自覚しているらしい。眉根に皺が寄っている。気がかりなことがあるのだろう。

「それにつけましても、せんだっては、たいそうな御葬儀でございましたな。僧が法堂からあふれておりました」

宗久が、秀吉の気に入りそうな話柄《わへい》をもちだした。

秀吉は、本能寺で討たれた主君織田信長の葬儀を、先月、京の大徳寺でとりおこなったばかりである。

京の五山《ござん》から集めた五百人の僧侶が、七日間にわたって経を読み、三千人が参列し、一万人の侍が警固にあたった。

都の語り草になるほど大がかりな葬殮《そうれん》であった。

「あそこまでしておけば、誰も文句はいえまい」

秀吉が目尻だけで笑った。

やはり、こころが落ち着かないのだ。

じつは、秀吉から呼び出されて相談を受け、葬儀をするのがよいと示唆したのは、宗易であった。

最初、秀吉は、信長入滅百箇日《にゅうめつひゃくかにち》の法要をしたいと宗易に話した。

「されば、いまだに葬殮がおこなわれておりませぬ。法要よりなにより、先君の弔いをした者こそ、跡目を継げましょう」

宗易のとなえた正論を、秀吉は実行にうつした。

自然ななりゆきとして、越前にいる柴田勝家との対立が深まった。

信長の跡目は、秀吉と勝家の二大派閥が争っている。勝家は、秀吉がとりおこなった弔いを完全に黙殺した。

その後、軍使を送ってきた。

「柴田様は、いよいよしびれを切らしたごようすですな」

津田宗及が、つぶやいた。

つい、三日前まで、柴田勝家の軍使として、前田利家たちが、この城に来ていた。

和睦のためである。

秀吉は、この座敷で利家らに、茶をふるまった。

きょうは、その跡見の席で、軍使をもてなしたのと同じ道具がしつらえてある。

床《とこ》の軸は、南宋《なんそう》の禅僧虚堂智愚《きどうちぐ》の書。それも天下一名物と名高い生嶋《いくしま》虚堂である。

みごとな尼子《あまこ》天目《てんもく》も、木枯《こがらし》肩衝《かたつき》の茶入も飾ってある。

こんな名物揃いの席はざらにない。

それでも、亭主の秀吉は苛立っている。

――しびれを切らしているのは、柴田ではなく秀吉のほうであろう。

宗易は思った。

和睦は表面だけのことで、いずれ、秀吉は柴田と決着をつけねばなるまい。柴田とてそのつもりだろう。

ほんとうならば、いますぐにも軍を発して戦いを挑みたいところだが、秀吉は時機を待って苛立っている——。

「雪が降れば……」

宗易はつぶやいた。

雪が降れば、柴田は越前から出てこられない。

そのときこそ、秀吉は軍を発するだろう。宗易は、秀吉の心算をそう読んでいる。

「それよ」

秀吉の眉根の皺が、さらに深くなった。

「雪が降れば……」

秀吉がつぶやいた。織田信孝がいる岐阜城を囲むつもりだろう。

雪にはばまれて、越前にいる柴田は、援軍に出られない。

信孝は、寡兵だ。

降伏するしかない。

それは、とりもなおさず、天下が秀吉の掌《たなごころ》に転がり込んでくることを意味している。

もしも、雪が降る前にあわてて出陣して岐阜城を囲めば、柴田勝家に背後を突かれてしまう——。

待たなければならない。

北国街道が雪に閉ざされるまで、まだひと月はかかる。

それまで待たねばならない。

秀吉は、それが待ちきれず、苛立っているに違いなかった。

二

杉の庵での茶の湯が終わると、宗易は天王山に登った。

山道をしばらく踏みしめて中腹まで登ると、見晴らしのよい高台に出る。

光秀との合戦《かっせん》のとき、秀吉は、なによりもまずここの大きな松に金瓢《きんぴょう》の馬標《うまじるし》を掲げさせた。

要衝《ようしょう》の天王山を制したことを、まずは敵と味方に知らせたのである。

馬標を見た敵はたじろぎ、味方は奮起して、光秀の軍勢を蹴散らした。

見晴らしのよいその場所に、いま茶室を建てさせている。

はるか遠くの空を眺める茶の席もまた興趣が深かろう。

建物には、すでに柿《こけら》の屋根が葺いてある。床には根太《ねだ》がならんでいる。柱はほっそりした杉丸太で、いたって華奢だが、繊細で、優美な四畳半を考えていた。

「ごくろうだな」

宗易は、番匠《ばんじょう》の棟梁《とうりょう》に声をかけた。仕事が入念で、安心して任せられる男だ。

「人を増やしましたので、ずいぶんはかどりました」

棟梁が言ったとおり、壁は下地の小舞が組み上がっている。壁土を塗り、建具《たてぐ》を入れれば、もうそれらしくなるだろう。

「申し訳ないが、すこし考えがあってな、造作を変えてもらいたい」

「どのように……」

宗易は、根太の上に立って、両手をひろげた。

「ここで区切って、小間《こま》に囲ってくれ」

宗易のことばに、棟梁が腕を組んで首をかしげた。

両手の囲っている空間が、あまりに狭いせいだろう。

「それでは、二畳にしかなりません」

宗易はうなずいた。

「そうだ。二畳の席をつくってもらいたい。外の壁はそのままでいい。ただの二畳に床をつけてくれ」

「へぇ……」

「ここは襖を二枚立てて、一畳の次の間。こっちの裏に一畳の水屋《みずや》」

それで、床をふくめて四畳半が区切れる。

棟梁があごに手をあてて、考えている。

「二畳ですか……」

「そうだ、二畳だ」

「狭くありませんか」

あまりに真っ正直な問いかけが、宗易には可笑しかった。笑いがこみあげた。

「たしかに狭いな。二畳の小間は、狭いに決まっている」

侘び茶の席は武野紹鷗《たけのじょうおう》以来四畳半と決まっている。二畳の座敷など、前代未聞だ。

「それで、お客様が招けますか」

棟梁の黒い瞳が、じっとこちらを見ていた。

「もちろん大勢はむりだ。一人か二人なら、ちょうどいい」

「炉は、どこに」

宗易はしばらく考えた。

「この隅に切ってもらおう」

じぶんの足もとを指さした。狭いので隅炉《すみろ》にするつもりだ。

棟梁が、二畳の空間をにらんでいる。

「ほっこり落ち着く座敷ができるかもしれん。天井をいくつかに仕切って、広く見せましょう」

宗易はうなずいた。たしかに、天井の材料や傾斜、組み方に変化をもたせれば、すわっていても飽きがこない。

「そう。坐しているのを忘れるほど落ち着いた茶の席にしたい。こっちに縁をつくって障子戸にするつもりだったが、縁側はいらない。障子戸もつけない」

北に向いた席である。

障子戸を開けば、はるかに京から北にかけての空がながめられるのを、この席の趣向にするつもりだった。

いまは、考えが変わった。

見えないほうがよい。

見えないほうが、気持ちが落ち着く。

「障子戸でなければ……」

「壁にしてもらおう。ちいさな潜り戸をつけてな」

「潜り戸……」

「腰を折って入るほどの戸だ。杉板でつくればよい」

「四尺ばかりでしょうか」

「いや、もっと低くしてくれ」

棟梁が、首をかしげている。

宗易は、北側のその場所に立った。

腰をかがめ、両の拳を根太について、頭を潜らせるしぐさをした。

「ここだと、どれぐらいかな」

その姿勢のまま、宗易が杉丸太の柱を指でさすと、棟梁が爪で小さくしるしをつけ、曲尺《かねじゃく》で測った。

「二尺……、六寸と一分あります」

「それでいい。板戸をつけて左に引くようにしてもらいたい」

「窓はどこにつけますか」

「こっちにふたつ。ここと、ここ。正面は大きめにしよう。景色を見なくても、光があれば、空の向こうにこころが馳せられる」

宗易が手で窓の大きさを示すと、棟梁が葭《よし》の小舞に墨でしるしをつけた。そこに壁土を塗らず、開けたままにしておけば窓になる。

「正面の窓は、小舞をはずして、竹の格子にしよう。単調にしたくない」

棟梁がうなずいた。

「いそいでくれ。すぐにでも使いたい」

ここまで出来ているのだ。大勢でやれば、さほどの日数はかかるまい。

「承知しました。壁土を塗ってしまいましょう」

ことば通り、棟梁は大急ぎで仕上げた。

何日かのちには、もう茶の湯につかえる小間の座敷ができあがっていた。

炉開きの準備に、堺の屋敷から茶道具とともに妻の宗恩を呼び寄せた。

五年前、前の妻が亡くなった。

それをしおに、べつに家をもたせていた宗恩を、後添えとして屋敷に迎えた。

先妻のたえは、気働きがゆき届かなかったが、宗恩は、細かいところにまでよく気がまわる。

宗易のあとについて、山道を登った宗恩は、高台の茶室を見て、つぶやいた。

「堺の浜の小屋みたいですこと」

「そうかな」

宗易は、うなずかなかった。

「ええ、塩浜や松林にこんな小屋がありますもの」

いわれてみれば、茶室は遠目にはみすぼらしい陋屋《ろうおく》にすぎない。外の壁は、仕上げ塗りをさせるつもりだが、いまは壁土にまじった苆《すさ》が見えたままだ。下地の小舞が見える窓は、いかにも鄙《ひな》めいて寒々しい。

長めの軒があって、その下がよく叩き締めた土間になっている。

軒の外に、四角い手水鉢《ちょうずばち》を据《す》えておいた。

「どこから入るんですの」

宗恩がたずねた。

「そこだよ」

宗易は、潜り戸を指さした。

「なんだか、浜の小屋で、逢瀬でもするみたいですわね」

くすり、と宗恩が笑った。若い頃から無邪気さが可愛らしい女だった。

「そうかね」

「開けてよろしいんですの」

「ああ、入ってくれ」

潜り戸を引いて、宗恩が腰をかがめた。さして窮屈そうでもなく、すっと躙《にじ》って入った。

——これなら。

問題はなかろう。あれからも、じぶんで何度か試してこの大きさにした。

潜り戸からは、正面に床が見える。四尺幅しかないが、室床《むろどこ》なので、奥行きが感じられる。

床には、軸も花もない。

宗易も、拳をついて躙って入った。

二畳の席は、ひんやりしている。

天井の低い空間だが、部分的に屋根と同じ勾配をつけ、ひろがりを出している。

壁は、粗い藁苆《わらすさ》が見えている。内側は、上塗りをせずこのままにしておく。ほのかに青く見えるのは、墨を薄く塗ったからだ。狭くとも、こころを落ち着かせるしつらえである。

炉縁《ろぶち》は、黒柿にしようかと考えたが、ここまで草庵めかした侘びた席では、それもあざとかろう。迷ったすえ、沢栗《さわぐり》にした。ふつうの栗より木目《きめ》がこまかく柔らかい。

次の間とのあいだには、鼠色の襖が二枚。縁のない太鼓張りである。

宗易は、炉の前にすわった。火はない。

宗恩が、床前にすわった。

きょうは、雲があって、風がある。窓の障子がときおり、かたかたと鳴る。

北向きの障子窓からの光は、やわらかく穏やかで、しっとりと潤いがある。その光が、青畳に映え、薄墨色の壁に吸い込まれていく。

目利きというわけではないが、宗恩は、女らしくものを感じるこころが強い。茶碗を見せても、茶杓《ちゃしゃく》を見せても、宗易が感じるのとはちがうなにかを感じとる。

それを聞くのが、宗易には楽しみだ。

「落ち着きますね」

「そうか」

「すわっているだけで、こころがゆるりと蕩《とろ》けてしまいそうです」

「それならよい」

聞こえるのは、風の音ばかりだ。風は、障子を鳴らし、外の老松《おいまつ》の枝をさざめかせる。松風は、こころをやさしく撫でる。苛立ち、ささくれだったこころも、この席にすわって松籟《しょうらい》を聞けば、ほぐれて溶けだすだろう。

「狭い座敷にいると、なんだか、子ども時分にもどったみたいな心地になりますね」

「そういうものかな」

「ええ。これから、いたずらでもはじめたくなります……」

宗恩が、淡く笑った。

目を閉じて、しばらく風の音を聞いていた宗恩が、ゆっくり瞼を開いた。

障子窓の格子を見ている。

顔が曇った。

「でも……」

口ごもった。

「なんだね」

「だれかに捕まって、閉じ込められているような気もいたしますわ」

「……そうかね」

「なにを申し上げても、お怒りになりませんか」

「ああ、思ったままを言うてくれ」

特殊な茶人ではなく、宗恩のようになにごとも素直に受けとめる人間が、この小間囲いになにを感じるかが知りたい。

「へんな言い方ですけど、牢屋みたいな気がいたします」

「……」

「部屋も入り口も狭くて、窓に格子があって……」

「……」

宗易はうなずいた。そう言われれば、造りはたしかに似ているかもしれない。

「庵号《あんごう》は、おつけになりましたの」

「待庵《たいあん》だ」

「たい、あん……」

「待つ庵だ」

宗恩がうなずいた。

「……この席で、なにを待ちましょうか」

「上様にこころ閑《しず》かに、たいせつな時を待っていただける茶の席をこしらえたつもりだ」

うなずいて、宗恩は、また目を閉じた。

しばらく、風の音を聞いている。

ふいに、つぶやいた。

「宗易様は、ほんとうは、悪い人でしょうね」

宗恩は、うっすら笑っている。

「そう思うかね」

宗易は、不思議と愉快だった。腹は立たない。この女になら、すべてを話せる気がしている。

「ほんとうは、天下だってお取りになれるくらいの才覚がおありなのに」

「まさか。それは買いかぶりだ」

「そうでしょうか」

「そんなに簡単に、天下が取れてたまるものか」

瞑目《めいもく》したまま、宗恩がうなずいた。

「それは、合戦では難しゅうございましょう。でも、宗易様くらい才覚がおありなら、ほしいものがなんでもつかめますわ」

「そうかね」

「ほんとうは、恐いお方……」

「……」

「美しいものを手に入れるためなら、人くらい殺しそうですもの」

宗易は答えなかった。

火の気もなく冷えきった座敷にすわり、ただ、風の音だけを聴いていた。

待庵に秀吉を招いた。

名物をつかうつもりはない。床には、軸をかけず、花を活けず、虚ろなままにしておいた。

今朝も、雲があって、風が吹いている。炉に釣るした雲龍釜が、湯音とともに湯気を噴き、二畳の座敷は暖かい。

秀吉は、肩をさげ、背を丸めてすわっていた。

「いたりませぬが、新しい小間の席でございます。ゆっくり、おくつろぎくださいませ」

宗易が挨拶すると、秀吉が、隈のできたとろりとした眼でこちらを見た。

どうやら、眠れぬ夜がつづいているらしい。

——無理もない。

ここが、この男の人生の踏ん張りどころだ。手の届くすぐそこに、天下が転がっている。やり方さえ間違えねば、それがつかめる。

宗易としては、いまさら柴田の舟には乗り換えられない。秀吉に天下を取ってもらわなければ困る。

焦らず、時機を待つことだ。待っていれば、かならず勝機がおとずれる——。

「まずは、御一献《ごいっこん》」

竹を切った杯《さかずき》に、竹の筒から酒を注いだ。このあたりの山裾には、竹林が多い。

一杯飲むと、秀吉は杯を杉板に伏せた。酒を飲む気分ではないらしい。むっつりと難しい顔で、なにかを考えている。

奥に引っ込み、宗易は、裏に立った。宗恩と料理人の一通《いっつう》が、小さな竈《かまど》に火を熾《おこ》し馳走のしたくをしている。

「飯と汁にいたしますか」

宗恩がたずねた。

炊きたての飯と鶴の汁、それに鮒《ふな》の膾《なます》を出すつもりだった。

宗易は首をふった。

「あれを先に出そう。焼いてくれ」

「はい」

小屋掛けしただけの調理場である。宗易はしたくを見ていた。

秀吉は、料理が出てくるのを待っている。遅くなれば、腹を立てるだろう。それでもかまわない。

釜の湯の音と、風の音を聴いていればいい。

待っただけのものを、食べさせてやる。

ふり向けば、北の空は曇っている。

風が冷たい。

京のむこうの北国街道は、雪が降っているだろう。待っていれば、かならず雪が深く積もる。街道は閉ざされる。

そのときこそ、秀吉の出番だ。

竈から立ちのぼった香りが鼻をついた。焼き上がったものを、半分に割った竹に入れ、もう片方で蓋をした。

二畳の座敷にはこぶと、秀吉が不興な顔つきをしていた。

「遅いぞ」

「いえ、早《はよ》うございます」

秀吉の眉間に深い皺が寄った。

「わしに逆らうか」

「めっそうもございません。旬より、ずっと早いものをお持ちしました」

焼きものを入れた竹の器を杉板に置くと、秀吉がおもしろくもなさそうに、上半分を取った。

なかに、焦げたへぎ板が入っている。秀吉が結んである藁をほどくと、鮮烈な香りが小間に広がった。

「筍か……」

焼いた筍を箸《はし》でつまみ、秀吉はけげんな目付きで見つめた。

「筍は春と決まっておる。孟宗の故事でもあるまいに、なぜ、冬に筍がある」

孟宗は、呉《ご》の国の親孝行な男で、老母が冬に筍を食べたがったので、雪の積もる竹林を探して、ついに掘り当てたという伝説がある。

「寒筍《かんたけのこ》でございます。陽《ひ》だまりでは、冬を跳び越えて春がきております」

竹藪の陽だまりを見つけ、炭の粉で黒く染めた莚で覆っておいた。地中が温《ぬく》もり、春とまちがえた筍が、顔をだしたのだ。

筍を口に入れると、秀吉の顔がとたんにほころんだ。

「思いがけぬ珍味だ」

宗易はうなずいた。

「時は、思いもよらぬ早さで駆けめぐっております。おこころゆるりとお待ちなさいませ。なにほどの長さでもございません」

「ふん」

秀吉が杯を手に取った。宗易が酒を注ぐと、三杯たてつづけに飲んだ。

「腹が減った。飯を食うぞ」

「かしこまりました」

飯をお代わりして食べ、薄茶を飲むと、秀吉は、立って障子窓を開けた。

京の空は厚い雲におおわれて、どんより曇っている。遠くにいくほどかなり暗く見えている。

都の向こうの越前は大雪だろう。

「降っておるな」

「はい。降っておりましょう」

秀吉は、腕枕でごろりと横になった。

「果報は寝て待つべし。ひと眠りしよう」

両手をついて、宗易は頭を下げた。

襖を閉めようとすると、声がかかった。

「おまえは、極悪人じゃな」

秀吉が、大きな目を開けて、宗易をにらんでいた。

「さようでございましょうか」

「ああ、筍を騙すなど、極めつきの悪党だ」

「ありがとうございます。お褒めのことばと思っておきます」

いまいちど頭を下げると、宗易は静かに襖を閉めた。

名物狩り

織田信長

宗易四十九歳――
永禄十三年（一五七〇）四月二日
和泉　堺　浜の寮

一

広い書院の青畳に、茶道具がずらりとならんでいる。

茶碗、茶入、棗《なつめ》、茶杓《ちゃしゃく》、茶壺、釜、水指《みずさし》、花入など、その数ざっと百を超えているだろう。

いずれも、世に名高い名物ばかりである。

――堺にこれある名器ども、信長様ご覧あるべし。

との触れを出したので、名の知られた茶道具のすべてが、織田家の堺代官松井友閑《まついゆうかん》の屋敷にもちこまれたのである。

「弾正忠《だんじょうのちゅう》様のお着きでございます」

小姓の声で、座敷の端《はし》に控えていた会合衆《えごうしゅう》がいっせいに頭を下げた。

小気味よい足音が、廊下を近づいてくる。軽快だが、自信に満ちた響きだ。

「大儀である。よい眺めだ」

高く張りつめた声に顔を上げると、立ったままの男が茶道具を見つめていた。

宗易は、初めて間近に信長を見た。

手に鞭を持ち、馬からおりたそのままの格好《かっこう》で、細い鹿革《しかがわ》の袴をはき、黒い陣羽織を着ている。陣羽織がぬらりと光るのは、烏《からす》の羽毛を植え込んであるかららしい。

歳は、三十七だと聞いている。

眼光が、鋭い。

口もとの髭に自負と傲慢がみなぎっている。

全身に、尊大な空気が張りつめている。

——なかなかの男。

ひと目見てそう感じたのは、信長の精悍な骨柄《こつがら》と、内からあふれる闊達さが、ぴたりと重なり合っているからだ。

信長は、つい二年前、飄然《ひょうぜん》と美濃から京にあらわれた。

将軍足利義昭をかついで、意気揚々たる上洛であった。

そのころの宗易は、まだ信長をよく知らなかった。

——どうせうつけと評判の田舎者。すぐに消えるであろう。

高をくっていた。

しかし、信長には野分《のわけ》か竜巻のような勢いがあり、たちまちのうちに畿内を席捲して、三好三人衆を駆逐《くちく》してしまった。

宗易をはじめ、堺衆は阿波《あわ》の三好一族とむすびつきが深かった。

そのため、信長から譴責《けんせき》された。

——矢銭《やせん》二万貫《がん》。

三好三人衆を支援した償いとしてそれだけ払えというとてつもない要求が、堺の町に突き付けられたのである。しかも、町の警固にやとっていた傭兵たちを解散させ、濠《ほり》を埋め、柵を取り払え、との通達であった。

会合衆のほとんどは、銭を払うのに反対だった。

宗易も反対した。

しかし、抗《あらが》っても、どうにもならなかった。

減免を願って岐阜まで行った十人は、牢に入れられ、何人かは首だけになって堺に帰ってきた。これ以上もたもたしていると、町を焼かれてしまうだろう。

実際、矢銭を拒否した尼崎の町は、三千人の織田軍勢に攻め立てられ、町を焼き払われた。

——命あっての冥加《みょうが》じゃ。

結局は、折れて矢銭を出すことになった。信長には、さからえない。

矢銭につづいて、こんどは、名物を出せとの命令である。

「案ずるな。ただで召し上げはせぬ。相応の金をあたえるによって安心して持ってくるがよい」

松井友閑のことばを信じて、堺衆が秘蔵の茶道具を持ち寄った。

書院にならべてあるのは、その名物道具の数々である。

立ったままの信長が、床《とこ》にかけた双幅《そうふく》の軸を観ている。

「これは、だれの絵か」

左の絵は、瑠璃《るり》の鉢《はち》に盛った瓜、楊梅《やまもも》、枇杷《びわ》、桃、蓮根。

右の絵は、柘榴《ざくろ》、葡萄《ぶどう》、梨、菱《ひし》、九年母《くねんぼ》、桃、蓮若根《はすわかね》。

どの木菓子《きがし》も鮮やかな色彩で、みずみずしく描いてある。

「北宋《ほくそう》の趙昌《ちょうしょう》の作でございます」

津田宗及《つだそうぎゅう》のこたえに、信長が指先で髭を撫でながらうなずいた。気に入ったらしい。

「金を持て」

短く命じると、小姓が重そうな木箱をいくつも書院にはこびこんで積みかさねた。

信長の手が、箱から無造作に金の粒をつかんで取り出すと、小姓のささげた三方《さんぽう》にのせた。一度、二度、三度。金の粒が、山になっている。

小姓がそれを津田宗及の前に置いた。

——一貫目《かんめ》か。

宗易は、目分量で計算した。

金一貫目ならば、銭にして、ざっくり五百貫文《かんもん》。

おそらく宗及の買い値よりわずかに上だ。たいした儲けはなくとも、損もなかろう。

「ありがとうございます」

頭を下げた宗及にはこたえず、信長はもうふり返って、畳にならべてある道具を観ている。

「これは？」

あぐらをかいてすわった信長が、茶入を手に取った。

茶入の肩の張り具合のよさが、遠目にもわかった。

「唐物の肩衝《かたつき》でございます。肩の張り方といい、胴にかけての釉《ゆう》のなだれといい、まことに絶品でございます」

山上宗二《やまのうえそうじ》がこたえた。

信長は、また箱に手を突っ込んで、三方に金の粒を積み上げた。

宗二の顔が驚いている。金の量が、茶入の買い値にぴったりなのだろう。信長は絶妙の目利きかもしれない。

それから、畳にならべてある道具をひとつずつ順番に見て、信長は三方にのせる金の量を決めた。

びっくりするくらい多く積むときもあったし、手を払っていらぬというしぐさをすることもあった。ときどきは、所有者に由来をたずねた。

信長は、迷うということがなかった。

道具を観る時間は、ひどく短い。

表を見て、裏に返し、それだけでもう値踏みした。たちまちのうちに、大量の道具を買い取ってゆく。

——天下を呑み込む器だ。

宗易は、信長という男の器量の大きさに驚いていた。こんな思い切りのよい男は、見たことも聞いたこともない。

大勢の武将と商売や茶の湯でつき合ってきたが、いま目の前にいる信長ほどきわだった鋭さをもつ男を、ほかに知らない。

この男なら、ちかづいて損はない。

いや、むしろ、早くから信長の真価を見抜けなかったのが、悔やまれる——。

今日は、軸をもってきた者も何人かいて、五、六本が、襖の前にかけてある。

水墨画のよいものが多い。

宗易のもってきた墨蹟《ぼくせき》もそのなかにある。

近寄った信長が、黙って見つめている。

「これは？」

「密庵《みったん》でございます。のびやかながら品格のある筆遣いがなんともいえませぬ」

密庵咸傑《かんけつ》は、南宋の禅僧で、なにしろ墨蹟の数が少なくめったにお目にかかれない。

宗易は、さきごろ近江で見つけ、銭百二十貫文で買って秘蔵していた。

「堺で一番の目利きはだれか」

信長がたずねた。

「はて、松江隆仙《まつえりゆうせん》でござろうか」

堺代官の松井友閑がこたえた。

隆仙は、宗易などより一世代うえの茶人で、たしかに目利きとして評判が高い。

「この軸、隆仙はどう見るか」

隆仙は黙ったまま口もとをゆがめた。

さっき、宗易のかたわらで見ていたときは、なにも言わなかった。

――いやな感じだ。

と、宗易は思っていた。

顔を曇らせて首をふった隆仙が口を開いた。

「まずい字でございます」

宗易は、耳をふさぎたかった。

この密庵の墨蹟が、よもや紛《まが》い物であるはずがない。びっしりと書かれた法語のどの文字をとってみても、閑雅《かんが》な気韻《きいん》がこもっているではないか。

じつは、隆仙と宗易は、以前からずっとそりが合わない。

目利きのことで、これまで何度も衝突《しょうとつ》したことがある。

しかし、なにも、わざわざこんな席で意趣返《いしゅがえ》しをしなくてもよかろう。

「いえ、さようなことはございません。この密庵は……」

「堺の坊主は、来ておるか」

信長の声が、宗易の抗弁をさえぎった。堺で、ただ坊主といえば南宗寺《なんしゅうじ》の春屋宗園《しゅんおくそうえん》のことである。

「ここにおります」

墨染めの衣を着た僧侶が立ち上がった。

宗園なら、助け船を出してくれるだろう。

掛け軸のそばに立った宗園が、離れたり、近寄ったりして書を見つめている。そういえば、この軸は、まだ春屋に見せたことはなかった。

しだいに宗園の眉が曇ってきた。

ぎゅっと眼をつぶってから、首をふった。

「たしかに、これは密庵ではございませぬ。一休和尚《いっきゅうおしょう》が書き写した字でございましょう」

宗易は、ことばを失った。

隆仙はともかく、宗園がそう目利きしたのなら間違いない。

じぶんの目利き違いだ。

腑《はらわた》が千切《ちぎ》れるほど悔しいが、茶の湯の世界では、そんなこともある。

「失礼いたしました」

立ち上がって軸をはずすと、宗易は、その場で表具《ひょうぐ》のままふたつにひき裂いた。

恥ずかしさのあまり、脂汗がぐっしょり流れた。できれば、この席から退出したかった。

――いや、この恥こそが勉強だ。

臍《ほぞ》をかためて、じっと最後まで堪え忍んですわっていた。

二

代官屋敷でさんざん惨《みじ》めな気持ちを味わったあと、宗易は、今市町《いまいちょう》のじぶんの屋敷に帰らず、べつに一軒もたせている宗恩の家に行った。

ちかごろの宗易は妻たえの顔を見ているより、宗恩といるほうが、よほど心がやすらぐ。

商売やら茶の湯やらで頭がはち切れそうになると、足はしぜんに宗恩の家に向いた。

「おかえりなさいませ」

宗恩は、笑顔がやわらかい。目と口もとの微笑みを見ているだけで、宗易は癒された。

「湯浴《ゆあ》みをする」

「かしこまりました」

堺の町では、潮湯《しおゆ》が好まれている。

簀《す》の子《こ》の下の釜で海水をぐらぐら沸かし、浴室いっぱいに塩気のある湯気を満たす蒸し風呂である。

莚《むしろ》に腰をおろし、青木の枝を手に熱い蒸気にむされていると、たくさん汗がながれた。

――しくじった。

やはり、思うことはそれだ。

なんという目利き違いか。

よりによって、満座のなかで恥をさらしてしまった。

茶碗や茶入の目利きには自信があったが、墨蹟となると、どうにも勝手がちがう。もっと真筆《しんぴつ》をたくさん見て、目を肥やす必要がある。

——これも勉強だ。

気分はくさくさしていたが、諦めはいい。

失敗したら、またやり直せばよいのである。

ただし、墨蹟では二度と失敗しない。これからは、命がけで目利きしようとこころに決めた。

あれやこれや思っていると、小さな戸口を開けて、宗恩が顔を見せた。

「垢をお掻きいたしましょうか」

「ああ、たのもう」

白い湯《ゆ》帷子《かたびら》の裾をからげた宗恩がはいってきた。

固く絞った手拭いで、背中をこすり始めた。いつものことなので、力のいれ具合がちょうどころあいだ。垢といっしょに、澱んだ気分がきれいに落ちていく。

「気持ちがいいな」

「うれしゅうございます」

さらに力をこめて、丹念にこすった。

もう擦るところがなくなると、宗恩がつぶやいた。

「大きな背中ですこと」

背中の垢を搔くたびに、宗恩はいつも同じことばをつぶやく。

それが約束の合図のように、宗易は宗恩の手をにぎって抱き寄せた。

宗恩のしなやかな柳腰が、宗易の腕にたおれこんでくる。

湯気で濡れた湯帷子が柔肌にはりついている。豊かな胸のふくらみが、春情《しゅんじょう》を刺激する。

狭い浴室のなかには、一穂《いっすい》の灯明《とうみょう》がともり、湯気の白さをいっそうきわだたせている。

湯気のなかで抱き合えば、閨《ねや》とはちがってまた興が高まる。

抱きしめると、宗恩が目を細めた。

「極楽でございます」

宗易はうなずいて、宗恩の湯帷子の紐を解いた。湯気で火照った白い裸体を床に横たえ、肌をすりあわせた。

湯上がりに、宗恩が薄茶を点《た》てた。

四畳半の座敷の縁障子《えんしょうじ》を開き、あかね色に暮れなずんだ空を眺めながら、茶を喫《きっ》した。

なにも考えず、ぼんやりと過ごすこんな時間が、宗易は好きだ。

「今日は、しくじった」

「さようでございますか」

膝を低くしてすわった宗恩が、ちいさくうなずいた。

「ああ、信長殿に醜態をさらしてな。二度とお声はかかるまい」

「……おかしなお方」

くすりと宗恩が笑った。

「なぜだ」

「だって、しくじったとおっしゃるわりに、なんだかお愉しそうですもの」

「そうか……」

つられて宗易も笑った。

——この女はありがたい。

そばにいれば、こころをほぐしてくれる。いやなことがあっても、すぐに忘れさせてくれる。

そう思いつつ、二服目の茶を喫《きっ》していると、襖の向こうで手伝い女の声がした。

「今井様と津田様がお見えでございます。火急の御用とか」

あの二人がそろって来るなら、今日のことでも笑いに来たのか。

しかし、火急の用とは解せない。

「お通ししなさい」

宗恩がさがり、宗久と宗及が入ってきた。

二人とも、困惑ぎみの顔をして落ち着きがない。

「困ったことになった」

正客《しょうきゃく》の座にすわった今井宗久が、挨拶ぬきにつぶやいた。

宗易は、小さくうなずいて釜の蓋を取った。湯はころあいだ。

柄杓《ひしやく》で湯を汲んで、三島手《みしまで》の茶碗を温めた。

薄茶を点てるあいだ、宗久も宗及も黙っていた。

二人は、宗易と歳がちかい。古くからの顔なじみではある。

しかし、納屋の商売や茶道具の目利きでは、利害の対立することが多く、こころを許してばかりもいられない。正直なところ、妬みも遺恨もある。すんなり仲睦まじくつきあえる相手ではない。

ありがたいのは茶の湯である。

内心どんなに憎み合っていても、座敷に入って茶をあいだに置けば、礼節をもって話ができる。

そのためにこそ、茶は役に立つ。

宗久が、薄茶を飲み終えた。

宗易はことばを待った。

「信長殿が、女をご所望だ」

首をちいさく振りながら、宗久がつぶやいた。

「困ることなどあるまい。女などいくらでもいる。白拍子《しらびようし》でも遊び女《め》でも……、いや、相手が飛ぶ鳥を落とす勢いの信長だ。会合衆のなかにも、むすめを夜伽《よとぎ》に出したがる者はおるであろう」

「ちがうのだ。日本の女ではなく、南蛮の女をご所望だ」

宗及が疲れきったようすで月代《さかやき》をなでた。

「法外なことを……」

宗易は息をつまらせた。

堺の町には、ポルトガルの商人や船乗り、あるいは切支丹《キリシタン》坊主が来ることはある。しかし、ポルトガルの女は宗易も見たことがない。

「もとよりそう申し上げた」

「ならば、それでよいではないか。たとえ信長でも、おらぬ女を抱けはせぬ」

「いや、南蛮が無理なら、明か高麗の女を連れて来いとの仰せだ」

宗易はあきれた。信長に、ではない。宗久と宗及に、である。

「それなら、おるであろう。わざわざ、わしのところに話をもってくることはない」

堺には、明や高麗から来た人間がけっこういる。男が多いが、女もいる。遊び女もいるはずだ。若い女を一人探すくらいはさして難題ではあるまい。

「それが、おまえでなければできぬ話になった」

「なぜだ」

「とびきり美しい女をご所望なのだ」

「………」

「高麗の女はおる。若いのがおる。しかし、とびきり美しいというわけにはいかん。十人並み、いや、どちらかといえば、品下がるほうだ」

宗久が口元をゆがめた。

「どうしようもあるまい」

いくら宗易でも、醜女《しこめ》を美人にはできない。

「そうだ。どうしようもないが、その女で満足してもらわなければ困る。腹を立てられては、矢銭、名物狩りの上にどんな難題を押しつけられるかわからぬわい」

それは、たしかに困る。

「なんとか、女をうまく仕立ててもらいたい。信長殿が、ご満悦で帰れるようにな」

宗久が頭を下げた。

「おぬしの趣向に、堺の命運がかかっておる。たのむ、閨のしつらえを創意して、うつけ殿を悦ばせてやってくれ。そんな妙案を考えつくのは、おぬししかおらぬ」

宗及に請われて、宗易は口のなかが苦くなった。

三

堺の朝の海は、春霞にかすんでいた。

湊《みなと》のよく見える座敷に、茶の湯のしたくをして、信長を迎えた。

信長は、南蛮更紗《さらさ》の小袖を着ている。白地に赤い鳳凰《ほうおう》と浅黄《あさぎ》の唐草があざやかだ。

床《とこ》を背負ってすわった信長が、扇子を手に脇息にもたれかかった。

しばらく、海を眺めてから口を開いた。

「そのほう、南蛮か高麗に渡ったことがあるのか」

信長が、宗易にたずねた。

「ございません。ただ、若いころは、海のむこうの国に憧れ、思いを馳せておりました」

うなずいた信長が、髭をなでた。

昨夜の趣向は、まんざら悪くなかったらしい。信長は、麩の焼きをつまんで食べ、宗易の点てた薄茶を黙って飲んでいる。


宗久と宗及に頼まれ、あれからすぐ、この宗久の別邸に駆けつけた——。

なにしろ、時間がなかった。

とにかくあり合わせの材料で寝所《しんじょ》を飾り付け、十人並の器量しかない女を、極上の女に仕立てなければならない。

宗恩の家で話を聞いたときから、宗易には閃《ひらめ》くものがあった。

「紗《しゃ》はあるか。真っ赤な紗がほしい」

「ある。すぐに納屋からもってこさせる」

「それと、極上の練《ね》り絹《ぎぬ》だ」

「わかった」

この海辺の寮に来たときには、もう、紗も練り絹もそろっていた。

下男たちに手伝わせ、宗易は、障子戸《しょうじど》に真紅《しんく》の紗を貼りつけた。閨の三方に赤い障子を立てまわし隣の部屋に灯明をともした。

練り絹は、すぐに大きな一枚の敷布《しきふ》に仕立てさせた。ぶ厚い木綿の布団にかけて肌触りのよい褥《しとね》にした。

青磁《せいじ》の香炉《こうろ》で白檀《びゃくだん》と麝香《じゃこう》を炷《た》いた。甘美で妖艶な香りが、閨房《けいぼう》に満ちた。

湯浴みさせた女に、韓紅花《からくれない》の高麗の着物を着せた。

「怖いことはなにもない。おまえは、これから日本一の男に抱かれるのだ」

通事《つうじ》によく言い含めさせてから、絹の布で目隠しをした。

女は、じっと身を硬くしている。

そのまま、褥のよこに、高麗式に片膝を立ててすわらせた。

真紅の光が、女の頬を染めている。

じっと見ていると、目隠しされた女の顔に不安と怯えがただよい、小刻みに震えはじめた。悪くない風情であった。

「アルムダプッタ」

宗易がつぶやくと、女の口もとがわずかにほころんだ。高麗のことばで、美しいと褒めてやったのである。

「トマン　ハミョン　ジュクタ」

こんどは、女の顔がひきつった。

逃げたら殺すぞ、と威《おど》したのだ。

そのまま女を待たせておいて、信長を閨に入れさせた。

信長が満足したかどうかは、今朝の顔を見ればわかる。

——ゆうべの閨の趣向をしつらえた者に、茶を点てさせよ。

との仰せで、また宗易が呼ばれたのである。

「おまえは、よほどの悪人であろう。若いころは海賊働きをしたな」

信長にいわれ、宗易は首をふった。

「めっそうもないことでございます。茶の湯にうつつを抜かしておりますが、本業はまっとうな魚屋《ととや》でございます。なにゆえ、そのように疑われまする」

「ゆうべは、どこぞで女を盗んできたようで、たいそう興があった。あんな趣向はおいそれと思いつくものではない。おまえは本当にやったことがあるに違いない」

「いいえ。まったくさようなことはいたしておりません」

信長が、じっと宗易の顔を見つめている。

——嘘をつけ。

といわんばかりの強い視線である。

宗易は、つい目をそらした。脳裏に、ひとつの鮮烈な光景が浮かんでいる。

若い日の、堺の浜での話である。

夕焼けに赤く染まった小部屋で、攫われてきたあの女には、えもいわれぬ命の美しさがあった。

その記憶は、薄れるどころか、齢《よわい》を重ねるごとにますますくっきりと宗易のこころのなかで艶《あで》やかさを増している。

「わたくしの商いは、ただ干し魚を売り、納屋を貸して銭をいただくばかり。京、大坂、畿内のほか、どこに行ったこともございませんし、海賊など、とんでもない話」

ふん、と信長が鼻を鳴らした。まるで信じていないらしい。

「まあよい。そのほうの趣向、気に入ったゆえ、これからしばしば顔を見せよ。茶の席を、おもしろくしつらえて見せよ」

「ありがとうございます」

宗易が平伏したとき、海からの風が座敷に吹きわたった。

顔を上げると、春の海と空が、おぼろに霞んでいる。青さより、霞みの白さが目にしみた。

もうひとりの女

たえ

宗易三十四歳——

天文二十四年（一五五五）六月某日

泉州　堺　浜の納屋

一

大小路《おおしょうじ》は、堺の町を東西につらぬく賑やかな大通りである。

干し魚を商う千与四郎《せんのよしろう》の家は、そのすこし南の今市町にあった。大きな問丸《といまる》で、十間《じっけん》間口《まぐち》の広い店に、大勢の奉公人が住み込んで働いている。

朝、奥座敷でたえが目を覚ますと、となりの夫の褥《しとね》には一筋の皺もなく、ゆうべ敷いたときのままだった。

——また帰って来なかったんだわ。

冷えきった褥を見つめて、たえはすこし腹が立った。

夫の与四郎は、宗易、あるいは抛筌斎《ほうせんさい》などと号して、茶の湯にうつつをぬかしている。抛筌というのは、竹でつくった漁具を抛《なげう》つという意味だそうで、家業の干し魚屋をほうりなげて茶の湯に耽溺しているという気取った号だ。

——ほんとに、いい気なもの。

たえは、夫の所行《しょぎょう》に呆れている。

茶の湯は、堺の町衆のだれもが好む遊芸だし、商売の役にも立っているようだから、まだしもかまわないが、夫の宗易は、茶の湯のことで出かけると、そのまま帰って来ない。

女のところに行ってしまうのだ。

——また、あの女のところかしら。

夫には、女が何人かいるが、ちかごろ熱をあげているのは、能楽の小鼓師の若後家である。

名を宗恩という。

「謡を習うことにした」

三十になったころ、夫は突然そんなことを言いだして、小鼓師宮王三太夫《みやおうさんだゆう》の家に通いはじめた。

いまにして思えば、謡曲などより、三太夫の妻のほうが目当てだったにちがいない。

三太夫が若死にしたのをいいことに、その女に家をもたせ、足繁く通っている。

——女くらい。

なんでもないと、自分に言い聞かせて、たえは褥から身をおこした。

苗字を田中、屋号を千と称するこの家に嫁いで十年余り。

家業の干し魚の商いも、納屋貸し業もいたって順調で、暮らし向きにはなんの不自由もない。宗易とのあいだにできた一男三女の子どもたちは、みんな元気に育っている。

夫は、放蕩はしても、商売の手を抜く男ではないから、奉公人たちは主人の言いつけを守ってよく働く。日々の暮らしに、思い煩い、難儀することはなにもない。

堺の大店《おおだな》の主人は、たいてい外に妾の一人や二人は囲っている。そのことに文句をいうつもりはない。

——ただ……。

と、たえは、指の先でこめかみを揉んだ。

——あの夫は、愛し方が尋常ではない。

いったん気に入ったとなったら、道具でも女でも、骨の髄までとことんしゃぶり尽くすように愛でずにおかないのが、夫の性癖である。

それが耐えられない。

たえの脳裏に、夫が若い妾を抱いているときのねっとりとした指の動きまでが浮かんで、おもわず頭をふった。夫のことを思うと、いつもすこし頭の芯が痛くなる。

襖を開いて隣の座敷をのぞくと、幼い子どもたちが、しどけなく乳母と寝ている。

寝顔のおだやかさに満足したたえは、下女を呼んで朝の身支度にかかった。

耳だらいで顔を洗い、鏡をのぞくと、三十路の女がそこにいた。

すこしやつれて見えるのがみょうに腹立たしい。

――負けるもんですか。

そんな気持ちが湧いてきた。

じぶんには、千家の女たちを統べる御寮人の座がある。たとえ、夫が妾に溺れたところで、なにを怖れることがあるものか。

眉をていねいに抜いて白粉をはたき、唇に紅をひいた。

なにを着ようか思いあぐね、縁側に立って空を見上げた。

まだ明けきらぬ淡い空には、ちぎれ雲ひとつ見えない。夏らしく、よく晴れた気持ちのいい一日になるだろう。

たえは、裾まわりに大輪の芙蓉《ふよう》の花を染め散らした小袖をえらんだ。桃色の花が、気持ちを華やかにしてくれる。

背筋を伸ばしてきっちりと帯をしめた。一分の隙も見せたくなかった。

長い廊下を歩いて表の店に出た。

夫はいなかった。

いつもなら、店の者が起き出す前にこっそり帰ってきて、なにくわぬ顔で帳場にすわっている夫のすがたが、今朝にかぎって見あたらない。

「旦《だん》さんは……」

たえがたずねると、番頭が首をかしげた。

「今朝は、まだお見かけしておりませんが、奥においでやないんですか」

「そうか……、そうやな……」

あいまいに返事をして、店のなかをながめた。

若い小僧たちが、箒で土間を掃き、雑巾で柱から障子の桟《さん》まで拭いている。

夫の宗易は、掃除については、ことのほか口うるさい。いつも小言をいって叱っているので、店はすみずみまで磨き上げられて塵ひとつない。土間に積み上げた干し魚の荷さえ、莚《むしろ》の袋の角が、きっちりそろっていて美しい。

そういうところは、息がつまるほどに目配り、気配りがゆきとどく夫である。

――どないしたんやろ。

茶の湯に耽っても、女のところに泊まっても、夜明けになったら帰ってきて、家業の手をゆるめないのが夫のやり方だった。だからこそ、たえは、これまでいやな顔ひとつしなかった。

朝の茶事があるとは聞いていない。そういうときは、必ず、たえか番頭に伝えてから出かける。

なにかあったのだろうか。

「ちょっと、あんた」

掃除をしている小僧に声をかけた。以前、宗恩のところに遣いに行かせたことのある子である。

「へぇ。なんでございましょう」

「遣いに……」

といいかけて、たえは口を閉ざした。こんな用件を小僧にまかせたくない。

「いや、かまへん。ちょっと出かけてくるし、番頭にそういうといておくれ」

「かしこまりました。お気をつけて行ってらっしゃいまし」

小僧の声を背中で聞きながら、たえは足早に、まだ明け初めたばかりの朝の町を歩きだした。

二

たえは、宗恩の家を一度だけ見に行ったことがある。

湊のはずれの魚市場にちかいあたりで、町の中心とはちがい、竹で垣を結い、ゆったりした庭のある家が多い。

憶えていたとおりの場所に、家はあった。

知り合いの家へ行くときなどは、いつも道をまちがえてなかなかたどり着かないのだが、遺恨のある家への道筋は、さすがに頭に焼き付いている。

さして大きくはないが今市町の店よりよほど瀟洒なつくりで、妾の家にしては普請の立派なのが腹立たしい。

編み笠のような屋根のついた門の前に立って、たえは考えた。

――もしも、夫が……。

家にいるときよりよほどくつろいだ顔であらわれたらどうしようと戸惑ったのである。

――かまわない。

それならそれで、いままで口にしなかった嫌みのひとつもぶつけてやろうと、竹の簀《す》戸《ど》を押した。

すっと開いたので、そのまま庭の飛石を歩いた。

石のならべ方や、下草《したくさ》の歯朶《しだ》、苔のぐあいを見ただけで、この露地《ろじ》に、夫がどれだけの情熱をそそいだかが、たえには分かる。今市町の店の奥の庭より、よほど手がかけられていて小ぎれいだ。

庭のすみに、木槿《むくげ》の花が咲いていた。

すっと気持ちよく伸びた枝に、いくつもの白い花がついている。遠目にも、木槿の花の可憐さが見てとれた。

じぶんが着ている小袖の芙蓉より、木槿の花のほうが、儚げなくせに艶やかに見えたのが、癪にさわった。繊細な木槿にくらべたら、芙蓉の花は、どこかだらしなく大味である。

悔しさをこらえ、家のなかに声をかけた。

ここまで来てひき下がれない。

出てきた手伝いの女に、宗易の妻だとつげると、頭をさげて奥に引っ込んだ。

去年、ここに一軒もたせることになったとき、宗恩は今市町の店に挨拶に来た。それきり会っていないから、これが二度目である。

前に会ったときのことは、よく覚えている。

「お世話になります」

と、両手をついて下げたしおらしげな顔に、たえは苛立ったが、夫の小鼓師に死なれたばかりだというし、家政をとりしきる御寮人としての余裕も見せたかった。

「こちらこそ……」

ちいさくうなずいて挨拶を返しながら、男に媚びるのがうまい質《たち》なのだろうと、たえは宗恩を値踏みした。

そのときは、それ以上ことばを交わさず、互いにこころの内を見せないままだった。

――今日は、どんな顔であらわれるだろうか。

なかば、怖いもの見たさの気分で待っていた。

去年と同じようなしおらしげな顔で、宗恩があらわれた。

――いやな女。

この女は、そういうわざとらしくおだやかな顔つきを夫が好むことをよく知っているのだ。

小袖の裾をさばいて、宗恩がすわったとき、たえの胸が締めつけられた。

宗恩の小袖は、白い木槿の花が散らしてある。その可憐なことといったら……。

――負けた。

たえは、そう思ってしまった。

両手をついた宗恩が、しずかに頭をさげた。

「ようこそいらっしゃいました。どうぞお上がりくださいませ」

「いえ、ここでけっこうです。商いのことで、宗易に店に帰ってもらわねばならないの。そろそろ帰り支度をさせてくださいな」

宗恩が、首をかしげた。

「いつものように、夜明け前にお帰りになりましたが……」

いぶかしそうに、たえを見ている。

嘘をついている顔ではない。嘘をつく必要もなかろう。

「そう……」

ならば、どこに行ったのだろうか。

「かめのところかしら」

たえは、立ったままつぶやいた。

それは、もうひとりいる宗易の妾おちょうが生んだ女の子の名である。

今市町の家に、幼い三人の女の子がいるというのに、どういうわけか、夫は外に生まれたかめをとりわけ可愛がっている。開口《あぐち》神社に宮参りしたとき、今市の屋敷に挨拶に来ただけなので、どんな顔の娘にそだったのか知らないが、なにかにつけて、夫が着物や玩具《がんぐ》を届けさせるのを、たえは知っていた。

「わたしはてっきり今市町にお帰りになったものだとばかり」

宗恩が首をひねった。

「ちょっと、お初」

宗恩がよぶと、手伝い女があらわれた。

「おまえ、急いでおちょうさんの家に行って、旦那様がおいでかどうか、たしかめてきておくれ」

「かしこまりました」

女は、すぐに出て行った。

「じきに戻ってまいりましょうが、そこではなんですから、上がってお待ちください」

言われたが、家に上がるのも、気詰まりである。夫がこの女と過ごした生々しい時間を見たくはなかった。

たえは、返事をせずにそのまま立っていた。

――どうして……。

こんなところに来てしまったのか。

そのことを後悔していた。

夫がどこでなにをしていようが、ほうっておけばよかったのだ。それを詮索したり、連れ戻そうとしたりしたじぶんの愚かさがいやになっていた。

気まずい時間がながれた。

女同士の話などあるはずもなく、見るともなく、あたりを見ていた。

庭の奥に、茅葺《かやぶ》きの草庵《そうあん》が見えている。

いま流行《はやり》の四畳半の茶席だ。

――なにがおもしろくて……。

堺の分限《ぶげん》のある男たちは、茶の湯などに耽るのだろう。

それも、華やかで賑やかな書院の茶なら、まだしも愉しそうだが、ちかごろは、侘び茶などと称して、座敷をいかに鄙《ひな》びた田舎の風情にこしらえるかを競っている。そのための、くすんで見すぼらしい茶碗やら水指《みずさし》やらに、平気で一千貫《がん》、二千貫の値がついている。夫は、そんな道具をいくつも買っている。

——わたしなんか。

赤い珊瑚玉《さんごだま》のついた髪飾りのひとつも買ってもらえば、舞い上がってよろこぶのに、ちかごろの夫は、ろくにわたしの顔さえ見たことがない。

——この女は……。

たえは、目の端で、宗恩を観察した。

どれくらい、夫にかまってもらっているのだろうか。

框《かまち》にすわった顔に、肌つやと張りがあった。金と力のある男に言い寄られ、求められていることが、自信となっているにちがいない。夫の宗易は、あれでなかなか男前だし、甲斐性《かいしょう》は人並み以上にある。

——どうせわたしは……。

夫に必要とされていない女だ。

ひがむ気持ちが生まれて、たえは、ぎゅっと眼を閉じた。

飛石に下駄の音をひびかせて、手伝い女が帰ってきた。

足音は、ふたつだ。ひとり増えている。

目を開けると、おちょうが一緒だった。

この女を見るのは、何年ぶりだろう。

白い肌に、やはり面長で、どこか宗恩と似たところがある。夫は、こういう狐みたいな顔の女が好みなのだ。だったら、なぜ丸顔のわたしを嫁にしたのか。そのことがむしろ罪に思えた。

「うちにも、おいでではありませんけど」

女狐がいった。

「だったら……」

入れ違いで、今市町の家に帰っているにちがいない。夫が昼間必要としているのは、なんといっても、妻である自分なのだ。そのことに大きな満足を感じた。

「あの……、ひょっとしたら……」

と、おちょうがちいさく口を開いた。

「なに」

この女は、いったいなにを言い出すつもりなのか。夫のなにを知っているというのか。

「あそこかも……」

「あそこって、どこ。きっと店に帰ってるわ」

たえは、おちょうにしゃべらせたくなかった。じぶんの知らないことなど、なにも聞きたくない。

「いいえ、六月でございますから……」

たしかに、いまは六月である。だからなんだというのだ。

「六月のこんなよく晴れた朝は、浜の納屋に、ひとりでおいでかもしれません」

「納屋……、湊の？」

千の家は、与四郎の父与兵衛《よへえ》の代から、湊のそばに、何棟もの納屋を所有している。琉球船やら九州の船やらが運んできた明や高麗、あるいは南蛮の品々は、いっときその納屋に収蔵される。納屋貸しは、千家にとって、魚屋《ととや》とともに大切な収入源である。

「いいえ、曳《ひ》き網場《あみば》のむこうの浜の納屋です」

そこは、堺のいちばんはずれで、漁師たちが、大きな地曳き網で魚をとる浜だ。湊のそばばかりでなく、堺の町なかや濠《ほり》の外にも、千家はあちこちに地所や家作《かさく》、田地をもっているが、さて、そんな町はずれに納屋があったかどうか。

たえは、聞いたおぼえがない。

「わたしもそう思っていたところです」

宗恩がうなずいた。

どうやら、ふたりの女たちは、たえの知らない宗易のなにかを知っているらしい。打ちひしがれた気持ちで、たえは、女たちの話を聞くしかなかった。

三

けっきょく、宗恩の家に上がり込んだ。

座敷は掃除が行きとどき、庭の苔が美しい。

宗恩が、じぶんで冷えた麦湯をはこんできた。喉を潤すと、おちょうが口を開いた。

「今朝は、きっとあそこにいらっしゃいます」

おちょうのことばに、たえは首をかしげた。

「なぜ、そんなことがわかるの」

「なぜって、理由なんかありません。そんな気がするんです」

「わたしもそのような気がいたします」

庭の空を見上げて、宗恩がうなずいた。木立のむこうに朝日が顔を見せて、空はあわい水色に晴れている。

「だから、なぜなの」

たえには、思いあたることがない。

「だって、木槿が咲きましたから」

うつむいて、宗恩がつぶやいた。

「なぜ、木槿が咲いたら、あの人は、浜の納屋に行くの」

宗恩が、頬を赤らめた。恥じらっているらしい。

「なんなの。隠さずにおっしゃい」

命じると、宗恩が目をそらした。

「言いなさい」

きつい調子で問いつめた。

「はい、あそこで……」

白い頰を朱《しゅ》に染めて、黙り込んだ。

それ以上は聞きたくなかった。

おちょうを見すえた。

こっちの女狐は、勝ち誇った目を向けてきた。

——ばかばかしい。

たえは、首をふった。

好色な夫が、浜の納屋でなにをしようと知ったことではない。

こんなところで気を揉んでいるより、店に帰って、呉服屋でも呼びつけて小袖を見立てたほうがよほど愉しい。それより、小間物屋《こまものや》を呼んで、前からほしかった大きな珊瑚玉のついた髪飾りを買ってしまおうか。

そんなことを考えていると、宗恩が口を開いた。

「わたし、見てまいります。気になりますもの」

そのことばに、たえは、ひどく狼狽《うろた》えた。

——この女は、夫に懸想《けそう》しているのか。

後家になった宗恩は、暮らしのために仕方なく妾になったのだと思っていた。

いまの口ぶりは、たつきのために、いやいや抱かれている女の言いようではなかった。

恋をしている女の口調だ。

「わたしも行くわ」

おちょうが呟いた。

そんなふうに言われると、たえも気になる。

夫は、浜の納屋で、だれかと逢瀬を愉しんでいるというのか――。

結局、三人で家を出て歩きだした。

宗恩の家からなら、曳き網の浜まではほんの数丁《ちょう》（数百メートル）だ。さして遠くない。

「まったく、どうしようもない男……」

いちばん前を歩きながら、たえは呟いた。

あの夫のおかげで、これまでに、どれだけ悔しい思いをさせられたことか。孤閨《こけい》をかこって、寂しく眠れぬ夜を、どれだけ過ごしたことか。

女人が好きなのは、男の性《さが》だからしょうがないにしても、夫は、愛し方が尋常ではない。

いや、じぶん以外の女を愛しむところを見たことはないが、茶の湯の道具を賞翫《しょうがん》するようすを見ていたら、女をどんなに執拗に撫でまわすかは想像がつく。たえだって、祝《しゅう》言《げん》をあげたばかりのころは――。

ひとむかし前の閨《ねや》での熱い迸《ほとばし》りを思い出して、たえは頬を赤らめた。あれと同じことを、ほかの女にしているはずだ。

「ほんとにどうしようもない男」

「そうでしょうか」

疑問を投げ返したのは、おちょうだった。

この女狐は、むかし白拍子をしていた。銭のあるお大尽《だいじん》なら、誰だって見境《みさかい》なく靡《なび》く女だ。

「宗易様はお優しいですよ」

じぶんだけが知っている秘密のようにおちょうが言った。

「なにが優しいもんですか。あんな冷たい人はいませんよ。あの人は、じぶんが大好きなんです」

「それは……」

うなずいたのは、宗恩であった。

「御寮《ごりょん》さんのおっしゃるとおりかもしれません。わたしもそう思うときがありますもの」

「そうでしょ。あんなわがままで、口うるさくて自分勝手な人はいません」

たえは、宗恩を味方に得て心強かった。

「でも……」

と、宗恩がつけくわえた。

「旦那様は、とても熱い情をもったお方です。なにを愛でるときでも、心をときめかせて火よりも熱くなられますもの」

宗恩の話に、おちょうが大きくうなずいた。

「そうですよ。わたしは、いろんな殿方を見てきましたけれど、宗易様ほどこころの熱い方は、お武家にもいませんよ」

おちょうのことばに、宗恩がうなずいた。

たえも、夫のこころの熱さは、よく知っている。たしかに、宗易という男は、美しいものを愛でるとき、尋常ではない情熱を発揮する。

砂地を踏んで、浜の松林にやってきた。

むこうに夏の朝の明るい海が見える。

古びた納屋のそばに、荷箱を置いて男がすわっている。いつも宗易がつれて歩く老爺《ろうや》の佐吉だ。

立ち上がり、声をあげて挨拶しかけたので、たえは、指を口の前に立てて見せた。佐吉が、うなずいて口を閉ざした。目がとまどっている。

松林に、納屋が三棟建っている。

むかしは、干し魚でもしまっていたのだろうが、土の壁がくずれ、板の屋根もあちこち朽《く》ちていて、いまは使っていない。

端の一棟に、壁から突き出すように、小部屋がついている。納屋を守って夜明かしする番人のための部屋らしい。

そばに、木槿の木があって、白い花が咲いている。

小部屋に格子窓がついている。

障子の破れからなかをのぞくと、夫の背中が見えた。

なかにいるのは、夫だけだ。

女はいなかった。

板敷きの間にすわった夫のむこうに、白い木槿の花がひと枝置いてある。

たえには、その可憐な花が、女の代わりのように見えた。

花の前に、薄茶を点《た》てた高麗茶碗が置いてある。

「……アルムダプッタ」

夫がつぶやいたことばは、たえには意味がわからなかったが、そこにすわっている幻の女を口説いているように聞こえてならなかった。

紹鷗《じょうおう》の招き

武野紹鷗

与四郎（のちの利休）十九歳――
天文九年（一五四〇）六月某日
泉州　堺　武野屋敷　四畳半

一

庭の柳の葉に、やわらかな朝の光がにじんでいる。もう蟬がやかましく鳴きはじめた。

武野紹鷗《たけのじょうおう》は、新しく建てたばかりの四畳半に腰をおろした。大柄で堅太りの紹鷗にとって、四畳半の座敷はちょうどどころあいの広さである。

――よくできている。

じぶんで指図した座敷ながら、いい出来栄えだと満足だった。

茶の湯名人として名高い紹鷗が、新しく茶室をつくったというので、堺の数寄者《すきしゃ》たちのあいだでは、たいへん評判になっている。みな、この席の最初の客になりたがっている。

紹鷗は、まだ、だれも招いてはいない。

招くなら、ひとかどの茶人でなければならない。客として紹鷗の目にかなう者は、なかなかいない。

座敷は、北向きである。

すわっていると、市中山居《さんきょ》の隠《いん》にこころが落ち着く。

これまでの茶の席は、草庵といえども、壁に白い鳥子紙《とりのこがみ》を貼っていたので侘びた趣が乏しかった。

紹鷗は、思いきってかじけさせてみた。

壁は紙を貼らず粗土《あらつち》のまま。

窓の格子と縁側には、丸竹をつかったので、鄙《ひな》びた味わいが深まった。

冬の茶の湯のために炉を切ったのも、山家《やまが》めかせるためである。

内庭には、ただ一本、大ぶりな柳の木。

豊かに垂れた柳の葉が、海からの風にそよいでいる。

さわやかな風の音に満足し、床に目をやった。

一間《けん》幅で、奥行きは二尺《しゃく》三寸《すん》（約七十センチメートル）。

床框《とこがまち》は、自然な肌のある栗の木に黒漆を塗らせた。

花入が置いてある。

昨日、試《ため》しに伊賀《いが》焼《や》きの耳付き花入を置いてみた。

侘び寂びた席には、土の肌のざらっとした焼き物が合うと思って選んだが、どこか、しっくりなじまない。

花が悪いのかと、桔梗《ききよう》やら、木槿《むくげ》やら、虎の尾やら、糸薄《いとすすき》やら、夏の草花をあれこれくみあわせ、活けて試してみたのだが、やはりうまく際だたない。

さて、どうしたものかと考えていたとき、茶道口《さどうぐち》に人の気配があった。

「旦那様」

女子衆《おなごし》の声である。

「どうした」

「千与兵衛《せんのよへえ》様がおみえでございます」

こんな早朝から与兵衛の名を聞いて、紹鷗の胸にさざ波が立った。

そうだった。

建てたばかりのこの茶の席もたいせつだが、いまひとつ、重大な仕事があった。

魚屋《ととや》の千与兵衛には、そのことで頼み事をしてある。

「書院にお通ししなさい」

「かしこまりました」

四畳半の茶室から、一畳の勝手を通り抜けると、書院に行ける。

ふだんの客とは、そちらの書院で対面する。

立ち上がり、いまいちど、床の花入をながめた。

——あつらえ向き過ぎるのか。

連歌《れんが》の世界では、つけ句が前の句に寄り添い過ぎていると興趣が削がれる。付き過ぎと称して評価が低い。

茶の湯も連歌と同じであろう。

粗土の壁と土肌の伊賀焼きのように、趣向があまり似通っていると、興がわかない。

——どうするか。

花を変えるべきか、それとも花入そのものを変えるべきか、考えながら書院に行くと、千与兵衛が青ざめた顔で待っていた。

紹鷗の顔を見るなり、両手をついて額を畳にすりつけた。

「まことに申しわけないことです。せがれの与四郎《よしろう》が、あの女を連れて逐電《ちくでん》いたしました。いましがた土蔵をあらためましたところ、もぬけの殻でして……」

紹鷗は舌をひとつ打ち鳴らした。

「まずいな……」

与兵衛に預けておいた女は、高麗の貴人の姫である。

紹鷗のいちばん大切な顧客三好長慶《みよしながよし》からの注文で仕入れた大事な商品であった。

三好一族は、四国の阿波《あわ》を地盤としているが、長慶はいま摂津越水城《せっつこしみずじょう》にいる。西国街《さいごく》道を押さえる重要な拠点で、三好一族にとっては、畿内をうかがう出城《でじろ》でもある。

長慶は、まだ十九の若さながら、いま畿内でいちばん力のある男だ。

元服してすぐ、室町幕府の管領をつとめる細川晴元の被官《ひかん》となったが、さきごろ将軍家領地代官職のことで、細川家と一悶着あった。

長慶は二千五百の軍勢を率いて、堂々と京に上った。

驚いた細川晴元は、長慶の言いなりになった。度胸も知略もある男だ。紹鷗としては、できるだけ関係を深めておきたい。

堺にあらわれた三好長慶から、異国の高貴な女を買いたいとの注文があったのは、去年の秋だった。

――承知いたしました。

と、紹鷗は、四の五のいわずに注文を受けた。

飛ぶ鳥を落とす勢いの長慶の注文なら、天竺に舞い飛ぶ迦陵頻伽《かりようびんが》でも、地獄の鬼の鉄棒でも探してくる。

ちょうど湊にいた怪しげな寧波《ニンポー》船の船長に、女を買いたいと頼んでおいた。高貴で美形な女をつれてくれば、いくらでも銀を払うと約束した。

その船が、半月ばかり前、堺にもどってきた。注文通り、女を積んでいた。

すさまじい臭気のこもった暗い船底で、女は足を鎖で繋がれ、莚《むしろ》の上にじっとすわっていた。

明人《みんじん》の船長が、女の顔を手燭《てしよく》で照らした。

白い頰は、防水用の瀝青《チャン》で黒く汚れていたが、端整《たんせい》で優美な顔だちだった。まちがいなく高貴な生まれだろう。

眼の光が強く鋭い。

恨みとも、憎悪とも、侮蔑ともつかぬ光をみなぎらせている。

視線を浴びて、紹鷗は、全身に鳥肌が立った。

世の中にこんなに毅然とした女がいるのか、と、戦慄をおぼえた。

わずかの銭《ぜに》で売り買いされる奴隷なら、いままでにたくさん見たことがある。さんざん殴《なぐ》られ、いたぶられているのだろう。みんな卑屈な眼をしていた。

その女は、特別だった。凄絶な美しさをたたえ、近寄りがたい威厳に満ちていた。

そしてなお、優雅であった。

裾の広がった淡い韓紅花《からくれない》の着物は、仕立てのよい高麗の上布《じょうふ》である。それもまた身分の高さを語っている。

「この女を、どこで手にいれたか」

筆と料紙《りょうし》を取り出し、紹鷗は筆談で船長にたずねた。

「高麗だ。李《リ》王家の姫である」

「ほんとうか」

「高貴な姫が欲しいと注文したのはおまえだ。そのとおりの女を連れてきた」

「値切りはしない。銀はたっぷり払う。ほんとうの出自が知りたい」

しばらく考えてから、船長が筆を走らせた。

「李王家の血をひいた大地主のむすめだ。両班《ヤンバン》だよ。血筋はまちがいなくいい」

紹鷗はうなずいた。

堺で商売をしていれば、両班のことは聞いている。高麗では、古い時代から両班という官僚制度が発達し、役人たちが貴族化している。

両班には、二つの閥がある。李王家の縁戚や功臣、地主たちの勲旧派《くんきゅうは》と新興官僚たちの士林派《しりんは》である。

両派は激しく対立し、大勢の高級官僚が死刑や流罪《るざい》などさんざんな目にあわされたという。

「おまえが攫《さら》ってきたのか」

文字を読んだ船長が首をふった。

「人聞きの悪いことをいうな。やつらの仲間割れだ。あいつらは、平気で人を貶《おとし》め追放する。この女は、宮廷に入ることが決まっていたのだ。それを嫉《ねた》んだやつらが掠《さら》って売りとばした。おれは金を払って買ってきた。この女が恨むべきなのは、高麗の人間だ」

なるほど、それがほんとうなら、たしかに理屈である。

「買うのか、買わないのか」

紹鷗と船長のやりとりを見ていた女が、細い眉を冷ややかに顰《ひそ》めた。じぶんを取り引きする男たちを、高みから侮蔑する眼だった。

王家とのつながりはさておき、まちがいなく高貴な生まれにちがいあるまい。三好長慶も、この女なら必ず気にいるだろう。

「買う」

紹鷗の体内で、商人の血が滾《たぎ》った。

どんな茶の湯の道具でも、紹鷗が目利きすれば高値で売れる。この女も、三好長慶に売りつければ、かならずや大きな利をもたらしてくれるにちがいない。

重くて持てないほどの銀をわたし、女を買い取った。

その女を、千与兵衛の家に預けたのは、武野屋敷では、新しい茶室を造るために、奥の土蔵を壊してしまったからだ。

あんな美貌の女だ。どこかの納屋で男の番人に見張らせておくのは危険すぎる。

千与兵衛のまじめな質は、商いを通じて、よく知っていた。

与兵衛の土蔵に預けておくなら、誰に番をさせるより安心なはずだった。

二

武野紹鷗は、屋敷に詰めている雇い侍の頭《かしら》を呼んだ。

「取り急ぎ、町の出入りを厳重に見張り、一人ずつ顔を調べて探せ。べつに人数を出して、近在で二人が隠れそうな納屋をあらためろ」

男と女の人相風体を教え、見つけしだい捕らえて連れてくるように命じた。

「ただし、怪我はさせるな。殺してはなおいかん」

革屋の紹鷗は、堺会合衆《えごうしゆう》のなかでも筆頭格の大分限《だいぶげん》だから、町の警固に雇った侍たちを束ねる立場にある。

侍の頭は、すぐに飛び出して行った。聡明な男だ。かならず見つけるだろう。

堺の町は、柵と濠《ほり》で囲まれ、夜は門を閉ざしているので出入りができない。

夜のうちに千家屋敷の土蔵から逃げたにしても、堺の町を出られるのは、夜明けに門が開いてからだ。

だとすれば、どこかの門番がおぼえているはずである。逃げた方角さえわかれば、追っ手がかけられる。

「なにほどもなく、ゆくえが知れるであろう」

紹鷗がつぶやくと、千与兵衛がうなだれた。

「申しわけありません。まったくろくでもない穀潰しで……」

魚屋の千与兵衛は、紹鷗と似たほどの歳まわりだが、身代には大きな開きがある。

武野の家は、もともと若狭《わかさ》武田《たけだ》氏の出で、応仁の乱のころに困窮して、紹鷗の父親の代に堺に移り住んだ。この町で軍需用の皮革と武具を商って大きな財をなした。

その父が去年亡くなったので、紹鷗は莫大な家督を相続した。田地だけで百町歩《ちょうぶ》もある大地主だ。納屋もたくさんあるし、蔵の金銀はいくらあるかわからない。

若いころから、紹鷗は働いたことがない。

武野家の京屋敷に住み、公家の師匠について連歌の道に精進していた。

そのころは連歌師として立つつもりだったが、三十になって諦めた。どうにも、詩歌や文筆の才はなさそうだった。

それからは、茶の湯に精を出している。

茶の湯はおもしろい。

名物道具を所持している者こそが名人である。

世に名物と名高い道具を、紹鷗は、六十も秘蔵している。いずれも、二千貫、三千貫の高値で売れる立派な財産だ。

唐物ばかりではない。

そこいらの竹を引き切りにした蓋置さえ、紹鷗が持って銘《めい》をつければ名物になる。どこにでもある釣瓶や面桶《めんつう》でも、それらしい由来を語り、水指《みずさし》やこぼしとすれば、それもまた名物となって驚くほどの高値を呼ぶ。

侘び茶は、ほんのひとかけらの銀を、千両にも万両にも増やしてくれる摩訶不思議な妖術だ。こんなおもしろい商いはほかにない。

千家の与四郎も、若いながら、相当な茶の湯の数寄者である。

「与四郎の茶の湯好きも、相当らしいな」

紹鷗は、いかつい顎をなでながら、与兵衛にむかってつぶやいた。

千与四郎を、紹鷗はよく知っている。

北向道陳《きたむきどうちん》という隠者《いんじゃ》めいた男について、東山流の格式ばった書院台子《だいす》の茶をならっているが、紹鷗から侘び茶をまなびたいと、なんどもこの家をたずねて来た。

じつは、なかなか見どころのありそうな若者だと、紹鷗は思っていた。

紹鷗が買うつもりだった道具を、先に買われて悔しい思いをしたことが何度かある。

茶の湯にも招かれたが、若いにしては、なかなか見どころのある道具立てだった。

鑑識眼は凡庸ではない。

すぐに入門を許さなかったのは、もうすこし茶人としての資質を見てみたかったからだ。

「あの女が、わしからの預かり物だと、与四郎は知っておるのか」

与兵衛がうなずいた。

「武野様からのお預かりものゆえ、けっしていたずらなこころを起こすなと、釘をさしておきましたのに……」

それを知っているのなら、無茶はするまい。

紹鷗のなかに、あの女を与四郎に、見せびらかしたい気分がなかったかといえば、はて、どうだろう。与四郎が、あの優美な女にどう反応するかは、ちょっとした見ものだと思っていた。

紹鷗は、与四郎のいかにも利発そうな顔を思い浮かべた。

去年の秋だったか、この屋敷に来て、どうしてもなにか手伝わせてくれという。庭の掃除をさせてみると、苔に散っていた紅葉の葉を一枚も残さずていねいに掃き清めた。それで終わりかと物陰で見ていると、木をゆすって、ほどよいくらいに紅葉の葉を散らした。なかなかできる芸当ではない。

「与四郎の茶の湯も病膏肓《こうこう》だな」

もちろんじぶんも、相当な重症である。

「なみたいていではございません。魚屋商売など利が知れておりますのに、わたしが汗水流した稼《かせ》ぎをすべて茶の湯につぎ込む勢い。まことに困《こう》じ果てております。小言をいいましても馬耳東風。これも、父千阿弥《せんあみ》の血とあきらめております」

与兵衛の父千阿弥は、足利将軍家に仕える同朋衆《どうぼうしゅう》だった。

謀叛の事件に連座して堺に逃げ落ちてきたが、働きもせず不遇を嘆いているばかりであった。

父千阿弥に代わって、与兵衛が干し魚の商売をはじめ、地道に稼いでなんとかここまでやってきた。

ところが、せがれの与四郎は、与兵衛が苦労して築いた身代を、すべて蕩尽しかねないほどの放蕩者だ。若いころからさんざん白拍子と遊びほうけ、ちかごろは、勝手に銀を持ちだして茶の湯の道具を買ってしまう。

「商売には熱を入れないくせに、美しい道具を見れば、金に糸目をつけず手にいれようといたします。その執着《しゅうじゃく》の強さたるや、まこと、あきれ果てた茶の湯狂いで」

「それだけ数寄ごころが強いということだ。いや、茶人としてのさきが楽しみだ。商人としても大成するであろう」

「そうでございましょうか……。わたしは、とにもかくにも早まったことをせねばよいと心配でなりません」

「早まったこと？」

「あの女を殺すやもしれませぬ」

「せっかく盗んだ女を殺してはもったいない。盗んだ茶碗を割ってしまうようなものだ。そんなことはせぬだろう」

「いえ、せがれは、美しいものへの執着が人一倍強うございます。あれほど上品《じょうほん》なおなご、人に渡すくらいなら、いっそひと思いに、と考えるやもしれません」

それはまたいかにも茶の数寄者らしい反応だ。

「打つだけの手は打った。なんにしても待つしかない。いずれ侍たちが探し出してくるだろう。あなたも、与四郎の朋輩やら心当たりのところを探してもらいたい」

「承知いたしました」

与兵衛を帰し、紹鷗は、また新しい四畳半にひきこもった。

女と与四郎のことは、どのみちなるようにしかならない。考えても無駄なことは、考えないことにしている。大分限者の紹鷗は、なにごとにつけても鷹揚である。

床に対座して、すぐにまた花入のしつらえに没頭した。

高麗青磁、首の長い唐銅《からかね》、南蛮砂張《さはり》の舟形、さまざまな形の竹籠など、いくつもの花入を床にかざり、あちらからこちらから、ためつすがめつ眺めた。

どれも、それなりにしっくり馴染んで興があるのに、どういうわけか、侘びた伊賀焼きの花入だけが上手く映えない。

土の肌がざらりとしているせいか、座敷の侘びて枯れた空気が、かえってうるさく感じられてしまうのである。

——どうすればよいか。

頭をひねり、下に敷く薄板や花台をあれこれ替えてみた。塗りやら、白木やら、あるいは、かたちのちがうのを試しても、どうにも満足できなかった。そんなことをしていると、たちまち時間がたっていく。

ふと気がつくと、一日の大半をそんなことに使っていた。

夕さり方《がた》になって、雇い侍の頭がもどってきたので、書院の縁《えん》で対面した。

「申しわけありません。いまのところ、まだゆくえはつかめておりません」

片膝をついた頭の胴丸《どうまる》に、汗が白く塩になっている。

「ごくろうだった。どこを探した」

「どこの門も通ったようすはありませんので、まずは湊の船をしらみつぶしにいたしました。たしかに、今朝の夜明けには、高麗の着物を着た女と若い男を、見かけた水夫《かこ》がおりました」

紹鷗は、身を乗りだした。

「そうか、やはり湊に行ったか」

「御意。しかし、乗りこむ段取りだった船がすでに出帆《しゅっぱん》していて乗れず、しかたなくどこかへ立ち去ったらしゅうございます」

夜明けまで堺の町にいたのなら、おそらく、まだ町から出ていないだろう。

「われらは、湊の納屋もすべて探索。そこから範囲を広げ、町中の神社の祠《ほこら》、寺の縁の下をも調べましたが見あたりません。それと同時に、大坂、奈良、紀州方面の街道にそれぞれ人数を出して探させました。街道筋でたずねさせましたが、二人連れを見かけた者はおりませなんだ」

「高麗の着物は着替えたかもしれんな」

「顔の似せ絵をもたせてたずねさせましたが、わかりませなんだ」

「小舟で逃げられるとやっかいだな」

「それはご安心ください。湊でも漁師たちにも触れをまわし、見つけた者、捕まえた者に褒美を出すと言うてあります。むろん、街道筋にも触れてありますゆえ、見つかれば報《しら》せがあるはず」

「褒美はいくら出すと触れた」

「銀十枚でござる」

それなら、探しまわっている連中が大勢いるだろう。それでも見つからないということは、ずっとどこかに潜《ひそ》んだままなのかもしれない。

「与四郎の朋輩の家は」

「父与兵衛殿にうかがい、分かるかぎりのところには人をやりましたし、辻には見張りを立てておりますが、これもいまのところ動きはありません」

町を囲む柵と濠は、与四郎ひとりならともかく、女連れではとても越えられまい。

「まだ、町にいそうだな……」

「御意。それがしもそのように存じまする」

「よし、人を大勢雇ってさらに町中を探させろ。褒美も銀五十枚に上げろ。それならば、すぐに見つかるであろう」

できれば内密に探したかったが、こと、ここに到ってはもはやそうもいかなかった。

四畳半の座敷にもどると、くれなずんだ空の光が、内庭の柳の葉を淡い藤色に染めていた。人のこころを切なくせずにはいられないもの悲しげな色調である。

——これぞ、幽玄。

紹鷗は、ひとりうなずき、じぶんの茶の席が、完成の域に近づきつつあることを確信した。こういう雅趣は、書院の茶ではけっして味わえない。

「そうだ」

おもわず声に出して膝を叩いていた。

——与四郎を呼んでやろう。

いや、あの男おもしろい。女をつれて出奔《しゅっぽん》するなど、まことに茶人だ——。

本気でそう考えた。

あの奔放な若者こそ、この座敷の、最初の客にふさわしい。

堺中の茶の湯の数寄者が、この席に招かれることを望んでいる。与四郎も、新しい袴も肩衣も用意して待ちわびていたはずだ。

——さて、あの男、なんとするだろう。

あらわれるか、それとも逃げつづけるか。

与四郎がまこと茶の湯の数寄者ならば、女ごときのことで、わしの招きを断るはずはあるまい。

それとも、茶より女を選ぶか——。

この新しい四畳半の最初の客になる機会は、生涯でたった一度きり。

与四郎は、それを断るような馬鹿ではあるまい。この紹鷗が、与四郎を招きたがっていると知れば、かならずや、姿を見せるであろう。

辻に高札《こうさつ》を立てて、知らせよう。立ち寄りそうなところに言伝《ことづて》をさせよう。侍たちにも言わせよう。まだ、堺の町にいる。茶の湯の招きは、きっと伝わる。

そう考えると、紹鷗は満足して、茶を点《た》てた。

さらに薄暗さを増した四畳半の座敷に、白天目のすっきりした陰翳《いんえい》がかそけくこころに響く。

淡くほのかな黄昏の残光のなかで、紹鷗は、閑雅《かんが》をこころゆくまで味わい、茶を喫《きっ》した。

恋

千与四郎

与四郎（のちの利休）十九歳――
天文九年（一五四〇）六月某日
泉州　堺の浜

一

静かな夜であった。与四郎は、じぶんの四畳半の座敷で、茶杓《ちやしやく》を削っていた。

茶杓は、節の位置がいちばんむずかしい。節がなければ、すっきりしすぎて物足りない。櫂先《かいさき》にちかければ邪魔だし、下端《かたん》の切止《きりどめ》にちかすぎてはあざとく見える。与四郎は試行錯誤をかさねて、大胆にも、これぞ、という場所を見つけだしている。

小刀を手に、竹屑を散らしていると、押し殺した人の気配が見世のほうからした。

――いまごろ、なんだ。

もう夜はずいぶん更けているというのに、大きな荷をはこんできたらしい。見世からはしりを通って、内庭にやってくる。

葭戸《よしど》を透かして見ると、見世の者が二人、前と後になって、大きな長持を運んでいる。手燭《てしよく》を持った父与兵衛《よへえ》が先導して、庭の奥の土蔵にしまうのだろう。

今日、湊《みなと》に寧波《ニンポー》船が入った。

なにか風変わりな荷でも買いつけたのだろうか。下駄をつっかけて庭に出ると、月のない闇に木槿《むくげ》の花が白い。

「こんな時分に、なにごとですか」

「まだ起きていたのか。なんでもない。寝るがよい」

父の顔がいつになく険《けわ》しい。

「そうですか……」

与四郎は言われるままに、座敷にもどった。薄縁《うすべり》を敷いて横になったが、やはり気になる。わざわざ真夜中に運び込む荷は、いったいなにかと考えると寝つかれない。

庭のようすをうかがうと、みんな土蔵のなかにいるらしい。また、庭に出て、土蔵の前に行った。

厚い扉が小さく開いている。

覗くと、長持から人を取り出すところだった。見世の男が二人して抱えている。

死体かと思ったが、床《ゆか》に置かれると、片膝を立ててすわった。生きている――。手を縛られ、目隠しと猿ぐつわをされている。たばねた黒髪が長い。

――女だ。

裾の長く広がった着物は、あでやかな韓紅花《からくれない》と白。日本のものではない。町で高麗人が着ているのを見たことがある。

父の与兵衛が、女の目隠しをはずした。

おもわず身を乗りだしたほど優美な女であった。

すこし窶れているが、顔のつくりがいたって端整だ。目も鼻も口も耳も頬も顎も、それぞれがきわめて上品なうえに、美しく調和している。

与四郎がさらに驚いたのは、女の瞳が、あまりにも黒く冴え冴えとしていたからだ。

女が、こちらを見ている。

目と目が合った。

そのとたん、与四郎は、凍りついた。

黒い瞳が、強烈な光の錐《きり》となって、与四郎の網膜を刺し貫いた。女の眼光は、いままでに見たことがないほど鮮烈であった。その女は、与四郎がいままでに逢ったどの女とも、はっきり違っている。

驚いた与四郎の呼吸がつたわったのか、背中を向けていた父がふり返った。

扉を開けてあたりを見まわし、与四郎を中に招《しょう》じ入れた。

「この女は、大切な預かりものだ。しばらくここに閉じこめておくが、けっして他言《たごん》するでないぞ」

「どなたからの預かりものですか」

父は、与四郎の執拗な性格を知っている。答えなければ、さらに興味をもつだろうことも分かっているはずだ。

「革屋の武野《たけの》だ。三好長慶《ながよし》殿からの注文の女ゆえ、ゆめゆめ、よこしまな考えを起こしてはならぬ」

与四郎は、いまいちど女を見た。

背筋を伸ばしてすわった女は、じぶんが売り物にされているというのに、いささかも卑屈なところがなかった。むしろ、そこにいる男たちに、傅《かしず》かれているかに見えた。

「わかりました」

余計なことはいわず、その場は引きさがった。

じぶんの座敷で横になったが、与四郎の目と頭はますます覚醒した。

――あの女。

革屋の武野紹鷗《じょうおう》からの、挑戦状ではないかと思った。

紹鷗は、侘び茶の名人として、堺の町ではつとに知られている。

与四郎は、北向道陳《きたむきどうちん》に茶を習ってきたが、師としてどうにも飽き足らなくなっている。新しい茶の湯が得意な紹鷗に弟子入りしたくて、しきりと屋敷を訪ねていた。まだ弟子にはしてくれないが、何度か茶をふるまってもらった。この座敷にも、客として迎えたことがある。

先だって紹鷗の屋敷に行ったとき、書院で茶杓を見せられた。

「わしが削った。どうだ」

書院の茶の湯ならば、茶杓は、象牙やべっこう、ときには金、銀をつかって豪奢に作る。

ちかごろ隆盛の侘び茶人は、質素な竹を好む。

侘び茶をはじめた村田珠光《むらたじゅこう》は、節のない竹をつかって、抹茶をすくう櫂先《かいさき》の幅が広い茶杓を削っている。

紹鷗の茶杓は、細めの櫂先から下端の切止ちかくまで、すっきり瀟洒に削っておきながら、下端ちかくに節が残してあった。わざとそこに節がくるように竹を切って、削ったのだ。

洒落てはいるが、作為が感じられて嫌みだった。

出来の良し悪しをたずねられた与四郎は、うなずかずに答えた。

「悪くありません」

紹鷗が、眉をひそめた。すばらしい侘びぐあいだと賞賛されるのを期待していたらしい。

「ふん。おまえなら、もっとおもしろく出来るというのか」

「はい。これより美しく削ってまいります」

与四郎は、帰って茶杓の竹を選んだ。

茶杓のまんなかよりわずかに上に節がくるように竹を切って、たんねんに削った。

その茶杓を持って、また紹鷗屋敷を訪ねた。

茶杓を見て、紹鷗がうなった。しばらく声がなかった。

珠光の時代には、竹の節は、醜い邪魔なものとして切り捨てられていた。

紹鷗は、それを端ちかくにつかうことで、侘びをかもしだした。

与四郎は、大胆にも、節を真ん中よりすこし上にもってくることで、草庵風《そうあんふう》の侘びに毅然とした品格をあたえた。

節を残すなら、与四郎が削った場所にあるのが、いちばん美しい。それより、ほんのわずかに上でも、下でも落ち着かない。その位置こそが、有無をいわせぬ緊張感のある美しさをつくっている。

長い時間、茶杓を手に見つめていた紹鷗が、ようやくつぶやいた。

「……これは、端正だな」

その茶杓は、もはや茶の粉をすくう道具ではなく、茶の湯をつかさどる神具《しんぐ》にさえ見えるはずだ――と、与四郎は自負していた。

「若いくせに、おもしろい美しさを見つける」

口の渋い紹鷗にしては、最高の賛辞だろう。

「それでは、お褒《ほ》めのことばにお慈悲を願いまして、新しい座敷を拝見させていただけませぬか」

紹鷗は、侘びを凝らした茶の席を建てたばかりだ。まだ、客を招いたという話は聞いていない。

「考えておこう」

と、言っていたが、いっこうに招きは来ない。

与四郎は、そのとき以来、紹鷗がなにか意趣返しをしたがっている気がしてならない。

異国の女を、父の与兵衛に預けたのは、挑発でもされている気がする。

――おまえなら、この女をどうする。

そうたずねられている気がしてならない。

そんなことを思うと、褥《しとね》に横になったまま、与四郎はいつまでも寝つかれなかった。

二

こころが、さわさわと騒ぐ。

次の朝、ほとんど一睡もせずに目ざめた与四郎は、じぶんの胸中の熱いときめきに気づいた。

――いかんな。

紹鷗からの預かり物だという前に、若い男として、与四郎は昨夜のうつくしい女が気になってしょうがなくなってしまったのである。

――女など……。

くだらぬ生き物だというのが、ちかごろの与四郎の確信であった。

町の娘にせよ、遊び女《め》にせよ、女にしたしむのが嫌いなのではない。

疼くような恋を、初めて知ったのは、十二のときだった。

十六の水仕女《みずしめ》のやわらかい微笑みにほだされて、朝も昼も夜も想いつづけた。

十四のとき、朋輩《ほうばい》とつれだって色里《いろざと》の浮かれ女と遊んだ。女の潤いと、和らぎをたっぷり教えてもらった。

それから、いくつも恋をした。

商家のむすめに文を書き、袖にされて、泣き明かした。

天真爛漫《てんしんらんまん》な女子衆《おなごし》と毎晩たわむれあって、快楽《けらく》に耽った。

遊びのつもりだった傀儡女《くぐつめ》に本気で惚れて、嫉妬に狂った。

十六のとき、逢瀬をたのしんでいた白拍子が子を孕んだ――。あれこれ考え合わせると、どうやら与四郎の子であるらしかった。

「引き取ってそだてたい」

父に告げると、怒鳴られた。女に銀をわたして別れた。

それから、すこし放蕩した。

堺の色街はにぎやかだ。いろんな女がいて愉しませてくれる。美しくてもつまらない女がいることを知り、醜女の深い情けに感嘆した。

与四郎はしばしば色街にあそび、散財した。

いろんな女を好きになったが、与四郎は、一夜の遊びを好まない。懸想して、惚れて、恋して……、そのはてに結ばれるからこそ、恋はたのしい。いくつもいくつもの恋をした。

せがれの放蕩ぶりに、父の与兵衛が説教を垂れたが、与四郎は耳を貸さなかった。

「父上は、さように肝っ玉が小さいゆえ、商売が大きく伸びなんだのでございます。わたくし女色《にょしょく》に溺れるような愚かな真似はいたしませせぬ。男子として、浩然《こうぜん》の気を養うための色街通い。それができぬようで、なんの男でございましょう。大事は為せますまい」

父が憮然とした。

「しかし、おまえのように遊びほうけては、家にいくら銀があっても足りぬわい」

「わかりました。では、これ以上、銀の無心はいたしませぬ」

そう宣言したのは、与四郎が十七のときだ。

北向道陳に弟子入りして、すでに茶の湯の修行を始めていた。

同門の兄弟子たちと接するうちに、与四郎には、世間の男たちが、どうにも愚かに見えはじめていた。

与四郎は、いたって冷静な質《たち》である。すくなくとも、じぶんでは、そう信じている。

——若さゆえの驕りか。

ひとたびは、そう首をかしげてみたが、けっして思い上がりではなかった。よくよく他人を観察してみても、同じ結論にいたった。

——おれほど、美の神髄をわきまえている者は、ざらにはおらぬ。

道陳の同門たちは、ほとんどが与四郎より年長だし、何年も修行しているというのに、美のなんたるかが、まるで分かっていない。

師の北向道陳にしたところで似たようなものだ。

「この台子《だいす》飾りなら、床《とこ》には、なんの花入を置くのがよいかな」

集まった弟子たちに、道陳が、そんな質問を投げかけることがある。

一同で、あれがよい、いや、こちらのほうが、と議論になるが、与四郎がしつらえると、皆だまり込んだ。ときに、へそを曲げた師や弟子たちが、違うしつらえを賞賛することもあったが、そんなものはただの僻みに過ぎないことを、与四郎は見抜いていた。

美しさには、絶対的な法則がある。

ただ気まぐれに試しているだけでは、美しさの神は微笑まない。

――おれには、それがわかる。

与四郎の体内には、もともと、美を賞翫《しょうがん》し、生み出す才がそなわっているようであった。

その目利きをもって、与四郎は茶の湯道具の売り買いに励んだ。

安く買ってきた道具を、じぶんの座敷にしつらえ、客を招いて使ってみせると、欲しがる者があらわれる。たいていは、買い値の何倍かで売れた。茶杓や柄杓《ひしゃく》を削って使っていると、これもすぐに高い値で売れる。

その銀で、遊女とたわむれた。

ただ、すこし飽きてきてもいた。

女は、おもしろい。

音曲《おんぎょく》に合わせて舞わせれば華やかだし、ともに閨《ねや》に入れば悦楽の仙境に遊べる。

しかし――。

それだけのことだ。

女は、美しい。

美しいが、くだらぬ生き物でもある。

町の娘にせよ遊び女にせよ、すこしつき合いが深くなると、たいていの女はこころの底が透けて見えてくる。

噂好きで、嘘つきで、嫉妬深く、高慢で、計算高いうえに、怒りっぽい。

――女より、茶の湯の道具のほうが、よほど気高く美しい。

しだいに、与四郎はそう思うようになっていた。何年かの放蕩で、女のことはすっかり極めたつもりになっていた。

ところが――。

いま、奥の土蔵にいるあの女は、まったく違って見える。

――おそらくは……。

高麗の王家かなにか、ずいぶん高貴な生まれにちがいない。そう思わせるだけの気高さ、優美さがそなわっている。

歳のころは、十八か、十九か。

瞼の裏に焼きついた女の顔は、もって生まれた品格のよさを凜とあらわしている。

「あの女の世話をさせてください」

翌朝、与四郎は、父にそう話した。

「馬鹿をいえ。なにを考えておる」

「いけませんか」

「あたりまえだ」

「しかし、あの女、きちんと世話をしなければ病気で死ぬかもしれません」

「ふん。短い間だ。大事あるまい」

女を預かるのは、ほんのわずかのあいだだと、父がいった。三好家では、長慶と、丹《たん》波《ば》の波多野《はたの》のむすめと婚儀が進んでいる最中なので、いきなり異国の女を連れて行けないのだという。むこうにも算段があるのだろう。

「しかし、朝飯を食べておりませぬな」

「もうそんなことを見てきたのか」

父があきれた。

「それは、気になります」

土蔵は、風を通すために、厚い外扉が開けてあるかわりに、内側の木戸を閉めて海老錠《じょう》がかけてある。

なかでは女子衆がひとり、縫い物をしながら、そばについている。

与四郎が木戸の金網からのぞくと、真っ直ぐな視線でこちらを見つめていた。目と目があって、また心の臓が高鳴った。黒い瞳に、新鮮な驚きがあった。

「どんなぐあいだ」

女子衆にたずねた。

「ずっと外を見ておいでです」

金網越しに空を見ているところに、与四郎が顔を突き出したらしい。

すでに縄は解いてあるが、あばれて騒いだり、逃げたりする気配はないようだ。蔵の奥に敷いた緋毛氈《ひもうせん》に、片膝を立ててすわっていた。

優雅なたたずまいだ。捕《と》らわれていることをなんとも思っていないふうでさえある。どうやって連れて来られたのかは、知るよしもない。異国の町で売り物として囚《とら》われている以上、けっして逃げ切れない運命だと諦観しているのかもしれない。

しかし、女のたたずまいには、それ以上の落ち着きがあった。たとえどこであろうと、じぶんのいる場所こそがこの世の中心であるといわんばかりの尊厳さえただよっている。

父と覗いたが、朝の膳が、やはり手つかずのままになっている。米の飯と味噌の汁、干した魚、それに香《こう》の物の食事だ。

「腹が空けば、そのうち食べるであろう」

父がつぶやいた。

「食事のしたくくらい、させてください」

だめだと言われなかったことを黙認とみなし、与四郎は、堺の町に住む琉球人の家に行った。高麗になんどか行ったことのある男である。堺には高麗人も住んでいるが、このたびは訪ねて行きにくい。

銀を一粒わたして、高麗の料理とことばを教えてくれるように頼んだ。

「どうするんだ」

「高麗からの疲れた旅人に食べさせたいのです。できれば、高貴な方をお迎えする真似ごとをしたいのですが」

「高麗のどこから来た」

「いえ、まだいるわけではありません。こんど、来るかもしれないのです」

男はそれ以上、深くたずねなかった。

「高麗人は、牛の肉を好む。用意できるか」

「市場で売っているもので、つくれませんか」

男がすぐにうなずいた。

「ならば、鮑《あわび》がよかろう。粥もよろこぶ」

「いま、つくってもらえませんか」

「せっかちな奴だ」

下男を市場に走らせて鮑や松の実などを買ってこさせると、男は台所に入り、与四郎の見ている前で料理してくれた。

よい匂いのする鍋を持ち帰り、父に見せた。

「食べさせますよ」

父は、いけないとは言わなかった。

鮑は、干し椎茸の汁と、醤油、砂糖、葱で煮てある。薄く切って、貝殻に盛りつけた。

粥は、水につけておいた米を、すり鉢ですこし潰し、松の実、胡桃、蓮の実、胡麻、杏仁《あんにん》といっしょに炊いた。

土蔵の前で、料理を女子衆にわたした。鍋を女の前に置いて、女子衆が木のふたを取ると、女の黒い瞳がかがやいた。

顔をあげ、金網越しに、与四郎をまっすぐ見つめている。

「チンジ　ジャップ　スセヨ」

召し上がってください、と、教えてもらったとおりつぶやいた。女がさらに大きく瞳を見開いた。顔がすこし微笑んでいた。

口を開いて、なにかを話したが、与四郎には理解できなかった。

「チンジ　ジャップ　スセヨ」

同じことばをくり返した。

女は、小さくうなずいて、朱塗りの膳にそえた匙を手に取った。残さずすべて食べてくれた。

それから、女の食事のしたくは、与四郎の仕事になった。

琉球人の家に行き、さらにいくつかの料理を教えてもらった。

蔵の入り口で、布巾《ふきん》をかけた膳を女子衆にわたすと、与四郎は、短い時間、金網越しに女を見た。

ついている女子衆が、韓紅花《からくれない》の着物を洗い、湯浴みもさせている。どう見ても、千家《せんけ》の人々にかしずかれている風情であった。

そんなふうにして二、三日すごすうちに、与四郎のうちで、女への想いがしだいに大きくふくらんだ。

――恋か……。

まさか、と、与四郎は首を振った。

さんざんな放蕩をへた与四郎である。女などは、くだらぬ生き物だと思っている。名物の茶の湯道具を恋い慕って夢に見ることはあっても、もはや、女ごときに恋い焦がれるとは、思っていなかった。

しかし、与四郎の脳裏で、しだいにあの女が大きな場所をしめるようになっているのはまちがいない。

食事を運んだとき、土蔵の入り口から女をしっかり見つめてたずねた。

「コリョエ　トラカゴ　シッポヨ？」

高麗へ帰りたいか、と、たずねた。

「トラカゴ　シッポヨ」

優雅に落ち着き払った顔で、女は帰りたい、とうなずいた。

名は、なんというのか。どうして捕らわれてしまったのか——。聞きたいことはいっぱいある。

なかに入り、漢文で筆談したら、いろいろ通じるのではないかと思ったが、それはどうしても父が許さない。蔵の戸口に立っているのさえ、すぐに追い払われる。

食事をはこぶとき以外、与四郎は、じぶんの座敷から、土蔵の壁をながめているしかなかった。

不思議なことに、美しい姫がなかにいると思うだけで、茶色い土の壁が、艶《つや》っぽく見えてくる。

——ばかばかしい。

と、首を振ったが、いや、と思い直した。

なかに美しい命が隠されていればこそ、粗土《あらつち》の壁が輝いて見える。こういう浮きたつような恋のこころが、茶の湯にもほしい。

――侘び茶といえど、艶がなければどうしようもない。

いまは、侘び、寂び、枯《からび》、そんなくすんだ美学ばかりが賞賛されているが、艶を消し去り、鄙《ひな》めかした野暮ったい道具をそろえても、こころは浮きたたない。

――だいじなのは、命の優美な輝きだ。

あの女を見ていて、そうおもった。

命がかがやけば、恋がうまれる。

夜、かすかな月の光にうかんだ土蔵の壁を見つめて、与四郎は恋をしていた。

三

――助けよう。

はっきりとそう腹を決めたのは、女が来て五日目だった。

たとえ武野だろうが、三好だろうが、あんな優雅に美しい女を、売り買いしてよいはずがない。

連れて逃がせるだけの銀を、与四郎は貯えて持っている。船に乗って、西に連れて行こう。まず博多を目ざせばよい。

そう腹に決めて、湊で船を探した。

筑紫の船がいた。船頭に、乗せてもらうように交渉した。

船頭は、与四郎を色街で見かけたことがあるといった。派手な遊び方を見られていたらしい。

「おまえ、魚屋のせがれだろう。どうした。遊びが過ぎて堺にいられなくなったのか」

「こんなくだらない町に飽き飽きしただけだ。遠くに行きたくなった」

「あさっての夜明けに船を出す。おまえひとりでいいんだな」

「いや、女を連れて行く」

髭面の船頭が口もとをゆがめて笑った。

「色男なら、銀は先払いだ」

安くない銀を、与四郎は船頭にわたした。

船が出る前の夜、与四郎は寝つかれなかった。褥に横になって、夜の庭をながめていた。

木槿の花が、やわらかい月の光を浴びて咲いている。

そろそろ、丑三《うしみ》つ時《どき》か。

船は、夜明けに出る。ちょうどよい頃合いだ。

耳をすました。

ことりとも物音がしない。家の者は、みんな寝静まったようだ。

旅支度を詰めた行李《こうり》を背負い、腰に脇差をさした。足音をひそめて庭に降り立った。

蔵の内木戸の海老錠の鍵は、父がいつも持っている。寝るときは、箱枕の抽斗《ひきだし》に入れているが、とっくに持ち出し、堅い黄楊《つげ》を削って合い鍵を作っておいた。

錠前をそっと開けた。

闇のなかで横になっていた女子衆が気づいてからだを起こした。首をくくられては困るので、夜も人がついているのだ。

与四郎は、低声《こごえ》でつぶやいた。

「不憫ゆえ、その女を逃がしてやる。おれに刀で脅かされたというがよい」

腰の脇差をしめすと、女子衆がこくりとうなずいた。

寝ている高麗の女の肩に手をかけた。

「コリョエ トマンハジャ」

高麗に逃げましょう——。そうつぶやいた。

起きあがった女が、与四郎を見つめている。暗闇のなかでも優雅さはそのままだ。

しずかに、うなずいた。

女子衆を縛りあげて、猿ぐつわをかませた。これで、後で叱責されずにすむ。

月明かりの庭に出ると、女が木槿の花を見つけて立ち止まった。

「ムグンファ」

つぶやいて見とれているので、小刀で一枝伐《き》って手わたした。

白い花も、女も、凛と美しかった。

寝静まった見世《みせ》のはしり土間を通り、表のくぐり戸から外に出た。女の手を引いて、足早に町を歩いた。

辻々《つじつじ》で警戒して身を隠しつつ、湊に行った。

二日前、筑紫の船があったところに、船はなかった。

与四郎は愕然とした。

千石《ごく》も積めそうないちばん大きな船だったので、見まちがうはずはない。

沖に碇泊《ていはく》しているのかと眼を凝らしたが、船影は見あたらない。あっちに行き、こっちでうろたえた。

船を探すうちに、夜が白んできた。湊が明るくなってきた。

起きだしたべつの船でたずねると、筑紫の船は、昨日の朝、出帆《しゆつぱん》したという。

——騙されたのだ……。

口いっぱいに、砂を押しこまれた気分である。おのれの未熟さ、愚かさを、いやというほど味わわされた。

「なんだ、その女は」

水夫《かこ》たちが、船上からいぶかしげな眼を向けていた。

明るい朝に、女の格好は目立ちすぎる。

ほかでたずねたが、数日のうちに出帆する船はなかった。

——どうするか……。

頭が沸騰していた。体内を血がかけめぐる。なにをどうすればよいのか分からなかった。地団駄を踏んでいるいとまはない。

とにかく、女は人の目につく。早起きの水夫たちの視線が痛い。

――まずは、ここを離れたほうがよい。

そう決めると、与四郎は女の手をつかんで走り出した。

四

――ひとまず、浜に行こう。

与四郎はそう決めた。

堺の湊は、小さな丸い入江である。

湊のそばには舶載品《はくさいひん》をしまっておく納屋が建ちならび、家も人も多くて繁華《はんか》だが、そこさえはずれてしまえば、南には松林のつづく砂浜がある。北には塩田がある。

浜の松林には、千家の干し魚の納屋がある。

あのあたりの浜なら、漁師たちが地曳き網をひくときのほかは、ほとんど人影がない。

見つからずに小舟を盗めるかもしれない――。

女の手を引いて走りながら、そう考えた。

ときどき目を見ると、女は黙ってうなずいた。信用してくれているのだ。

浜に小舟があれば、とにかく乗って漕《こ》ぎ出そう――。

そうこころに決めている。

与四郎は、舟など漕いだことはないが、なんとかならぬでもあるまい。できれば兵庫の湊まで行きたいが、それが無理なら、難波でも、すぐ近くの住吉《すみよし》の浜でもよい。まずは、堺の町を出ることだ。そうすれば、すこしは安心だ。見つかりにくかろう。

どのみち堺の湊は、すぐに紹鷗の手がまわるだろう。もう大きな船には乗れまい。

しかも、筑紫の船頭に大枚《たいまい》をはらったので、懐の銀は、乏しい。

頭のなかを、さまざまな思いが交錯する。焦慮《しょうりょ》を抱《かか》えながら、湊から町を走り抜けた。

浜の松林に入った。

あたりには、漁師の家が何軒かあるだけだ。

――小舟はないか。

見つからぬように遠くからさぐったが、大きめの舟が浜に上げてあるだけだ。とても、ふたりでは海に押し出せそうにない。

――銀を払って、着物を買い、舟で難波まで送ってもらおうか。

そう考えて、すぐに首をふった。

もしも、怪しまれ、断られたらなんとするか――との迷いが湧きあがってくる。

与四郎は、ひとまず、千家の浜の納屋に行くことにした。ここからもうすこしのところにある。

浜で干した魚を積み上げておいたのだが、このあいだ、鼠がたくさん出て魚を齧った。いまは使っていない。あそこなら、隠れることもできる。

松林の砂地を踏みながら、納屋に急いだ。

納屋は、土壁のしっかりしたつくりだ。鍵はかかっていない。板戸を開けてなかをのぞくと、がらんとしていた。

床のあちらこちらに、なにかが転がっている。

近づいて見ると、鼠の死骸だった。ぜんぶで五、六匹もいるだろうか。齧り跡のついた毒だんごが、壁の隅にいくつも置いてある。

納屋の外の壁に、へばりつくように建っている番小屋に入った。

狭い板の間だが、与四郎は、たまにここで、鄙の風情を楽しみながら、茶を点《た》てたり、茶杓を削ったりしてゆっくりと過ごすことがある。

なかに入ると、与四郎は、いったん外を見た。

松林に人影はない。

朝の浜は明るく、波はない。風がしずかに吹いているばかりだ。

障子戸を閉めると、与四郎は心張《しんば》り棒《ぼう》をかませ、背にかついだ荷をおろした。

格子のついた障子窓がある。格子はさして太くない。外から壊《こわ》す気になれば、すぐに壊せる。

板の間のまんなかに小さな囲炉裏《いろり》が切ってある。手でしめすと、女は、炉の前に、背筋をのばし片膝を立ててすわった。

汗もかかず、平然とした顔で優美に微笑んだ。

驚いたことに、手には、まだ木槿の花を持っている。

花は凋《しぼ》んでいる。

「ムグンファ　チダ」

女がつぶやいた。木槿が枯れたといっている気がした。女の顔がすこし憂いをおびたのは、花が枯れたからで、じぶんの境涯についてではないらしい。

――どうするか。

与四郎は、それを決めなければならなかった。

はっきりしているのは、すぐさま、堺から出たほうがよいということだ。

しかし、どうやって――。

家では、すでに二人の出奔に気がついているだろう。

父のことだ。まずは紹鷗に報《しら》せるはずだ。すぐに追っ手がかかる。もう、四方に走っているとかんがえたほうがよい。

もはや、町中には帰れない。

堺の町は、柵と濠《ほり》で囲われていて、いくつかある門からしか出入りができない。門には、雇い侍がいる。このままの姿では、女が目立ってしかたない。女に日本の小袖を着せなければならない。小袖は、どこで手に入れるか――。

懸命に考えるが、知恵がさっぱりまわらない。

なにをなせばよいのか、判断がつかなかった。

女は平然としている。

瓜実形《うりざね》の顔はあくまで白く、目に澄んだ光がある。どんな境遇にいても怯えず優美にふるまっていられるのは、やはり、高貴な家の生まれだからであろう。

立ったまだった与四郎は、炉をはさんで、女の正面にすわった。

矢立《やたて》の筆を舐めて、懐紙に書いた。

倶渡高麗　　倶《とも》に高麗へ渡らん

わきに帆かけ船の絵を描くと、女がうなずいた。

松林に人の気配を感じた――。

障子を細く開けて外を見た。人はいなかった。風か――。気持ちがささくれ立っている。

――茶が飲みたい。

落ち着かないときは、茶にかぎる。茶を点てることにした。とにもかくにも茶が点てられるだけの道具は、荷行李《にごうり》に詰めてきた。

道具を出そうと思ったが、女が手にした木槿が目についた。

――まずは、花だ。

板の間のすみに、手ごろな長さに切った竹が、いくつか転がしてある。花入をつくるつもりで置いてあるのだ。

ひとつ選んで、腰につけた竹の筒から水をさした。

木槿の枝の端《はし》を小刀で斜めに切った。新しい切り口をつけて水上げをよくしたつもりである。花入に挿して、壁際《かべぎわ》に置いた。枯れているが、甦るだろうか。

花を置くと、砂っぽい部屋がすこしは座敷らしくなった。

女が、花をながめている。

外で、松の葉と枝をあつめ、燧石《ひうちいし》に打ち金で火を切って、炉に火を起こした。担いできた荷行李から、旅用の茶道具を出した。竹籠の箱に、天目茶碗、茶筅《ちゃせん》、茶杓、棗《なつめ》と帛紗《ふくさ》、茶巾《ちゃきん》をきっちり詰めて入れてきた。薄くて軽い小ぶりな鉄の鉢もある。ふたり分の湯を沸かし、粥を炊くくらいならこれで用が足りる。

鉄の鉢に、竹筒の水を入れて、五徳《ごとく》にかけた。

茶の湯の道具をならべると、与四郎のこころは、不思議なくらいに落ち着いた。さっきまで聞こえなかった松籟《しょうらい》にも気がついた。

——きっとうまく逃げられる。

なんの根拠もないが、そう思った。

なにはともあれ、路銀《ろぎん》が必要だ。

夜まで待ち、闇にまぎれて町に入るのがよいかもしれない。友だちを訪ねてみようか——。

与四郎は、遊び仲間の何人かを思い浮かべた。みんな裕福な商家のむすこたちだ。いくらかの銀なら貸してくれる。

——それが無理なら……。

盗人《ぬすっと》でもなんでもする。

与四郎は度胸を決めた。腰には脇差を一本さしている。刀を抜いてでも、この女を高麗に逃がしてやる。

湯が沸いた。

帛紗をさばき、茶碗に湯をそそいで茶筅を通した。湯は置いてあった面桶《めんつう》に捨てた。菓子として、氷砂糖を持ってきた。小さなかたまりを懐紙にのせて女の前に置いた。食べるしぐさをして見せると、女が砂糖を口にはこんだ。顔がほころんだ。

棗から茶を入れ、薄茶を点てた。女の前に置いて、両手で飲むしぐさをして見せた。女が茶を飲んだ。

顔をしかめるかと思ったが、最後まで飲んで茶碗を置き、あわく微笑んだ。

じぶんにも、茶を点てた。

飲もうとして、茶碗を手に取ったとき、入り口の障子が音を立てて軋《きし》んだ。人が来たのだ。心張り棒がかませてあるので、開かない。

——ここまでか。

与四郎は、観念した。あわてず、天目茶碗を目八分《はちぶ》に捧げ、正面をはずして口をつけた。

こんなうまい茶を飲んだことはなかった。

「与四郎さま、おいでなのでございましょう」

障子戸のむこうの声に聞き覚えがある。家でつかっている佐吉だ。商売のことではなく、薪割りや水汲みなど、内向きの用を足している。

立ち上がると、与四郎は心張り棒をはずした。

「煙が見えております。不用心でございますぞ」

すばやくなかに入ると、佐吉は外を見てから障子を閉めた。

「みなで探しておるのか」

「家のなかは大騒ぎでございます。できるだけ平穏をよそおっておりますが、若い者があちこちに走っております。武野様のご指示で、雇い侍たちも、四方に散りました」

「……」

「きっとこちらにおいでと存じまして、ここを探すのはわたしが、と旦那様におねがいいたしました」

「そうか」

「しばらくはだいじょうぶですが、あとで雇い侍たちが確かめに来るでしょう」

「……」

「浜の舟は、もう乗れません。侍たちがけっして乗せるなと触れてまわっております」

万事休したか――。もはや、逃げる手だてはないものか。

「あとで、塩浜の小屋にお隠れなさいませ」

「塩浜か……」

町の北の浜に塩田がある。あのあたりも、ふだん人はすくない。

「侍たちは、いまあの方面を怪しんで探索しております。あとになれば、手薄《てうす》になるでしょう」

「よくぞ教えてくれた。そうしよう」

「わたしが、住吉あたりで、舟を雇ってまいります。浜に舟を寄せ、兵庫の津までお送りいたします」

「できるか、それが」

そう言いながら、いまは佐吉が頼みの綱である。そもそも、こんな目立つ高麗の着物では、どこにも行けない。

「お姫様《ひいさま》は、これをお召しになればよろしゅうございます」

風呂敷包みをさしだしている。ほどくと、赤い小袖である。古びた木綿だが、洗い張りがかけてある。

「ありがたや」

「できるかどうかは分かりません。できなければ、捕まるばかり」

四十がらみの佐吉は、いつも正義感が強かった。人の売り買いなど、耐えられないにちがいない。

「頼りにするぞ」

「もう、火はおつかいなさいますな。漁師が気づくやもしれません」

「わかった」

「握り飯と水を持ってきました。なんとかご無事で」

竹の皮の包みと竹筒があった。

「ありがたし」

出て行く佐吉を、与四郎は手を合わせて拝んだ。

五

女に小袖をさしだすと、うなずいた。

与四郎は、小窓を向いてすわりなおした。

衣ずれの音がした。韓紅花の高麗の着物を脱いだのだろう。しばらくして向きなおると、小袖を着ていたが、やはりしどけない。

「ご無礼」

与四郎は、一礼して、着付けを直した。襟元をととのえ、きちんと帯を結び直した。

顔が襟に近づいたとき、甘く芳《かぐわ》しい香りがして、与四郎は狼狽《うろた》えた。

髪は束ねて後ろに垂らした。その姿もまた、ひときわ優美であった。

女は、膝をそろえて正座した。蔵のなかで、下女たちがすわるようすを見ていたのだろう。

与四郎は、両手をついて頭をさげた。

女も、手をついて頭をさげた。

与四郎は、筆談しようと、懐紙と筆を手にしたが、漢文漢詩の勉強がさほどに進んでいないことを悔やんだ。なにをどうたずねてよいか、よくわからない。

手をさしだしたので、女に筆と懐紙をわたした。木槿の花を見てから、女が筆を走らせた。水を吸って、木槿はすこし生気をとりもどしている。

槿花一日自為栄　槿花《きんか》は一日なるも自ら栄《えい》となす

「白居易だ」

与四郎は、狂喜した。知っている詩であった。

いつだったか、庭に木槿が咲いていたので、北向道陳に、なにか木槿を歌った漢詩はないかとたずねたのだ。教えられたのが、白居易の詩の一節である。木槿の花は、一日しか咲かないが、それでもすばらしい栄華だと詠《えい》じている。

与四郎は、筆と紙を受け取り、女の書いたとなりに、一行書きくわえた。

何須恋世常憂死　何ぞ須《もち》いん世を恋て常に死を憂《うれ》うることを

人の世を恋々《れんれん》と慕って、死を憂いてもしょうがない。

しかし、わが身を嫌って生を厭《いと》うのもまちがいだ。生と死はすべて幻。幻のなかの哀楽をどうして心にかけるのか——。このあと、詩はそう結ばれている。

書いた文字を見せると、女が、満面の笑みをうかべた。よほど嬉しかったらしく、なんども読み返しては目を潤ませた。

午《ひる》になる前に、納屋の番小屋を出ることにした。

荷造りしなおすとき、土間のすみに置いた壺が目についた。

——まだすこし残っていたな。

壺のなかに、真っ赤な紙の袋が入っている。

袋のなかに、小さく折りたたんだ薬包《やくほう》がひとつ。

鼠退治につかった毒の残りである。石見の銀山でつくられた毒で、耳かきにすこし飲んだだけで人が死ぬ。味もせず、匂いもない。

もしも途中で見つかって進退窮《きわ》まったら——。

これを飲んで死ねばいいのだ。

そう思えば、気が楽になった。どのみち、もはや、武野には顔向けできない。千の家も勘当《かんどう》されるだろう。女だって知らぬ男の妾《めかけ》になんぞされたくないだろう。いっそのこと、死ねば気楽だ。恥ではない。おれは、人ひとり助けようとしたのだ。失敗したら、死ぬのがいいと覚悟を決めた。

荷行李に、赤い袋をしのばせた。

女が脱いだ高麗の服もいっしょに、荷造りしようとすると、きちんと畳んだ上に、小さな壺が置いてある。緑釉《りょくゆう》のうつくしい小壺だ。

——毒か。

ぎょっとしたのは、与四郎が毒を用意していたからだろう。

女は、小壺を手に取り、小さな蓋を取って、与四郎の鼻にかざした。

甘くやさしい香りが、与四郎の鼻孔《びこう》を満たした。

女は、いたずらっぽく微笑むと、小壺を白い絹布《けんぷ》に包み、小袖の胸もとに大切にしまった。

「白檀《びゃくだん》か……」

六

佐吉の置いていった市女笠《いちめがさ》を女にかぶせ、町中に出ようとした。

松林が終わるあたりで、こちらに来る武者《むしゃ》の群れが見えた。町の雇い侍たちだ。すぐに太い松の幹に隠れ、じっと身じろぎせずにいた。みな胴丸《どうまる》をつけて、ものものしい。

うまくやり過ごせた。

——危ういところだった。

千家の納屋をしらべに行くのだろう。かろうじて間に合った。

見つからずに迂回できたが、そちらの道の先にも、侍が数人いた。

——これは、むずかしいかもしれない。

塩浜は、いまいる松林から、湊の入江を挟んで北側にある。いったん町中に出ないことには、どうしても行けない。

侍たちは、松林のなかの網小屋を調べている。浜の小屋をしらみつぶしに探しているらしい。じっと藪《やぶ》のかげに隠れていた。

侍たちが消えても、用心のために長い時間待ってから、網小屋に入った。

なかは、地曳き用の大きな網と籠などの漁具である。いま調べたばかりだから、しばらくのあいだ、この小屋は安全だろう。

背負っていた荷行李をおろし、砂っぽい土間に藍で染めた木綿の布を敷いた。手でしめすと女がすわった。

与四郎は、板壁にもたれて腰をおろした。

――明るいうちは無理だ。

町には侍が大勢いる。暗くなってから出かけよう。それまで、この小屋をいまいちど調べに来なければいいが――。

女は、網にもたれて目を閉じている。夜中から、ずっと緊張を強いられていたのだ。疲れているにきまっている。

与四郎も疲れていた。昨夜は、一睡もしていない。すわれば睡魔が襲ってくる。抗わずに、目を閉じた。そのまま眠りに落ちた。

うつらうつらと、なんどか目が醒めたが、女は寝息をたてている。外は、松を吹く風の音ばかりだ。与四郎は、また眠りに落ちた。

目がはっきりと醒めたのは、ずいぶん時間がたってからだ。板の隙間の陽射しに夕暮れの色がある。

竹筒の水を飲むと、すこし力が湧いた。

女も目をさましたので、筒をさしだした。口をつけずに上手に水を飲んだ。

「コリョエ　トマンハジャ」

また、与四郎はつぶやいた。女がうなずいたので、荷を担いだ。

戸を開けると、空と海が橙色にそまっていた。

夕日が淡路島のむこうに沈んでいく。右手に突き出して見えるのは明石だ。淡路島と明石のあいだに水路がある。そこを西へ西へと航海すれば、九州に着ける。九州まで行けば、高麗は遠くなかろう。

薄闇の松林を抜け、濠にかかる橋にさしかかった。いちばん細い橋を選んだので人はいないが、そのむこうにある町は、いつもより、ざわついている気がしてならない。

橋をわたらず、濠沿いにしばらく歩くと、小舟があった。

――しめた。

石段を降りて、舟に乗り、舫《もやい》をほどいた。女を寝かせて、菰《こも》をかぶせた。

濠の石垣に竹竿《たけざお》をついて、岸を離れた。

町の西の濠は、ほかの三方の濠とちがって柵もなく、警戒の薄いのがさいわいだ。そのまま進めば、塩浜に行ける。できれば、このまま明石までも行きたいところだが、舟が小さいうえに櫂がない。この舟では塩浜までしか行けない。

距離にしてせいぜい半里ばかりだが、塩浜に着いたときはすっかり暗くなっていた。

緊張で腕がこわばっている。

竿に力をこめて砂浜に寄せ、与四郎は波のなかに飛び立った。

舟をひきずって上げようとすると、女は首をふって、手をさしだした。

手を貸せというのだろう。与四郎は、手をさし延べて、女が舟から降りるのを助けた。

触れ合った女の手は、信じられないくらいに柔らかかった。

上弦の月でほのかに明るい浜をにらんだが、舟はない。人もいない。

――佐吉はまだ来ていないのか。

時間をかけて沖をにらんだが、それらしい舟は見あたらない。

塩浜には、いくつも小屋が点在している。

大きな屋根は、砂浜で濃くした海水を煮つめて塩にするためのものだ。

小さな苫屋《とまや》は、塩浜ではたらく者たちが休むためのものだ。

与四郎は、砂浜に大きく「待舟《ふねをまつ》」と書いて、小さい苫屋を指さした。

女がうなずいたので、先に立って歩いた。

そばに行くと、まことにみすぼらしい小屋であった。竹をならべた壁に、茅《かや》で屋根を低く葺いただけのつくりである。

海風の強いのを嫌っているのだろう。入り口には、かがんでやっと入れるほどの板戸がついている。

戸を開くと、なかは、真っ暗だった。四つん這いになって、手探りで入った。奥に莚《むしろ》が敷いてある。

「おいでなさい」

と、日本のことばで女を招いた。女も腰をかがめ、這うようにしてなかに入ってきた。

海が見えるので、戸は、開けたままにしておいた。

月明かりの海と浜が、四角く区切れて見えるのは、なかなかの絵であった。

暗がりに女をすわらせ、与四郎は、離れてすわった。

すわったまま、じっと四角い戸口から海を見ていた。

佐吉の舟がくれば、見えるはずである。来ないのは、家で父与兵衛に怪しまれたのではないか。父は、佐吉が与四郎のめんどうをよく見ているのを知っている。逃げる手助けをするのではないかと疑うのは、自然なことだ。

ちいさな音がした。

闇に、女のうごく気配があった。

こちらにちかづいて来る。

手が、与四郎の膝にふれた。

女がとなりにすわった。寄りそって、与四郎の肩にもたれた。心細いのだろう。

与四郎は女の手をにぎった。やわらかくすべすべした手だ。いまは見えないが、とてもうつくしい手だと、与四郎は知っている。かたちのよい爪は、鮮やかな桜色をしている。

しばらく、寄りそったままじっとしていた。白檀のやさしい香りがする。

女が頬を寄せてきた。

また、じっとしていた。

月の明かり。海に波はない。舟は来ない。

どちらからともなく、顔をちかづけ合った。唇をかさねた。

この世のものと思えないほど、やわらかく甘い唇であった。

ゆっくりそっと、かさねていた。

それから、おそるおそる口を吸った。

女も与四郎にこたえた。

たがいに、むさぼり合った。

どれほどの時間、唇を求めあっていただろう。

外に、人の気配がした。四、五人か――。あっちをさがせ、ここにはおるまい、頭《かしら》に叱られるぞ……、そんな声が切れ切れに聞こえた。町の雇い侍たちである。

与四郎は、女の肩をひとつ強く抱いてから立ち上がった。

入り口のそばに立ち、脇差に手をかけて身がまえた。

「戸が開いているぞ」

「調べろ」

松明《たいまつ》の火が近づいてくる。

与四郎は、脇差を抜いた。

松明の明かりが、入り口にかざされたとき、脇差から先に外に飛び出した。

具足《ぐそく》をつけた侍が驚いてひっくり返った。

「おっ、おったぞ。ここにおるぞ」

松明を砂浜に落としたまま、後ずさった。

何人かの男たちが、走り寄ってきた。

「おう。ここであったか。女はどうした」

「女も、おる。わしは見た。なかにおる」

後ずさった侍が立ち上がった。

与四郎は、脇差をかまえたまま、松明を拾った。

髭面《ひげづら》の武者が、刀をぬいた。

「女をわたせ。まさか一人でわしらに勝てるなどとは思うておるまい」

「近寄るな。踏み込んだりしたら、女の顔に疵をつけるぞ。武野に命じられておるであろう。女を傷つけてはならんとな」

髭武者が目をつり上げた。

「諦めろ。どのみち逃げられはせぬ。手間をとらせず女を返すがよい」

「いやなことだ。捕まるぐらいなら、女を殺しておれも死ぬ」

「詮ないこと。さようなことをして、なんの益がある」

「益もくそもあるか。退がれ退がれ、退がらぬと、小屋に火をつけるぞ」

与四郎は、苫屋の屋根に松明をちかづけた。乾いた茅だ。すぐに燃え上がるだろう。

「おれは、なかに飛び込んでいっしょに焼け死ぬまで。それで本望だ」

「待て。望みを聞こう」

「望みは、女を高麗に帰すこと」

「それはできん」

「できぬなら、ここでともに死ぬまでだ」

言い捨てて、与四郎は苫屋に入って戸を閉めた。

侍たちが騒いでいる。

「すぐに踏み込もう」

「小屋を焼いて、女だけ捕まえればよい」

「いや、待て、とにかく頭に報せてこい」

「おう」

一人が駆け出す足音がした。

松明で苫屋のなかが明るくなった。

女は、微塵もうごかずにいる。顔はけわしいが、怖れている風はない。

小屋のなかは、茅葺きの屋根裏ばかりが目立つ。粗くはつった丸太の柱と梁が、頭のすぐそばにある。

与四郎は、土間の砂地に松明を立てた。

女は、火を見つめている。与四郎は、なにも言えない。しばらくのあいだ、二人でじっと火を見つめていた。

大勢の足音がした。十人か、あるいは、何十人かいるかもしれない。武者たちが苫屋を囲んでいる。与四郎は、脇差を手に身がまえた。

いきなり、板戸が開いた。

武者が入ってきた。

与四郎は、女の喉に脇差をつきつけた。

「来るな。出て行け」

武者が口もとをゆがめた。

「やめておけ。もはや逃げられぬ」

「逃げるつもりはない。ここで死ぬ。出ていかねば、女を刺す」

与四郎は、本気である。こんな優美な女を、三好の妾にさせるものか。

武者は後ずさり、戸口から出た。

与四郎は、脇差を女から離し、頭をさげた。

「もうしわけない」

日本のことばで謝った。

女はかたい顔のままうなずいた。

「よく聞け。わしは頭だ。武野殿からの言伝《ことづて》がある」

さっきの武者が、開いたままの戸口の前でしゃがんでいる。

「よいか。紹鷗殿が、新しい茶の座敷に、そのほうをいちばんに招くと、かくべつの仰せだ。いまから、女を連れて来れば、咎めはせぬ。こたびのことは、茶の湯の座興として許そうとおっしゃっておられる」

——まさか。

与四郎は、絶句した。

「いつまでそのなかに閉じこもっておるつもりだ。どのみち逃げられぬ。腹も減る。かくべつの思《おぼ》し召しをありがたく受けるがよい」

「……」

「よいな」

頭が、また中に入って来ようとしたので、与四郎は鼻先で戸を閉めた。

「入って来てみろ。女を殺す」

興奮が高まり、与四郎はますますその気になってきた。ここで二人で死ねばいいのだ。おれはそれでいい。

女は横座りになって、じっと瞑目《めいもく》している。奔流となって渦巻くおのが運命を、しっかり嚙みしめているようだ。

与四郎は、なんとか頭をしぼって文を考えた。筆をとって、懐紙に書いた。

汝欲成蛮王奴婢乎　　汝《なんじ》、蛮王《ばんおう》の奴婢《ぬひ》と成《な》らんと欲するか

蛮族の王の奴婢となりたいか、と、訊いたつもりである。

「ご覧いただきたい」

声をかけて、懐紙をさしだした。読んだ女が、すぐに首をふった。

こんどは、こう書いた。

難以帰国　　以《も》って国に帰るは難《かた》し

汝欲生乎　汝《なんじ》生きんと欲するか
欲死乎　死せんと欲するか

女はうごかない。驚いているのでも、嘆いているのでもない。生を欲するか、死を欲するかを問われて、わが生の意味を考えているかのごとくである。

女が筆を請うた。

わたすと、こう書いた。

槿花一日　きんかいちじつ

今朝の白居易だ。潔さに、与四郎は頭をさげた。

——この脇差で……。

とも思ったが、それでは、じぶんが死にきる自信がなかった。

おれは、茶の湯者として正義を貫き、茶の湯者として死のう——。

——茶だ。

女とおのが末期《まつご》の茶を点てようと決めた。

小屋の柱を押さえている石をはずして、丸くならべた。松明の火を置いて、屋根の茅を足すとよく燃えた。

鉄の鉢に竹筒の水をそそいだ。もう、たくさんはない。茶にする分があるばかりだ。

「おい。聞いているか。諦めて出てくるがいい」

戸の向こうで、頭の声がした。

与四郎は、立ち上がって、板戸をすこしだけ開いた。

「むざむざ渡せるもんか。朝まで待て。そしたら、出て行く」

それだけ言って、戸を閉めた。

「おい、女を抱きたいとよ」

侍たちの笑い声が聞こえた。

「若いやつはしょうのない」

「血が昂ぶってしもうたのだな」

「阿呆をぬかせ」

頭の声だ。

「朝までなど待てるか。情けでしばらくは待ってやる。終わったら、出て来い。よいな」

「わかった。慈悲だ。それまで邪魔するな」

大声で叫ぶと、野卑な声がどっとわいた。

「さっさと、すませよ」

「こりゃ、ぜひ見物せんとな」

「どこぞに覗き穴はないか」

さらに笑い声がおこった。

湯が、もう沸いている。

与四郎は、膝の前に、道具をならべた。石見銀山の入った赤い袋を女に見せた。女が目でうなずいた。なかの薬包を取り出し、茶杓でほんのわずかにすくって茶碗にいれた。棗の茶をいれ、鉄鉢の湯を注いで茶筅をうごかした。最後にゆっくり〝の〟の字にまわして茶筅を止めた。

女の前に茶碗を置くと、じっと緑色の泡を見つめている。

飲もうとしない。

顔を上げ、与四郎をまっすぐに見すえた。なにかが言いたいらしい。口元がとまどっている。

与四郎は、うなずいた。抱きしめたかったが、それはやめた。醜態を晒してしまいそうだった。

与四郎は、手を胸に当ててから、小さな戸口をさした。

闇に包まれていても、その向こうには海がある。高麗がある。

女がうなずいた。

両手で茶碗を押しいただいた。

しばらく茶碗の内側を見つめてから口をつけ、一息に呷《あお》った。

与四郎にむかって、ちいさく微笑んだ。

とたんに女の顔が歪んだ。

茶碗が転がった。

喉を掻きむしって床に倒れた。

目を剝いてうめき声をあげた。のたうちまわった。痙攣した。

やがてうごかなくなった。

与四郎は、転がっている茶碗を拾うと、もう一服、毒入りの茶を点てた。点てているうちに手が小刻みに震えてきた。

一息で飲むつもりで茶碗を手にした。

口の前に持ってくると、手がさらに震えた。震えはしだいに大きく強くなった。

止めようとしても止まらない。

なかの薄茶がこぼれた。

どうしても、茶碗が口に運べない。口も寄せられない。息が荒くなり、手が激しく震えた。

茶碗のなかの茶がたくさんこぼれた。

それでも、止まらない。

さらに腕と全身が震え、茶碗を取り落とした。

わななきがこみあげてくる。

涙と嗚咽と恐怖と怒りと不甲斐なさと憎しみと絶望とが渾然と混じり合い、与四郎を揺さぶっていた。

与四郎は、倒れた女に突っ伏した。

突っ伏して、女に覆《おお》いかぶさり、大きな声をあげてはげしく号泣した。

七

出奔騒動の二日後、与四郎は、武野紹鷗の屋敷を訪ねた。

あの夜は、武野屋敷の門前まで連れて行かれたが、慈悲を請うて、出頭を一日だけ延ばしてもらった。どのみち責めは負うつもりである。逃げはしない——と約した。

一日の時間をもらったのは、南宗寺《なんしゅうじ》に行って、得度《とくど》するためである。頭を丸めて、墨染めの衣を着た。宗易という法号をもらった。女を回向《えこう》するためだ。

武野屋敷の門をくぐると、そのまま内庭に案内された。

「こちらからお上がりください」

意外だった。庭にすわらされるものだと覚悟していた。腕の一本くらい折られてもしかたない。

内庭には、柳の木が枝を垂らしている。

丸竹をならべた縁から座敷に上がる趣向らしい。

新しいしつらえを愉しむゆとりは、さすがにない。

座敷に、紹鷗がいた。与四郎はふかぶかと頭を下げた。

「このたびは、たいへんなご迷惑をおかけいたしました」

「まこと、迷惑した。……したが、おもしろくもある」

紹鷗は、苦く笑っていた。さして怒っているふうではない。

「あんな美しい異国の姫が、なにごともなく、すんなり三好長慶の閨《ねや》におさまっては、たしかに興がなさすぎる。このほうがよかったのかもしれん」

「三好様のほうは……」

「なに、病気で死んだというておく。どのみち本当に死んでしまったのだ、いまさらどうしようもない」

「それは……」

まったくその通りだろう。死んでしまった者はどうしようもない。じぶんは、死なずに生きてしまった。さすがに忸怩たるものがある。

「迷惑はこうむったが、なに、銀でいえば、名物の茶碗におよばない。あの女十人で、ようよう茶碗ひとつか。さほどのことではない」

女の代価として、寧波《ニンポー》船の船頭には、銀八貫を払ったのだと紹鷗がいった。それならば銭にして三百貫文だから、たしかに大名物の十分の一にしか当たらない。

与四郎は、なにも言わなかった。人の命をなんとも思わぬ紹鷗に呆れるしかなかった。

「ところで、この座敷はどうだ」

どうやら、女の話はそれでおしまいらしい。紹鷗が茶のしたくをはじめた。菓子を出し、道具を膝前にならべた。話しながらでも、点前《てまえ》はながれるようだ。

与四郎は、あらためて座敷を見まわした。

紙を貼らず粗土《あらつち》のままの壁が、いかにも鄙の侘び住まいをおもわせる。隅には冬用の炉。山家《やまが》の枯れた味わいをかもそうとしているのであろう。

ただし、床框《とこがまち》に漆塗りの栗をつかったところに典雅さをにおわせている。

「おもしろうございます。高貴さと破調を同居させた、まったく新しい草庵でございましょう。真行草《しんぎょうそう》でいえば、真の気品をたもたせながら、いかにくずし、寂びさせるかを、ぎりぎりまでせめぎ合わせなさったのだと存じます」

「よく見た」

紹鷗がうなずいた。感心されても困る。それくらいのことが分からず茶の湯の数奇者《すきしゃ》といえるか。

「床《とこ》はどうかな?」

墨蹟《ぼくせき》ではなく、伊賀《いが》焼き耳付きの花入が置いてある。ざらりとした土の肌合いがおもしろい。ただし、壁が粗土なので、たがいに興趣を打ち消しあっている。

座敷に入ったときから気づいていたのは、白い木槿の花だ。

意趣返しのつもりかと勘ぐったが、紹鷗が女と木槿のことを知っているはずがなかった。ただ季節の花として選んだだけだろう。

「悪いわけではございませんが、いまひとつ、興が足りぬと存じます」

「さよう。じつは、わしもそれを思うておった。しかし、なんとすればよいかの。それが分からぬ」

紹鷗が点てた薄茶を、若い半東《はんとう》が、与四郎の前に置いた。

ゆっくり頂戴した。よい服加減《ふくかげん》であった。庭の柳の枝が風にそよいだ。女のことは、夢だったのか――。

茶碗を置いて、与四郎は、花入をじっと見つめた。

どうすればよいのか、すぐに思いついた。

「されば、わたくしがしつらえてよろしゅうございましょうか」

「おもしろい。やってみるがよい」

「ご無礼いたします」

与四郎は、風炉《ふろ》の前ににじり寄ると、帛紗《ふくさ》を手に釜の蓋をつかんだ。

そのまま床前に進み、左手で伊賀焼きの花入を押さえると、右手に持った蓋をふり上げた。なんのためらいもなくそのまま思い切りよく花入に打ち下ろした。

耳付きの片方の耳が、欠けて落ちた。

「いかがでございましょう」

紹鷗が眼を大きく見開いてうなった。

「これは……、まことに……」

「寂び寂びとして麁相《そそう》なるところにこそ、物数寄があると存じまする」

枯れ寂びて、なお欠けたところに美しさはある。完全な美などなんの感興《かんきょう》もない。

「そういえば、女の骸《むくろ》には、小指の先がなかったと頭《かしら》から聞いた。どうしたのだ」

「さて、さようでございますか。わたくしには、こころあたりがございません」

女の小指は、桜色の爪があまりに美しかったゆえに、与四郎が食い千切《ちぎ》った。

食い千切って、緑釉の小壺に入れ、いまも懐に納めている。

「しかし、もし、あの場に茶の湯の数寄者がおりましたら、あの女の屍《しかばね》、やはりそのまま返すことはできますまい」

「……」

腕をくんだ紹鷗が、いぶかしげな目で、与四郎を見ている。

「たいへんご馳走になりました。新しい趣向の四畳半、堪能させていただきました」

与四郎は、深々と頭をさげた。

庭では、柳の枝が、気持ちよさそうに風にそよいでいる。

夢のあとさき

宗恩

利休切腹の日——
天正十九年（一五九一）二月二十八日
京　聚楽第　利休屋敷

利休屋敷の仏間で、宗恩は、両手で顔を覆ってすわっていた。さっきから、ずっと経をあげていた。もう声が出なくなった。

夜明け前から、嵐のごとく降りしきっていた雨は、小降りになったらしい。雨音が聞こえない。

広い屋敷のなかには、まるで人の気配がない。何人かの手伝いや女子衆《おなごし》がいるが、みんな息をひそめているのだ。

仏間には、宗恩のほかに娘のかめがいる。

利休がよそで生ませた子で、いまは、宗恩の連れ子少庵《しょうあん》の妻である。利休はいつも目をかけていた。やさしい娘で、宗恩にも気をつかってくれている。

「雨があがりましたわ。あら、青空も……」

障子を開いたかめが呟いた。

宗恩は顔の前の手をおろした。掌が涙で濡れている。胸が苦しく、息がつらい。

外を見やった。たしかに、灰色の雲のすきまに、わずかに青空が見えている。

悲しみの嚙みしめ方は人それぞれだ。かめは、つとめて明るくふるまっている。気丈さは、利休に似たのだろう。

夫は、かめに狂歌を残した。

利休めはとかく果報のものぞかし
菅丞相《かんしょうじょう》になるとおもへハ

菅原道真公になぞらえて、我が身の境遇を笑いとばしているのである。そんな夫の子だっただけに、かめの強さも不思議ではない。

——わたしは、なにが悲しいのかしら。

宗恩はふと思った。

夫が死を賜るのが悲しくないはずがない。

しかし、もっとべつのなにかが、宗恩の胸の奥に渦巻いている。

——口惜しさ……。

なのだろうと思う。ほんとうは、じぶんでもよくわかっている。夫はわたしを愛し、慈しんでくれた。いつも優しかったし、声を荒らげられた憶えもない。手をあげられたこともない。夫との暮らしは満ち足りていた。あんなよい夫はほかにいないと思う。

それでも、こころが痛み、悶《もだ》えてならない。

夫には、ずっと想い女《びと》がいた。

男として、よそに女ができるのはしょうがない。先妻が生きていたときは、宗恩だって同じ立場だった。

悔しいのは、その相手が、どうやら生きた女ではなさそうなことだ。こころの奥で、ずっと想っている女——。

なにを語ったこともないけれど、宗恩には直感でわかる。

あの緑釉《りよくゆう》の香合《こうごう》を持っていた女だ。

しかし、そんな嫉妬も、すぐに詮ないものになってしまう。

廊下を小走りにやってくる足音があった。ふるえた声がかかって、襖が開いた。手伝いの少巌《しょうごん》だ。

宗恩の前で跪《ひざまず》いて、少巌が頭を下げた。なにも言わない。うつむいたまま泣きはじめた。もう、夫は腹を切って死んだのだ。

うなずいて、宗恩は立ち上がった。

となりの部屋で鏡をのぞいて顔をなおした。

用意してあった白い練《ね》り絹《ぎぬ》の小袖を手に、一畳半の茶室にむかった。

気持ちはしっかりしている。背筋が伸びた。悲しみは悲しみとして受けとめる。

茶道口《さどうぐち》の前にすわり、声をかけた。

「失礼いたします」

狭い座敷に、三人の侍が立っていた。

夫は、血の海に突っ伏している。

横顔が、苦悶にゆがんでいる。苦しかったのだろう。悔しかったのだろう。

宗恩は、純白の小袖を夫にかけた。たちまち血を吸って、白い絹に鮮血の赤がひろがった。

「それは……」

床《とこ》に、木槿《むくげ》の枝と、緑釉の香合が置いてある。宗恩は、香合を手に取った。

検視の侍が、なにか言いかけた。

「なんでございましょうか」

宗恩は、まっすぐに侍を見すえた。侍はことばを呑みこんだ。

「いや……」

「見届けの御役目、ごくろうさまでございました」

茶道口にもどり、両手をついて頭を下げた。

悲しさを悲しみだと感じないほどこころが震えていた。なにが起こったのか、よくわからなくなっていた。なぜ、夫は腹を切らなければならなかったのか。なぜ、死を賜らなければならなかったのか。

――くちおしい。

はっきりと分かっていることがたったひとつある。

廊下に出ると、露地の縁《えん》にちかいところに、手水鉢《ちょうずばち》と夫好みの石灯籠がある。
宗恩は、手を高く上げ、にぎっていた緑釉の香合を勢いよく投げつけた。
香合は石灯籠に当たり、音を立てて粉々に砕けた。
雲のあいまに青空がのぞき、春の陽射しがきらめいている。
苔に散った香合の破片にも、明るい光が燦《きら》めいている。

参考文献

『古溪宗陳』竹貫元勝　淡交社
『武野紹鷗』矢部良明　淡交社
『樂ってなんだろう』樂吉左衛門　淡交社
『香合』責任編集池田巖　淡交社
『茶室の見方』中村昌生　主婦の友社
『千利休』芳賀幸四郎　吉川弘文館
『利休の書簡』桑田忠親　河原書店
『利休　茶室の謎』瀬地山澪子　創元社
『利休　わび茶の世界』久田宗也　日本放送出版協会
『表千家』千宗左編　角川書店
『利休大事典』千宗左・千宗室・千宗守監修　淡交社
その他、多数の史料・資料を参照させていただきました。

大徳寺瑞峯院のお茶の稽古会坐忘会のみなさまには、ひとかたならぬお世話になりました。謹んでお礼申し上げます。
著者

特別収録

対談　浅田次郎×山本兼一

堺の不良少年の美学

浅田　僕は、どういうわけか、山本さんの作品とずっと宿命的に関わっているんです。松本清張賞受賞作の『火天の城』の時も選考委員として読ませていただいて、次はどういうものを書くのか非常に興味がありました。普通だったら、安土桃山時代や信長に関するものを、ずっと書いていくというのが、時代小説家としては定石ですが、同じ歴史小説でも、山本さんの場合は対象が変わっていく。『千両花嫁』を読んだ時も、いろいろなものが書ける人だと感じていました。ただ、『利休にたずねよ』は、新聞広告で最初にタイトルをみた時には、「大丈夫だろうか」と少し心配したんです。

やはり利休を書くのは難しいし、度胸がいります。というのも一つには、利休については今までいくつもの作品が出ていて、書き尽くされている観がある。もう一つには、利休は茶の湯を通じ、今日までカリスマ的な存在として、キャラクターのイメージが固定されてしまっていますよね。この二つの難点をクリアして、小説にしようとするとは度胸があるなというのが、最初に利休というタイトルだけを見た時の正直な気持ちでした。

山本　確かに書き尽くされていますが、今までの先行作品というのは、利休の死自体が大きなテーマだったと思うんです。

　私が利休を書けると感じたのは、博物館で利休の真塗《しんぬ》りの真っ黒な水指《みずさし》を見た時でした。すごく柔らかくて、艶っぽく感じたんです。その時まで、私は利休の侘びさびというものを、枯れた寂しい感じだとしか思っていなかったんですが、実はとても艶っぽい世界なんだと思いました。それを書いた先行作品というのはないんじゃないか……利休の艶っぽさが膨らんで、この人の命の艶やかさ、さらにそこからきっと強い、鮮やかな恋をした人ではないかという想像力が膨らみ、全体の構成ができていきました。

浅田　そこがポイントでしたね。テーマがなければ小説は成立しないという、お手本のようです。もともと、日本の小説というのは、思想がなくても成立するという特色というか、欠点があります。思想がなくても成立するということは、テーマがなくても成立するということで、それが日本の小説の特徴だと思います。けれど、特にヨーロッパの小説には、思想が必ずあって、テーマがはっきりしていなければ、どんなに話が面白くても小説として認められません。

　今の日本の小説というのは、外国と比べても、過去と比べても、思想がなく、テーマもない書き方がされるようになってきています。その意味でも、『利休にたずねよ』は背骨が通っている作品だと思いました。それは、最初に定めた利休像がはっきりとしたテーマになっているからでしょうね。

山本　その一点に向かって書いていこうと思っていました。特にそこで利休が書きやすかったのは、利休は豊臣秀吉をはじめ、歴史に名を残した多くの人物と関わりがあったからです。そういった人物の視点を次々と登場させ、時を次第に過去にさかのぼっていきながら、利休の本質に迫っていくという書き方ができました。これは他の人物をテーマにして、主人公にしていたら、できない書き方だっただろうと思います。

浅田　この作品の中で山本さんが試みたことで、特に面白かったのは、利休を「堺の不良少年」という風にとらえたことです。堺の不良少年が放蕩の限りを尽くした末のこの美学、と。

山本　ありがとうございます。

浅田　さらに『利休にたずねよ』の優れているところは、利休と秀吉の対比でしょう。これまでの二人の対比のさせ方は、ほとんどが同じで、利休がシリアスで高度な美学の持ち主であり、秀吉が俗物であるという、聖と俗の対比でしかなく、多くの場合、歴史としてもそれが定型になっています。ところが山本さんの小説では、黄金の茶室も含め、秀吉の美学を俗だとは書いていません。権力者である秀吉が、自分こそが美の主宰者だと自負し、その秀吉の目を通すと、利休はセンスはいいけれど、何か許しがたいものを持っている。そのままにしてはおけない、ということになる。これは、権力と芸術というものが不可分だった中世ならではの考え方です。山本さんは、西洋美術史をご存知だから、同じような西洋での美のパトロンと芸術家の関係をよく知っていますよね。それで、こういった利休と秀吉の書き方がでたんじゃないでしょうか。

山本　書いている時には意識していませんでしたが、確かにそういうところはあるかもしれません。

浅田　たとえばヨーロッパでいえば、メディチ家がミケランジェロを庇護していたとします。どんなにミケランジェロの芸術が素晴らしくても、パトロンのメディチ家が許せない作品を作ったとしたら、メディチ家はそれに意見する権利があり、義務もあるんです。この関係は決して不自然じゃないし、日本も事情は同じはずです。

山本　特にお茶というのは、茶の湯の世界だけでは通用しません。パトロンとしての武将がいなければ成立しない世界で、皆、力のある武将の茶頭になりたいわけです。初期の利休と秀吉の出会いを見ていても、どうも利休のほうからすり寄っていったようですし、幸せな蜜月時代もあったと思います。利休も秀吉の凄さはそれなりに認めていたけれど、それが歳月が経つにつれて、ちょっとずつ気持ちの溝にいろんなものが溜まっていったんでしょうね。

歴史小説を書くために

浅田　利休を書くにあたって、お茶の勉強はずいぶんされたのですか？

山本　最初に「小説を書くつもりで、二、三年しか習えないと思いますが」と断って、大徳寺のやはり塔頭である瑞峯院のお稽古に入門しました。お点前は、どうしても覚えられなかったんですけれど、お茶を習ってからは、お茶に招かれるのは好きになりましたね。初釜などの会がある時には、また行きたいと思っているんです。

浅田　僕は、どうもあのお茶会っていうのが苦手でね。悪い癖なんですけれど、静まり返った緊張感のある場にいると吹き出してしまうんです。だから、お葬式なんかも本当はダメでね（笑）。空気が緊密になればなるほど、正体不明のおかしみがこみ上げて来てしまう。女房がお茶を点ててくれて、その前で飲むなら問題は何もないけれど、何人もの人が揃うお茶会は……。

山本　ただ、私も習いに行って初めて気付いたのですが、お稽古の時はシーンとしていても、お茶事の時は宴会のような雰囲気ですよ。最初の二時間くらいお料理をいただいて、お酒いただいて、普通に話をしながら寛いでいます。最後にいよいよお茶をいただく段になっても、お正客の方が、ご亭主の方に道具だてについて普通に聞いたりしていて、実に和やかで楽しいものだと思いました。

浅田　本来はそういうもので、緊張するものじゃないんですね。

山本　世間一般で、侘びさびは枯れたものだというのと、お茶が堅苦しい行儀ばかりを求められるものだという常識があると思うんですが、お茶はもともと寛ぐ、リラックスさせるもので、人と人が和むためのものでした。そういった部分はどんどん書いていこうと思いまして、たとえば、お茶を利休が点てていて、秀吉が側で昼寝をしている場面なんかも、その一つです。

浅田　お茶室は昼寝をするのにいい場所ですよね。僕も自宅の茶室でよく昼寝をしています（笑）。何ともあの狭い空間がいいんです。

山本　釜の湯音というのもやっぱりいいものですね。

浅田　やっぱり利休というのは、お茶だけでなく、空間をはじめいろいろなことに心を配った人物だと思います。作品の中に出てくる料理も、きっとお調べになって書いたのだと思いますが、とても美味しそうでした。京都の人は味に敏感だから、自分の生活の中にきちんと味覚の美学というものを持っていることもあるのかもしれませんね。

山本　そんな大層なものはないですけれど、お茶のお稽古会には、聴方《しょくかた》の方も多くお茶を習いにきていました。中には仕出屋さんもいて、お稽古やお茶事となると、その方が作ってくれた心尽くしのものが出されていました。あとは陶芸をなさる方、建築の方や庭師の方――そういったものを作るにも、お茶の素養がないといけないんですね。

浅田　だから、結局、東京でいい和風のものを作ろうと思ったら、やはり足繁く京都に行くことになるんです。僕も、一昨年、念願だった茶室を自宅に建てたんですが、素材の肝心なところは京都から持ってこなくては駄目でした。もちろん大工さんは東京にもいるんだけれど、京都にしか継承されていない、繊細な和風様式というものがあるんですね。

山本　『火天の城』で大工さんの話を聞いた時、京都の大工は小さいものが得意で、奈良の大工は大きいものが得意だと聞きました。確かに茶室は、京都の職人技がもっとも生きるところですね。

浅田　京都は街自体も、ぶらぶら歩いて外から見ただけで、惚れ惚れするような建物がたくさんあります。東京は壊されてきたけれど、京都は変わらない――そういうところも、京都は有利ですよ。東京で江戸時代の小説を書こうと思っても、景観自体がまるで残っていません。仕方ないから、ある程度残っている坂道だとか、お寺だとかから、相当想像して書くわけです。でも、京都の場合は、残っているものが多いから、想像する範囲が狭くて済む。

山本　このビルを消して、と引き算が簡単ですね。

浅田　歴史は、その土地にあるものが積み重なっているものでしょう。東京だと百枚くらい地面を引き剝がさないと当時の面影が現れない感じがするけれど、京都は二、三枚めくれば、もう大丈夫だという感じがします。

山本　浅田さんが『壬生義士伝』や『輪違屋糸里』でお書きになった、新撰組に登場する輪違屋なんかそのままありますし、壬生の界隈もほとんどそのままです。私は、実は本格的に歴史小説を書きはじめる前、古地図を持って東京に行き、新撰組の跡を探したことがあるんです。

浅田　時代小説家はみな同じじゃないかと思うんですけれど、僕もいろいろな種類の地図を持っていて、そこから湧き出るイメージは非常に大きいですね。

山本　私が『火天の城』を書いた時には、浅田さんが持っていらっしゃるような蓄積は、ほとんどありませんでした。そこで、私が読んで今まで面白かった小説、緻密な小説というもののレベルを頭の中でイメージして、それに向かって必死で取材をしたんです。仕まず、建築の知識がゼロからスタートしているので、資料を徹底的に読みました。仕事で東京と京都を往復する度に、帰りは名古屋で降りて、信長関係の史跡、城をぽつぽつと見て回り、その次は知り合いの大工さんや建築家の方に話を聞きました。そこで、自分の中で疑問を洗い出していって、最後にようやく建築史家の方のところに行って話が聞けるようになりました。基本も知らずに、「お城はどうやって建ててますか」とは、さすがに聞けませんから（笑）。

浅田　それは正しいやり方です。知識がない中で茫洋と専門家の話を聞いても、理解したことにはならないですね。僕自身も『壬生義士伝』を書いていた時には、方言をどうするかという問題にぶつかりました。幕末に使われていた武士の南部弁というものなんて、郷土史家にしか分からないわけです。そこで僕はまず現在の盛岡弁を理解して、南部弁を理解して、だいたいの感じで、とりあえず全部書いてみました。それを史家の方へ送り、正確な古い南部弁に直してもらうという作業をお願いしました。自分が何もやらないで、さぁやって下さい、聞かせて下さいというのでは、うまくいかないでしょう。

山本　質問をするにも、それに関しての基本的な知識を持たなければ、何も聞けないですからね。

浅田　もちろん取材も善し悪しで、取材をすると想像力が限定されてしまうこともあるでしょう。

山本　確かにそれは思います。変にとらわれてしまって自由に書けないように感じることもあるんです。

浅田　僕自身のいい例が、『蒼穹の昴』シリーズを書きはじめた時点で、僕は一度も中国に行ったことがなかったんです。そうすると、古きよき北京が想い浮かんでくるんです。ところが、その後に頻繁に中国へ行くようになって、続編の『中原の虹』になってくると、現実の風景が入りこんできてしまう。それを考えると、取材はあえてしないという手もありますね。

山本　今のお話で思い出したのは、『利休にたずねよ』の、楽焼の長次郎という工人の話の章のことです。ここを面白いと言って下さる方が多いのですが、実はこれは取材をしていないんです。楽家のご当主に取材をさせていただこうと思っていたけれど、ちょうどご本人の美術館ができたところで、とてもお忙しそうだったので遠慮をしたんです。もし、行っていたら見たものにもっと捉われたものしか書いていないと思います。取材に行けなかったことで、かえって面白く書けたのかもしれません。

浅田　その辺りは自分で考えてできることではないですね。

山本　その経験から、いろいろなことが折り重なって、作品というものが生まれてくるものだと思うようになりました。

（「オール讀物」二〇〇九年三月号　直木賞受賞記念対談
「いいものをたくさん」より抜粋）

対談に寄せて

山本兼一さんの訃に接して愕然とした。

まさにこれから傑作をお書きになる人だと信じていたからである。

誄《るい》を捧げるほど親しかったわけではない。しかし御縁があって、ほとんどの作品を読ませていただいた。作者の人格はむしろ作品に宿るものであるから、交誼はなくとも近しい人であったのかもしれない。

時代小説作家は遅いデビューのほうがよいと思う。既定の史実を舞台とし、書きつくされた習俗を背景に据えて物語を紡ぎ続けるためには、登場人物の心の機微が不可欠だからである。そのためには作家自身の人生経験が重要であり、なおかつある程度の世界観や人生観を固めていなければならない。

だからこそ、まさにこれから傑作をお書きになる人だと信じていた。山本兼一さんが亡くなられたという事実よりも、その傑作を読めなくなったことのほうが、ずっと淋しい。

浅田次郎

単行本　二〇〇八年十一月　ＰＨＰ研究所刊行
一次文庫　二〇一〇年十月　ＰＨＰ文芸文庫刊
ＤＴＰ制作　エヴリ・シンク

文春文庫

利《り》休《きゅう》にたずねよ

定価はカバーに表示してあります

2018年8月10日　第1刷
2024年5月31日　第2刷

著　者　山《やま》本《もと》兼《けん》一《いち》

発行者　大沼貴之
発行所　株式会社 文藝春秋

東京都千代田区紀尾井町 3-23　〒102-8008
TEL 03・3265・1211(代)
文藝春秋ホームページ　http://www.bunshun.co.jp

落丁、乱丁本は、お手数ですが小社製作部宛お送り下さい。送料小社負担でお取替致します。

印刷製本・TOPPAN

Printed in Japan
ISBN978-4-16-791118-8

（　）内は解説者。品切の節はご容赦下さい。

宮本紀子
おんなの花見
煮売屋お雅 味ばなし
お雅が営む煮売屋・旭屋は、持ち帰りのお菜で人気。気難しい差配、常連客の色恋、別れた亭主……様々な騒動に悩まされながらも、お雅は旬なお菜を拵え、旭屋を逞しく切り盛りする。
み-61-1

山本一力
あかね空
京から江戸に下った豆腐職人の永吉。己の技量一筋に生きる永吉を支える妻と、彼らを引き継いだ三人の子の有為転変を、親子二代にわたって描いた直木賞受賞の傑作時代小説。（縄田一男）
や-29-2

山本兼一
火天《かてん》の城
天に聳える五重の天主を建てよ！　信長の夢は天下一の棟梁父子に託された。安土城築城の裏に秘められた想像を絶する創意工夫。第十一回松本清張賞受賞作。（秋山　駿）
や-38-1

山本兼一
花鳥の夢
安土桃山時代。足利義輝、織田信長、豊臣秀吉と、権力者たちの要望に応え「洛中洛外図」「四季花鳥図」など時代を拓く絵を描いた狩野永徳。芸術家の苦悩と歓喜を描く。（澤田瞳子）
や-38-6

山本兼一
利休にたずねよ
美の求道者ゆえ、秀吉に疎まれ切腹を命ぜられた利休。心の中には若き日に殺した女がいた。その秘めた恋と人生の謎に迫る圧巻の第140回直木賞受賞作。浅田次郎氏との対談を特別収録。
や-38-10

山本周五郎・沢木耕太郎 編
山本周五郎名品館Ⅲ
寒橋（さむさばし）
周五郎短編はこれを読め！　短編傑作選の決定版。「落ち梅記」「人情裏長屋」「なんの花か薫る」「かあちゃん」「あすなろう」「落葉の隣り」「釣忍」等全九編。（沢木耕太郎）
や-69-3

（　）内は解説者。品切の節はご容赦下さい。

谷津矢車
おもちゃ絵芳藤
歌川芳藤に月岡芳年・落合芳幾・河鍋暁斎ら個性溢れる絵師が、幕末から明治の西欧化の波に抗い苦闘する。絵師の矜持と執念に迫る、歴史時代作家クラブ賞作品賞受賞作。（岡崎琢磨）
や-72-1

谷津矢車
雲州下屋敷の幽霊
背に刺青を入れられても恨み言一つ言わない女。貧乏漁師の家から吉原に売られた女。取り調べに決して口を割らぬ女——江戸時代の事件をモチーフに紡がれた珠玉の五篇。（田口幹人）
や-72-2

夢枕　獏
陰陽師《おんみょうじ》
死霊、生霊、鬼などが人々の身近で跋扈した平安時代。陰陽師安倍晴明は従四位下ながら天皇の信任は厚い。親友の源博雅と組み、幻術を駆使して挑むこの世ならぬ難事件の数々。
ゆ-2-1

夢枕　獏
おにのさうし
真済聖人、紀長谷雄、小野篁。高潔な人物たちの美しくも哀しい愛欲の地獄絵。魑魅魍魎が跋扈する平安の都を舞台に鬼と女人と恋する男を描く、「陰陽師」の姉妹篇ともいうべき奇譚集。
ゆ-2-26

吉村　昭
磔（はりつけ）
慶長元年春、ボロをまとった二十数人が長崎で磔にされるため引き立てられていった。歴史に材を得て人間の生を見すえた力作。「三色旗」「コロリ」「動く牙」「洋船建造」収録。（曾根博義）
よ-1-12

吉村　昭
虹の翼
人が空を飛ぶなど夢でしかなかった明治時代——ライト兄弟が世界最初の飛行機を飛ばす何年も前に、独自の構想で航空機を考案した二宮忠八の波乱の生涯を描いた傑作長篇。（和田　宏）
よ-1-50

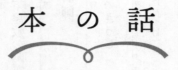